Gert Hartenau-Thiel
Im Reiche des Königstigers

SEVERUS Verlag

Hartenau-Thiel, Gert: Im Reiche des Königstigers. Pflanzergeschichten aus Sumatra. 2017

Nachdruck der Originalausgabe von 1923
ISBN: 978-3-95801-674-3

Umschlaggestaltung: SEVERUS Verlag

Bibliografische Information der Deutschen Nationalbibliothek: Die Deutsche Nationalbibliothek verzeichnet diese Publikation in der Deutschen Nationalbibliografie; detaillierte bibliografische Daten sind im Internet über https://dnb.de abrufbar.

Der SEVERUS Verlag ist ein Imprint der Bedey & Thoms Media GmbH,
Hermannstal 119k, 22119 Hamburg

SEVERUS Verlag, 2017
http://www.severus-verlag.de
Gedruckt in Deutschland
Der SEVERUS Verlag übernimmt keine juristische Verantwortung oder irgendeine Haftung für evtl. fehlerhafte Angaben und deren Folgen.

Gert Hartenau-Thiel

Im Reiche des Königstigers
Pflanzergeschichten aus Sumatra

MIX
Papier aus verantwortungsvollen Quellen
Paper from responsible sources
FSC® C105338

Editorische Notiz

Der Text der vorliegenden Edition folgt der Ausgabe:
Gert Hartenau-Thiel: Im Reiche des Königstigers, Verlag Deutsche Buchwerkstätten, Dresden, 1923.
Der Text wurde aus Fraktur übertragen. Die Orthographie wurde behutsam modernisiert, grammatikalische Eigenheiten bleiben gewahrt. Die Interpunktion folgt der Druckvorlage. Der Inhalt ist im historischen Kontext zu lesen.

Editorische Notiz

Der Text der vorliegenden Edition folgt der Ausgabe:
Gert Hartenau-Thiel: Im Reiche des Königstigers, Verlag Deutsche Buchwerkstätten, Dresden, 1923.
Der Text wurde aus Fraktur übertragen. Die Orthographie wurde behutsam modernisiert, grammatikalische Eigenheiten bleiben gewahrt. Die Interpunktion folgt der Druckvorlage. Der Inhalt ist im historischen Kontext zu lesen.

Inhalt

An den Leser 5

Im Managerhaus der Tabakpflanzung 8

Naja und Sarinen 10

Eifersucht 17

Meine Begegnungen mit dem Tiger 23

Pakraß 35

Pakraß auf der Flucht 50

Gefunden 57

Böse Zeichen 65

Tabak 86

Eine böse, lustige Geschichte 95

Gift 98

Parade 106

Vorbereitungen zum Kampf 112

Ein tollkühner Angriff 130

Dobi und Toekan-ayar 140

Im Zeichen des Aufstandes 148

Der Aufstand 156

Nach dem Kampf 171

Ausklang und Abschied 175

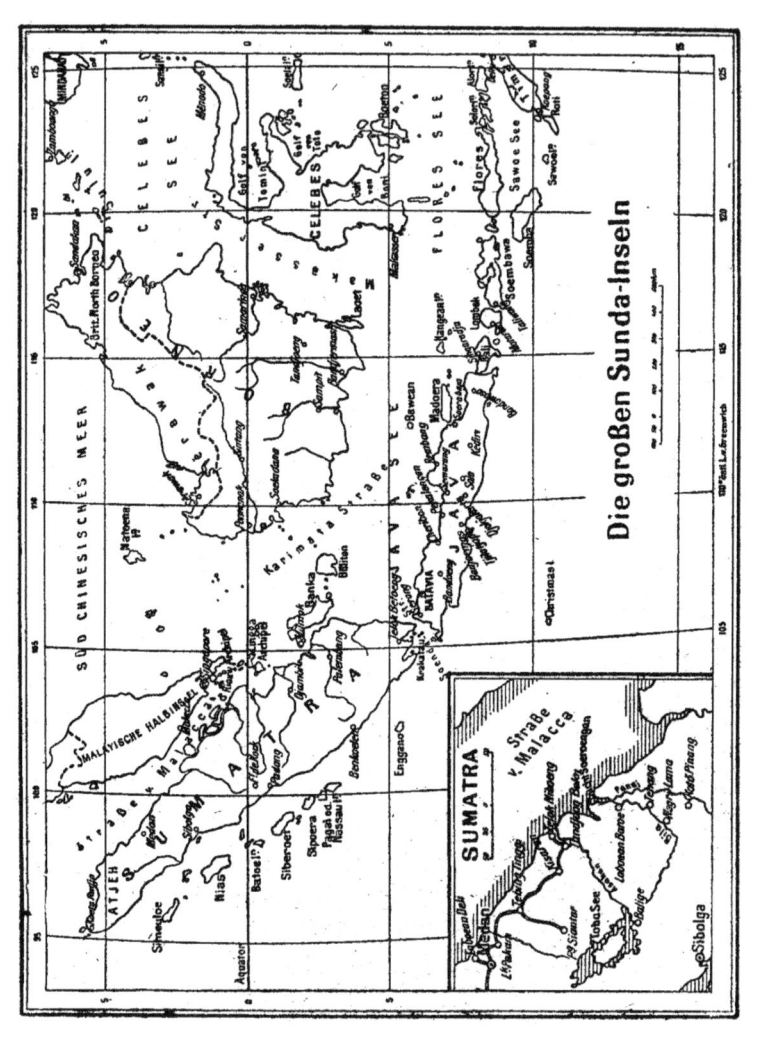

An den Leser

SUMATRA ist nächst Borneo die größte der Großen Sundainseln, 454,626 qkm mit 3½ Millionen Bewohnern, von Norden nach Süden von einer vulkanreichen Gebirgskette durchzogen, an der Westküste steil, buchtenreich, an der Ostküste von vielen wasser- und fischreichen Flüssen durchschnitten. Die malaiische Bevölkerung ist größtenteils mohammedanisch, aber auch Heiden und Menschenfresser leben dort noch in undurchdringlichen Urwäldern. Und weiter führe ich dich, lieber Leser, in die den Niederländern gehörige Kolonie, in die Residentschaft: Sumatras Ostküste, 91,894 qkm mit 500.000 Einwohnern, nach Asahan, Tandjong-Balei, Laboean-Batoe, nach Bila, genannt nach dem Flusse, der durch eine Bucht, Soerongan, in die Straße von Malakka mündet. Und nachdem wir uns in dem kleinen malaiischen Hafen Djawi-Djawi von der Seereise erholt und nachdem wir ein Gala-Diner, das ein dort residierender malaiischer Prinz uns zu Ehren gegeben hat, hinter uns haben, besteigen wir das mir von der Regierung zur Verfügung gestellte Steamlaunch und reisen mit der Flut den breiten, prächtigen Strom der Bila hinab. Sobald ich an Bord bin, wird die riesige holländische Dienstflagge entfaltet, die nun wild in der leichten Brise flattert. Aber hoch oben an der Spitze der Segelstange (Raa), uns alle schützend, flattern die schwarzweißen Preußenfarben, ohne die ich niemals reise.

Acht riesige Polizeisoldaten, in weit leuchtenden, roten Turbanen, stehen mit der sechs Mann starken malaiischen Schiffsbedienung in Reih und Glied und salutieren ihrem Herrn und Kommandanten, während meine mich überallhin begleitenden vier chinesischen Leibdiener in der entzückend molligen Schiffskabine auf Deck ein lukullisches Mahl bereitet haben. Der malaiische Prinz mit jüngeren Brüdern und einem Stab von Post-, Zoll- und Verwaltungsbeamten begleiten mich an Bord, um zeremoniell von mir Abschied zunehmen. Die Prinzen und halbeuropäischen höheren Beamten schütteln mir grinsend die Hand, während die malaiischen unteren Beamten sich tief neigend sie mir küssen. Die Diener der Prinzen endlich, vor Ehrfurcht vergehend, führen den Saum meines Dienstrockes an ihre Lippen.

Auf einen Wink von mir lässt der malaiische Schiffsführer das Abfahrtzeichen, ein juchzendes Sirenensignal, ertönen, das mit seinen hellen, gurgelnden und schrillen Tönen den kleinen Hafen erfüllt. Die Prinzen, Beamten und das neugierige Volk ziehen sich nach dem Lande zurück, noch ein Wink des Abschiedes und mit unendlich langem juchzenden Sirenengeheul des Dampfers arbeiten die Schrauben und bohren sich rasselnd in die warme, milde Flut der Bila.

Rechts, links abschüssige, schlammige Ufer, die sich mit kochenden Wellen füllen und allmählich schwinden, untergehen. Und jetzt umrahmt die spiegelglatte See auf sumpfigem Gelände, die riesigen Stelzwurzeln zeigend, die glattblättrige Mangrovenwaldung mit dem undurchdringlichen Gewirr von seilstarken Schlingpflanzen, die bis in die höchsten Kronen wachsend, den uralten Bäumen den Atem rauben. – Krokodile, welche die höchste Stelle der steilen Ufer erklommen, werden jetzt von der Flut erreicht und schaukeln ihre scheußlichen Leiber in der Bila.

Weiter, weiter, pfeilschnell schießt das Schiff, Wellen in die glatte Flut der Bila schlagend, vorbei an kleinen malaiischen Dörfern und Niederlassungen, die, hart am Ufer gebaut, mit ihren langen, primitiven Holzstegen schon weit voraus sichtbar sind, vorbei an der vielfarbigen wechselnden Vegetation, immer weiter den Windungen des Flusses folgend, dem Ziele zu. Nach einer Fahrt von sieben bis acht Stunden, als schon die Schatten der Nacht sich senken, als schon der Mond mit silberhellem Schein die letzte Leuchte unseres Weges ist, erreichen wir das Ziel: Die Landungsbrücke der Tenang-Pflanzung, wo ich als Polizeikommandant stationiert, aber auch Leiter, Herr und König bin.

Bei Beginn meiner nun folgenden Erzählungen lebte ich bereits fünf Jahre im Lande und wenn ich meine Erlebnisse schildere, so geschieht es mit der abgeklärten Ruhe eines Mannes, der durch die vielen gefahrvollen Bewegungen seines Lebens stahlhart geworden ist, aber dennoch sich eine kindliche Weichheit für das Innenleben von Mensch und Tier bewahrt hat. Ich bringe keinen wissenschaftlichen Vortrag, sondern nur schlicht zusammengefügte, wirkliche Begebenheiten, aus denen aber der Leser lernen kann, Gedanken und Anschauungen der Geschöpfe einer fremden Welt zu verstehen.

Gert Hartenau-Thiel.

Im Managerhaus der Tabakpflanzung

NICHT weit von dem kleinen Hafen der Pflanzung und der Landungsbrücke erhebt sich ein schön gepflegter, etwa einen Morgen großer Palmenhain, in dessen freier Mitte die Front des genial und geschmackvoll gebauten Herrenhauses auf das grünliche und sanft schleichende Wasser der Bila blickt. Das Haus ist aus Holz gebaut, das vielspitzige Dach mit Attap (getrocknetem Schilf) gedeckt, und der braune Anstrich mit den weißgemalten Fenstern, den grünen Fensterläden und der geräumigen Vorder- und Hinterhausveranda geben ihm ein Bild der Ordnung, Behaglichkeit und Ruhe. Das Haus ruht auf buntbemalten und mit breitblättrigen Schlingpflanzen umrankten Pfählen, so dass sich unter dem Hause, in Verbindung mit der nächsten Umgebung, ein prächtiger Blumengarten ausbreitet. – Schön angelegte Wege, umrahmt mit doppelhaushohen Kokospalmen, in deren Wipfeln sich runde Früchte gleich riesigen Straußeneiern schaukeln, zeugen von Pflege, aber auch von Geschmack und reichlichem Überschuss an Arbeitskräften.

An der Front des Hauses befindet sich eine bequeme Auffahrt. Eine breite, rechts und links ausgebogene Treppe führt in das Haus, über die Wohnveranda, in vier bis fünf geschmackvoll, aber einfach eingerichtete Zimmer mit vielen Ruheplätzen und in die Speiseveranda des Hinterhauses. Von hier aus führt wieder eine breite Holztreppe durch einen gedeckten Säulengang in die im Palmenhain versteckt liegenden Wirtschaftsgebäude: die Küche, das Badezimmer, die Dienerwohnungen und das Hühnerhaus.

Eine fest und solid gebaute Fahrstraße zieht sich am Hause vorbei tief in die Pflanzung und verzweigt sich zu den einzelnen Siedlungshäusern, der Fermentierscheune, den Kongsis, Kabongs, Wohnhäusern der Assistenten, chinesischen Oberaufseher, der Unteraufseher, vorbei an malaiischen und chinesischen Kaufhäusern in den Urwaldbusch.

Links vom Herrenhaus, an der Fahrstraße, steht die Hauptpolizeistation, die auch, wie alle Häuser der Pflanzung, aus Holz gebaut und mit Schilf (Attap) gedeckt ist. Um ein geräumiges großes Zimmer läuft eine breite Säulenhalle. Im vorderen Teil derselben, am Eingang, ruhen acht bis zehn Gewehre und eine Trommel in Stützen, vor denen ein bewaffneter Posten steht. Im Wachtraum befinden sich ein großer Tisch, einige Stühle und an den Wänden einige Pritschen, auf denen die abgelösten Wachen ruhen.

An die Polizeistation reiht sich der Pferdestall an, eine große Halle, die Raum für fünfzig bis sechzig Pferde bietet, aber selten mehr wie zwanzig Pferde beherbergt. Nicht weit davon steht der Elefantenstall für meine drei riesigen Arbeitselefanten.

Tenang. Wohnhaus des Verfassers

Naja und Sarinen

Auf der Wohnveranda des Herrenhauses sind eine Anzahl malaiischer und chinesischer Diener beschäftigt, die großen Holzrouleaux herunterzulassen, um die brennende Glut der Sonnenstrahlen abzuwehren und damit den Aufenthalt möglich zu machen. Die sehr geräumige Veranda wird an der Front und seitlich durch eine meterhohe hölzerne Balustrade begrenzt, über welcher die fünf bis sieben Meter breiten und meistens acht bis zehn Meter langen Holzrouleaux, richtiger Holz-Kreas, angebracht sind. Aufgerollt gewähren diese einen wundervollen Blick in den Palmenhain, in die tropische Buschlandschaft, über die Fahrstraße in die Pflanzung, heruntergelassen aber geben sie Schutz vor der brennenden Sonne, vor neugierigen Blicken Fremder und machen die Veranda zu einem geschlossenen Zimmer.

Die Hinterwand ist glatt gehobelt, braun gestrichen und hat drei Türen, die in die anderen Wohnräume und nach der ähnlichen hinteren Speiseveranda führen. Den Boden der Veranda deckt ein riesiger, buntfarbiger Matten-(Kokos-)Teppich. An den Türen sind leichtseidene blaue Portieren angebracht und auch die vielen Bambus- und Rotan-Faulenzer und Tische sind mit wundervoll gestickten japanischen Deckchen geschmückt. Man merkt aus dem geschmackvollen Arrangement und der peinlich sauberen Ordnung, die überall herrscht, dass eine Frau im Hause ist. Und selbst auf meinem Schreibtisch mit den vielen Schreibutensilien, Büchern, unzähligen Bildern und Photographien, die auf dem Aufsatz in Rahmen und Rähmchen stehen, liegt nicht ein Hauch von Staub.

Draußen azurblauer Himmel, blendendes Sonnenlicht, Tropenhitze. Schlaff hängt die große niederländische Beamtenfahne ohne Luftbewegung am Mast. Und auch die Preußenflagge, hoch oben auf dem Dache des Hauses, die sonst vom Seewind gefächelt lustig flattert, hüllt sich wie zum Sterben ein und lässt kaum die Farben erkennen. Von der Polizeistation verkünden die Töne eines Tamtams die Mittagspause. Grell, hart, weit und hell klingen die Rufe des zymbelförmigen Tonwerkes und schwingen durch die Lüfte weit über die Plantage, weit über die Arbeitsfelder. Tausende schwer arbeitender Kulis, Javanen, Malaien recken den schmerzenden Rücken, trocknen die schweißtriefenden Glieder, und ein befreites Aufatmen geht durch die Reihen. Bald kommen sie angezogen, vereinzelt mit ihren Arbeitsgeräten oder in Trupps unter Führung eines Tändels (chinesischer Aufseher) oder Mandors (japanischer Aufseher), um nach ihren Kongsis (Häusern) zu wandern und zwei Stunden der Ruhe zu pflegen.

Ein Summen, ein Brausen rauscht durch das grelle Sonnenlicht. Stimmen hell und dunkel, scharf und hart, weich und ängstlich. Worte und Laute, menschlich und tierisch, Lachen und Fluchen, Hass, Trotz, Bosheit und Gleichgültigkeit ziehen gemeinsam die Straße.

Noch sind die letzten Arbeiter am Hause nicht vorüber, noch die letzten Töne des Tamtams nicht verklungen, als geschäftige, flinke Diener die Tür im Hause, welche zu den Wohnräumen führt, öffnen, und die von allen Dienern gefürchtete Herrin Nonja Naja, eine Japanerin, mit ihren zwei Zofen, Sarinen und Meina, die Wohnveranda betritt. Tief krümmen sich die Rücken der Diener, die vor Furcht kaum zu atmen wagen. Blitzschnell überfliegen die kohlschwarzen Augen der Nonja den Raum und jeden Gegenstand in demselben. Wehe, wenn auch nur der geringste Anlass zum Tadel vorhanden, die Nonja kann strafen, viel strenger als der Herr und – ist grausam. Aber heute scheinen ihre Gedanken einen anderen Weg zu wandeln, als Strafen zu ersinnen. Mit müder Handbewegung entlässt sie die Diener, die eiligst sich in die hinteren Wohnräume zurückziehen.

Inzwischen haben ihre Zofen ein prächtiges weiches Tigerfell auf einen Streckstuhl gebreitet, und langsam, sinnend, schreitet sie darauf zu, legt und streckt sich wie ein schnurrendes Kätzchen. Jetzt öffnen die Zofen große Papierfächer, mit denen sie der Herrin erfrischende Luft zufächeln und lästige Fliegen und Moskitos abwehren. – – –

Naja ist meine Nonja (Hausdame) und wie alle Japanerinnen klein, zierlich. Lieber hört sie sich „Rana" nennen, und meine europäischen Freunde, die ihr schmeicheln wollen, nennen sie „Maharana"! Ihre Gesichtszüge sind, trotz des stark japanischen Charakters, schön. Ihre großen dunklen Augen könnte man, wie ihr blauschwarzes Haar, das nach japanischer Art frisiert und mit Fächern geschmückt ist, vollendet schön nennen, wenn nicht in diesen tiefschwarzen Brombeeraugen oft ein satanisches Aufblitzen zur Vorsicht mahnte.

Pflanzer, die auf Sumatra einen geregelten Hausstand haben wollen und auf der Pflanzung ziemlich einsam leben, sind, wenn nicht verheiratet, gezwungen eine Hausgenossin zu mieten. So findet man oft bei europäischen Pflanzern eine verständige, tüchtige Javanin, Malaiin, seltener eine Chinesin oder Japanerin als Hausgenossin (Hausdame) und Leiterin des Hausstandes.

Die Japanerin steht natürlich turmhoch über ihren Kolleginnen, der Malaiin und Javanin. Sie genießt ziemlich dasselbe Ansehen wie eine Europäerin und verkehrt auch gesellschaftlich mit den verheirateten europäischen Frauen, während die dunkelfarbigen Hausdamen bei Gesellschaften überhaupt nicht erscheinen dürfen, auch nicht nach der Sitte die Erlaubnis haben, mit dem Hausherrn an einem Tische zu speisen. Die Japanerin ist und bleibt ihrer Rasse wegen eine Herrin, die Javanin oder Malaiin aber, selbst wenn sie sich mit einem Europäer verheiratet, was öfters vorkommt, immer nur eine Niggerin, mit der man nicht auf Verkehrsfuß steht.

Natürlich weckt das stete Zusammenleben mit einer Hausgenossin oft den Wunsch nach einer Ehe mit ihr und das ist es auch, wonach die Hausdame strebt und weshalb sie den Wunsch des Herrn durch Pflichteifer und rührende Sorge um ihn zu schüren weiß. Das Eingehen einer Ehe aber mit einem fremdrassigen Weibe ist in den seltensten Fällen ein glücklicher Gedanke gewesen. Rasse soll bei Rasse bleiben. Es ist ein Unding, wenn sich ein steifbeiniger Engländer mit einer beweglichen, heißblütigen Kreolin oder ein Negerfürst aus Nubien mit einer schlohweißen Schwedin verheiratet. Das sind herzlose Spielereien, die nur anfangs glücklich scheinen, letzten Endes aber, wenn der Rausch verflogen und die Besinnung kommt, fast immer mit Unglück enden.

NAJA war schön, ja ihre Schönheit blendete und lockte mich, sie zu heiraten, aber ich traute ihrer Sanftmut von Anbeginn nicht. Ich beobachtete sie mit kühlem Verstand und merkte nur zu bald, dass ihr der Teufel im Nacken saß. Trotzdem blieb ich gütig, freundlich, spielte mit ihr und schenkte ihr viele Freiheiten mir gegenüber, aber zu rechter Zeit duckte ich sie und lehrte sie, mich als Herrn zu achten.

Sie arbeitete selbst nichts, ließ sich bedienen und gebärdete sich wie eine indische Fürstin, eine Rana. Und doch geschah im Haushalt nichts ohne ihren Willen. Ihre schwarzen Augen sahen alles und ihre rücksichtslose Energie strafte alles, was Unrecht war. Und wenn man bedenkt, dass zu meinem Haushalt vier Leibdiener, ein Koch, drei Küchenjungen und acht Nebendiener, zwei Zofen, ein Waschmann und ein Wasserträger gehörten, dann kann man sich ein Bild machen, wie tüchtig diese anscheinend verwöhnte Puppe sein musste, um einen so großen Hausstand so zu leiten, dass alles wie am Schnürchen ging.

Stets war sie nicht nur blitzsauber, sondern herausfordernd geschmackvoll gekleidet. Gewöhnlich bestand ihre Kleidung aus einem leichtseidenen, weißen Sarong (sackartig genähter Frauenrock, der um die Hüften geschlungen und durch einen Gürtel befestigt wird) und einer eben solchen weitärmeligen Jacke. Darüber um die Hüften ein hellblauseidener Schal, in dem ein Dolch, eine mit Edelsteinen gezierte Waffe, steckte. Ihr Kostüm war mit silbernen Stickereien, Sonne, Mond, Sternen, Vögeln, Spinnen, Schmetterlingen verziert. Die bloßen, niedlichen, schneeweißen und gepflegten Füßchen steckten in schwer mit Gold bestickten Schuhen mit roten Absätzen. Viel Schmuck zierte ihren schönen Hals, hübsche Ringe die zarten Finger und lange herrliche Ohrringe rahmten das Gesicht.

Wenn auch andersrassig, dunkelbraun und einfach nach Zofenart gekleidet, hatte Naja in ihrer sehr jugendlichen Zofe Sarinen eine gefährliche Rivalin. Sarinens Gesichtszüge waren, trotz des unverkennbaren javanischen Types, selten regelmäßig und schön. Auch der schwebende leise Gang, die weichen Bewegungen, Handreichungen und der melancholische, entsagungsvolle Blick ihrer dunklen Augen rührten und fesselten.

Die Zofe Meina ist kaum erwähnenswert. Sie war ein unschönes, älteres Mädchen mit großem blaurotem Munde und abgeschliffenen Zähnen, ewig den scheußlichen roten Betel kauend. Von ihr hatte Naja nichts zu fürchten, doch gegen Sarinen hegte sie ein begreifliches Misstrauen, schon um deren Schönheit willen.

Ich bringe die Szene ausführlich, weil sich auf diese die Erzählung aufbaue, und weil der Kampf dieser beiden Frauen selbst für das Bestehen der Pflanzung hätte verhängnisvoll werden können.

Lang streckte sich Naja und hinter ihr standen die unermüdlich fächerschwingenden Zofen. Am Boden, in Najas Nähe, hatten sich einige meiner Lieblingshunde, darunter eine große deutsche Dogge, zur Ruhe gelegt. Alle litten unter der Hitze, schliefen still und ruhig oder bewegten nach Hundeart träumend ruckweise die Beine, dabei ein unterdrücktes kurzes Knurren und Bellen ausstoßend. – Najas Augen starrten in das Gebälk des Hauses, wo dicht unter dem Dache sich das Nest einer Riesenschlange befand, die halb in einem dort angebrachten Wasserkübel, halb zusammengerollt im Neste lag. – Es war meine Hausschlange Klara, ein gezähmtes Tier, das ich von einem nach Europa abgereisten Pflanzer geerbt hatte und das nun in meinem Hause nächtliche Jagden auf die Ratten machte. Von ihr soll später die Rede sein.

Gelangweilt wendete Naja den Blick und seufzte: „Wo bleibt der Herr?" Sarinen fuhr zusammen, ein Zittern befiel sie. Ihre Blicke irrten hinaus und leise antwortete sie: „Er ist im Busch, Rana!" Die Japanerin nickte stumm und träumend starrte sie weiter vor sich hin. „Wenn doch mein Wunsch erfüllt würde", sagte sie endlich, „mein sehnlichster Wunsch."

Meina glättete fürsorglich das Kleid der Gebieterin und sagte: „Das Auge des Tages am Firmament neigt sich der Zeit seines Kommens zu, Herrin!" „Ach ständen sie doch still, die Sonne, wenn er bei mir ist und möchte sie doch doppelt eilen, wenn er von mir geht." „Er ist ein schöner Herr!", flüsterte Sarinen mit einem bedeutungsvollen Blick.

Wieder nickte Naja sinnend und erwiderte träumend: „Ja, ein schöner, schöner Mann, dieser Europäer mit dem wilden Feuer eines Tigers und der dämonischen Kraft eines Gottes!" Sarinen seufzte tief auf.

Wie elektrisiert hob Naia den Kopf und blickte Sarinen an: „Apa itu, Sarinen?" „Nichts, Rana!", antwortete die Zofe, scheu ihrem Blick ausweichend. Misstrauisch starrte Naja das Mädchen an. Dann schrie sie schrill, drohend: „Sarinen, du bist nicht aufrichtig!"

„Warum sollte ich nicht?" Fast trotzig sagte das Sarinen.

„Sarinen!", schrie drohend die Japanerin, „wage nicht, deinen Blick auf ihn zu werfen!"

Die Zofe neigte sich tief vor der Herrin und scheu, stockend flüsterte sie: „O – Rana! – Ich – Eure Dienerin?"

Beruhigt wehrte Naja ab und streckte sich wieder. „Es ist gut, schweig und vergiss das nicht!" Und nach einer kleinen Weile fuhr sie halb träumend fort: „Ich fürchte die Zeit des Alterns, wenn Silberfäden mein Haar durchziehen und die zitternde Hand den Stab sucht, um den gebrechlichen Körper zu stützen!"

„Möge die Zeit fern sein, fern wie der Tag des Gerichts!" Besorgt und tröstend sagte es Meina.

Naja seufzte traurig. „Möge sie! Aber wir können sie nicht halten, sie eilt und flieht dahin wie der Traum einer Nacht! Wir erwachen mit der Erkenntnis des Verflossenen und sehen uns plötzlich, aus dem Leben geschieden, zitternd, in heißen Gebeten ringend, vor dem strengen Richter, dem gewaltigen Buddha! – Er mag mich vor Alter schützen!"

Und plötzlich sprang sie auf, rasend vor Eifersucht: „Wenn aber dennoch ich die Gunst des Herrn verlieren sollte, wenn er sich von mir wenden würde heute, so wüsste ich, dass nur eine schlaue, hündische Nebenbuhlerin mir meine Pläne zerstört hat und meine Rache würde sie treffen!" – Und den Dolch aus dem Gürtel reißend, schrie sie wild, leidenschaftlich mit Flammenaugen Sarinen anstarrend: „Mit diesem Dolch würde ich ihren Leib zersetzen, ihr Blut verspritzen! Auch wenn ich selbst untergehe! Hüte dich, du! Hüte dich, Sarinen!"

Entsetzt wich Sarinen zurück, verneigte sich wieder mit gekreuzten Armen: „Herrin?! Woran denkt Ihr?"

Jene senkte die Waffe, sah Sarinen drohend an und steckte den Dolch wieder in den Gürtel. „Woran ich denke, fragst du? Ich will es dir sagen! Ich denke, dass eigentlich auch ich nur seine Dienerin bin, wenn auch von weißer Farbe, ihm nicht gleich gestellt, obwohl er mich hier schalten lässt, wie ich will! Also, hüte dich, du Hündin!"

Und weiter, weiter wollte sie sprechen, Empfindungen in Worte formen, die ihr der Hass, das Misstrauen und die Eifersucht diktierten, aber ein fernes Pferdegetrappel ließ die Frauen aufhorchen.

Laut kläffend mit einem Freudengeheul drängten die Hunde hinaus, während Naja an die Balustrade eilte, in den Hof blickte und rief: „Der Herr kommt! Tabé Touwan (sprich Tuan), tabé, tabé!"

Sarinen hielt sich im Hintergrunde der Veranda, sah hasserfüllt auf ihre Herrin, presste die Lippen zusammen und ballte die Hand zur Faust.

Eifersucht

WIE ein glühender Ball stand die Sonne am Himmel und färbte ihn blutrot. Ich hing auf meinem Pferde, das wie ein Blitz dahinraste, in Schweiß gebadet. Auch meine Begleitung, zwei bengalische Polizeisoldaten, ächzten vor Hitze und Ermattung und sehnten sich nach Ruhe, Erholung. Nur unsere Pferde, kleine, aber feurige Ponys, schüttelten sich vor Vergnügen und griffen munter aus.

Und so rasten wir von einem Rekognoszierungsritt kommend die Plantagenstraße hinab, dem Hauptsitz der Pflanzung zu, um den äußeren und inneren Menschen aufzufrischen. Näher und näher kamen wir dem Ziele unseres sehnlichsten Wunsches, schon durchquerten und verließen wir den niedergelegten Wald, schon wurde der raue, harte Weg ebener, weicher, und die Hufe unserer Pferde warfen den gemahlenen Sand in Wellen hinter sich, und schon tauchte mein Haus auf. Jetzt erfüllte die Luft ein vielstimmiges Hundegeheul, und meine Meute von zwanzig schönen und hässlichen Tieren kam freudekläffend mir entgegengeflogen. Voran mein Lieblingshund, eine riesige deutsche Dogge, die es sich nicht nehmen ließ, mich stets zuerst zu begrüßen. Bald hatten sie uns erreicht, und das Quietschen, Kläffen und Begrüßen nahm kein Ende.

Jetzt kamen wir zum Palmenhain und bald zur Polizeistation. Die Trommel wirbelte, die Polizeisoldaten standen in Reih und Glied und präsentierten die Gewehre, meine Diener kamen angelaufen, und oben am Geländer der Veranda meines Hauses stand Naja und begrüßte mich: „Tabé Touwan besar, tabé Touwan!"

„Tabé, Naja!", rief ich fröhlich zurück, – schwang mich vom Pferde, warf den Dienern meinen Hut, meine Waffen zu und schritt, mit festen Griffen die mich umdrängenden Hunde abwehrend, die Treppe hinauf. – „Tabé! – du japanischer Edelstein!"

„O, Herr! Ich bin froh, dass Ihr zurückgekehrt seid!", antwortete Naja.

„Dachtest wohl, sie hätten mich schon aufgefressen? Heh?"

„Es gibt aber so viele böse Menschen", sagte sie ängstlich.

Ich reckte mich hoch auf. „Die ich ebenso wenig wie den Teufel fürchte! Lass sie nur kommen, die Kanaillen! Ich zerschmettere sie!" Und mich an die Diener und Frauen wendend, sagte ich: „Oder, ihr Boys und ihr Weiber, glaubt ihr's nicht?"

Verängstigt duckten sich alle mit gekreuzten Armen: „Saya, Touwan besar! Saya, Touwan besar, besar!"

„Na, das wollte ich auch jedem geraten haben!", lachte ich. Dann an die Balustrade tretend, rief ich in den Hof: „Doto!"

Von der Polizeistation antwortete ein Polizeisoldat: „Touwan besar?" und lief wie ein Windhund dem Hause zu.

„Reite schnell an die Grenze von Negri-Lama, in die neue Pflanzung! Dort findest du die Touwans Bonardi und Sanné. Melde ihnen, dass ich auf dem Wege hierher Tigerspuren entdeckt habe. Sie möchten vorsichtig sein!"

Der Polizeisergeant salutierte: „Saya, Touwan besar!"

„Lade aber dein Gewehr scharf", warnte ich, „bleibe auf dem Wege und gib acht, dass dir die verdammte Luderkatze nicht selbst ins Genick springt! In einer halben Stunde musst du zurück sein. Verstanden?"

„Saya, Touwan besar!"

„Pakraß kann solange deinen Dienst übernehmen!"

„Saya, Touwan besar!" – Doto salutierte, eilte zurück in die Polizeistation, und fünf Minuten später sah ich ihn auf seinem Gaule wie der Wind davonrasen.

Naja fragte ängstlich: „Herr? Ach, Herr? Ein Tiger?" Ich lachte.

„Sei nicht furchtsam, dich holt er nicht! Du bist ihm zu wenig!"

Ich wandte mich ab, trat an den Tisch, warf den Revolver daraus und befahl den Dienern, mir das Bad zu rüsten, dann legte ich mich ermüdet auf den Faulenzer. Und als die Diener davoneilten, um meinen Befehl auszuführen, und ich mit den Frauen allein war, rief ich Naja und gebot ihr, sich zu setzen.

Naja ließ sich nieder, und während ich mir mit einem Tuche Gesicht und Hände trocknete, rief sie: „Armer Touwan! Oh! So viel Schweiß."

„Ja", stöhnte ich, „eine Bullenhitze! Sarinen! Meina! macht Luft."

Dienstbeflissen stellten sich die Zofen links und rechts an meinem Stuhle auf und wedelten mit ihren Riesenfächern mir Luft zu.

Behaglich dehnte ich mich und scherzend sagte ich zur Japanerin: „Na, Kleine, wie ist es dir ergangen?" Naja küsste mir die Hand: „Schlecht, Herr!" – „Schlecht?" – „Ja, schlecht, Herr! Wenn Ihr nicht hier seid – –!"

Belustigt sah ich sie an. „Du asiatisches Äffchen! Dich sollte so mein altes Mütterchen sehen. Die würde Augen machen!"

„Touwan, bitte, bitte, erzählt von ihr!"

Ich wehrte seufzend ab. „Warum? Du kannst das nicht verstehen. Sag, Naja, hast du eigentlich auch noch eine Mutter?"

Sie schüttelte den Kopf. „Nein, ich kenne sie nicht! Ich habe niemanden außer vielleicht Euch!"

„Armes Ding! Und wer war es, der dich zu mir sandte?"

Vor Grauen schüttelte sie sich, und gequält kam es von ihren Lippen: „Ein Agent, Händler oder Seelenverkäufer. Ach, für ein paar Dollar hatten meine Eltern mich an ihn verkauft. Nein, meine Eltern nicht, die waren schon lange tot, aber meine Pflegeeltern, Verwandte, die mich erziehen ließen und dann mit mir wie mit einer Ware Geschäfte machten. Meine wirklichen Eltern kannte ich nicht!"

„Und der Agent behandelte dich schlecht?"

Sie seufzte tief auf, und wieder schüttelte sich ihr kleiner Körper vor Grauen. „Schlecht? Ach, ich würde es ertragen haben. Er behandelte mich aber wie ein schmutziger chinesischer Sklavenhalter; sandte mich in eine Teestube, ich sollte eine Geisha werden! Und als ich mich weigerte, da – –"

„Da? Nun da – so erzähle doch weiter!"

Jetzt schrie sie auf, und der Hass entstellte ihre schönen Züge. „Da – peitschte er mich!" Wieder stockte sie und ihr Atem flog. „Dann, etwas später, rächte ich mich!"

„Wie?" Ich richtete mich erregt auf, fasste ihr Handgelenk. „Naja! Wie rächtest du dich? Sprich weiter!"

„Im Opiumrausch verletzte er sich; ich leistete ihm keine Hilfe und freute mich, wie allmählich mein Peiniger verblutete."

„Naja?", entsetzt sprang ich auf. „Naja? Und das konntest du?" Jetzt stand ich auf und ging erregt im Zimmer auf und nieder. In mir tauchte der Gedanke auf, dass sie selbst vielleicht eine Mörderin war und den vom Opiumrausch betäubtem hilflosen Mann ermordet hatte. Aber sie selbst fühlte wohl, dass ich Ähnliches glauben mochte, denn schnell sagte sie: „Ich habe ihn nicht angerührt, die Ursache seiner Verletzung war ich nicht, Herr!"

Ich atmete auf. „Nicht?" „Nein, Herr! Er selbst. Mit diesem Dolch, den ich trage, zerschnitt er sich die Adern seines Handgelenkes!"

„Und das ist wahr?"

„Ich schwöre es beim Andenken Eurer Mutter, Herr! Aber erzählt von ihr, bitte tut es! Ihr liebtet Eure Mutter sehr?"

Ich wandte mich ab, mein Blick fiel auf Sarinen, die mit ihren großen dunklen Augen alle meine Bewegungen verfolgte. „Ach", wehrte ich, „warum soll ich dir von ihr erzählen? Du begreifst mich nicht und kannst mich nicht verstehen, du, die keine Heimat kennt und nicht einmal fühlen kann, was Heimweh ist!"

„Heimweh? Allerdings, Herr, ich weiß nicht, was Ihr meint?"

Ganz plötzlich klappte mit lautem Geräusch Sarinen ihren Papierfächer zusammen, trat vor, verneigte sich mit gekreuzten Armen, sah mich mit ihren großen Augen an und stockte: „Herr!"

Erstaunt fragte ich: „Sarinen? Was willst du?"

„Verzeiht, Herr! Aber ich weiß, was Heimweh ist. Niemand lehrte es mich. Aber ich fühle die Sehnsucht nach der Erde, wo ich geboren bin, nach der Hütte, wo ich gelebt habe, nach dem Baum, dessen Blätter mir Schatten spendeten und nach den Menschen, die meine Schritte leiteten, mich ernährten und behüteten!"

Naja unterbrach sie drohend: „Schweig! Wie kannst und darfst du reden? Hast du vergessen, wer du bist?"

„Naja!", rief ich verdrießlich, „warum so streng?"

In Sarinen aber brodelte die zurückgehaltene, furchtbare Empörung und der grenzenlose Hass der Nebenbuhlerin hervor, und mit einem Mute, den ich dem Kinde nicht zugetraut hätte, trat sie zähneknirschend plötzlich vor Naja, und mit einer Stimme, die vor Wut bebte, zischte sie: „Ruft die Polizeisoldaten, lasst mich binden, peitschen, oder ersinnt eine andere Marter, quält mich, wie Ihr wollt, nur lasst mich dann fort von Euch!" Und nun schrie sie laut, verzweifelt und wie ohne Besinnung: „Es ist tausendmal besser, sich das Fleisch mit glühenden Zangen vom Körper reißen zu lassen, als sehen zu müssen, wie Ihr, Rana, Euch um die Liebe des Touwan bemüht!"

„Sarinen!", rief ich erstaunt.

Naja stand erstarrt da, dann kreischte sie auf: „Ah! So liebst du ihn, Verräterin?"

Sarinen warf ihr einen wilden Blick zu: „Ja, Ihr sollt es wissen, Herrin, ich – liebe – ihn!"

Die andere keuchte vor verhaltener Wut und versuchte vergeblich, sich zu beherrschen. Plötzlich duckte sie sich wie zum Sprunge, riss den Dolch aus dem Gürtel und stürzte sich auf Sarinen. „Binatang! Nichtswürdige!" Aber ehe sie zum Stoß ausholen konnte, hatte ich ihren Arm umspannt und riss sie zurück: „Naja! Bist du von Sinnen?", rief ich, aufs äußerste über den Zwischenfall empört.

Sie wand sich unter meinem Griff, versuchte sich zu befreien: „Herr, lasst mich! Sie gehört mir! Sie ist meine Dienerin!"

Ich entwand ihr den Dolch. „Und glaubst du, ich gab dir mit ihr das Recht, sie zu töten?", fuhr ich, um sie zu beruhigen, fort.

„Sie gehört mir, Touwan!", schrie die Japanerin schäumend, „wollt Ihr sie schützen, so würdet Ihr mich zertreten! Wählt zwischen ihr und mir!" Und immer wieder versuchte sie sich aus meiner Umklammerung zu befreien. Aber mit eisernem Griff hatte ich ihr Handgelenk umspannt und duckte sie fast zu Boden.

Ich wandte mich an Sarinen und sagte streng: „Sarinen? Was wagtest du? Sprich und verteidige dich!" Jene warf sich zu Boden, umklammerte meine Füße und schluchzte herzzerbrechend: „Herr, zürnt mir nicht! Allah allein weiß, warum ich bekannte, was ich lieber bis zum letzten Atemzuge verborgen in mir getragen hätte! Straft mich, Touwan, aber tut es selbst! Straft mich mit lachendem Gesicht, und ich will Euch danken mit jedem Schmerzensschrei, aber auch für Euch um Mohammeds Schutz bitten!"

„Sie gehört mir!", keuchte Naja.

„Sieh auf, Sarinen!", befahl ich leise. Und während die Zofe sich langsam erhob und dann scheu mit gesenktem Blick vor mir stand, fuhr ich fort: „Strafen werde ich nicht! Denn deine Schuld ist nicht so groß, dass eine Strafe gerecht wäre. Eine kindliche Schwärmerei", sonst nichts! Die ganze Sache ist nicht der Rede wert."

Empört unterbrach mich Naja: „Touwan!"

„Du schweigst, Naja! Hier bin ich Herr und werde bestimmen, was geschieht! Wage nicht, sie anzutasten, Naja! Sarinen steht unter meinem Schutz!" Drohend, böse starrte ich der Japanerin in die Augen, dann gab ich sie frei. „Sie ist meine Dienerin, wie du selbst, nichts anderes."

Naja wandte sich ab: „Gut, gut Herr, wie Ihr befehlt", antwortete sie zähneknirschend, „aber ich hasse sie, merkt Euch das, Herr!"

Meine Diener Sakir und Bakar traten ein und meldeten, dass das Bad bereit sei und liefen dann in mein Schlafzimmer, um mir beim Entkleiden behilflich zu sein. Ich folgte ihnen langsam, nachdem ich noch einmal Naja drohend ansah: „Naja, ich warne dich!"

Kaum hatte ich aber die Frauen verlassen, als die Nonja leise, wie eine Katze, auf die Zofe zutrat, dieser in die Augen starrte und zischte: „Warte Sarinen, du schmutzige Hündin, ich rechne ab!"

Ergeben neigte Sarinen den Kopf: „Tut, was Ihr wollt, Rana!", sagte sie demütig.

Meine Begegnungen mit dem Tiger

AM folgenden Morgen war ich früh in den angrenzenden Busch mit etwa dreißig Malaien und Javanen eingedrungen, um Vermessungen für die Neupflanzungen vorzunehmen. Und während ich mit meinem Messapparat und Kompass beschäftigt war, diese richtete oder geeignet aufstellte, säuberten meine Arbeiter mit riesigen Hackmessern und Beilen, weit vor mir voraus, die Messrichtung von jüngeren Bäumen, Blatt- und Schlinggewächsen. Uralte Baumriesen, wie z.B. die indische Eiche (Teakholz), deren Stämme mitunter einen Durchmesser von sechs bis acht Metern hatten, mussten natürlich, wenn sie in Richtung lagen, durchmessen und umgangen werden, und um die Messspur festzuhalten, wurden lange spitze Stäbe gesteckt. Das genaue Stecken der Stäbe war von großer Bedeutung, da sonst infolge der vielen Hindernisse, trotz Apparat und Kompass, sehr leicht die Messrichtung um Meter verloren gehen oder schief auslaufen konnte. Deshalb war ich der Kontrolle halber gezwungen, fünfzig bis achtzig Meter oft hinter meinen Leuten zurückzubleiben.

Wenn ich die Pflanzung durchkreuzte, oder besonders wenn ich in den Busch eindrang, pflegte ich nicht nur in Begleitung einiger Polizeisoldaten oder Diener zu sein, sondern mich auch zu bewaffnen. – Ständig trug ich am Leibgurt einen kurzen Dolch (malaiischen Kris), oft auch eine Büchse oder Flinte, einen breiten Hirschfänger, einen Armeerevolver und eine siebenschwänzige Lederpeitsche. Heute aber hatte ich außer dem malaiischen Kris keine Waffen bei mir.

Ich stand also waffenlos an meinem Messapparat, richtete und verglich, während weit vor mir meine Arbeiter die schier undurchdringliche Wildnis in der Messlinie lichteten. über mir in Palmenkronen schaukelten und rollten einige Affen, und in der feuchtheißen Luft schwirrten Milliarden Fliegen, Moskitos und Käfer. – Jetzt wartete ich auf das weitere Vordringen der Eingeborenen um mit meinem Apparat folgen zu können und beobachtete inzwischen belustigt das Spiel und Treiben der Affen. Da plötzlich erhoben diese ein furchtbares, entsetzliches Angstgeschrei, und blitzschnell schwangen sie sich auf noch höhere Bäume und von diesen springend und laut durcheinander schreiend tiefer in die Wildnis. So pflegen sich die Tiere nur zu benehmen, wenn ihnen hohe Lebensgefahr droht, und mir kam der Gedanke, dass vielleicht ein Orang-Utan in der Nähe wäre, den die kleineren Affen sehr fürchten. Noch beschäftigt, die Ursache zu erforschen, hörte ich meine Arbeiter grässlich aufschreien und sah sie heftig gestikulierend auf mich zurückeilen.

„Touwan, *Rima* (Tiger) – *Rima*!" – riefen sie warnend und sausten wie der Blitz wild keuchend die Messlinie entlang der Plantage zu. Natürlich war auch ich auf das heftigste erschrocken und wollte ihnen folgen, fliehen. Aber bei der Wendung blieb mein Fuß in Schlingpflanzen hängen, und ich stürzte zu Boden. – Schnell befreite ich meinen Fuß und sprang auf, doch zu spät für eine Flucht, denn vor mir in der Messlinie, in einem Abstand von höchstens fünf Metern, stand der König der Dschungeln – der Tiger!

Instinktiv riss ich meinen Dolch aus der Scheide und erwartete schaudernd den Angriff. – An eine Flucht war nicht mehr zu denken, denn Katzen pflegen die fliehende Beute mutiger und geschickter zu fassen, als den ihnen trotzenden Feind. Dass ich sterben musste, war mir klar, nur wollte ich wenigstens versuchen, mich zu verteidigen, wenn auch der winzige Dolch eine erbärmliche Waffe dafür war. Das gewaltige Tier würde mich schon beim Ansprung zerschmettern. –

Und so standen wir uns gegenüber, beobachteten und verfolgten unsere Bewegungen und – bohrten unsere Blicke ineinander. – Hilf- und wehrlos sich einer solchen Bestie ausgeliefert zu sehen, ist ein Zustand, der entschieden zu den furchtbarsten des Lebens gehört. Oft habe ich dem Tode ins Auge geschaut und grauenvolle Abenteuer erlebt, aber niemals wie hier – wehrlos und ohne die geringste Aussicht auf Hilfe.

Alte Pflanzer, die schon fünfzehn bis zwanzig Jahre auf der Insel lebten, erklärten oft, dass es niemals vorgekommen sei, oder sie nie gehört hätten, dass Europäer von Tigern angefallen worden wären. – Wohl verfolgt der Tiger den Eingeborenen, schlägt und reißt ihn, wo er die Möglichkeit hat, aber dem Europäer geht er merkwürdigerweise fast ängstlich aus dem Wege. Die Ursache war jedoch niemand in der Lage sicher zu erklären, aber es wird angenommen, dass der Europäer für das Tier eine ihm gänzlich unbekannte Erscheinung ist, die ihn erschreckt, und dass der Schweißgeruch des Europäers ihm widerlich ist. Dieser Gedanke, der mir durch den Kopf schoss, war zwar ein schwacher Trost, aber in meiner Todesfurcht klammerte ich mich daran, wie ein Ertrinkender an den Strohhalm.

Jedenfalls sah die Bestie vor mir gar nicht danach aus, – und benahm sich nicht so, als ob sie sich vor mir fürchtete, sie reckte und streckte sich, ließ oft ein entsetzliches Fauchen, Knurren und grollendes Röhren vernehmen, wobei sie wütend mit der Rute Blätter und Zweige peitschte. – Jetzt duckte sie sich zum Sprunge, zeigte knurrend das furchtbare Gebiss, ich fasste den Dolch fester, und erstarrt vor Entsetzen erwartete ich den grauenvollsten Tod. Meine Seele schrie nach Hilfe, meine Lippen bewegten sich betend und vor meinen Augen flog wie der Blitz mein ganzes Leben hin. Ich sah mich als Kind, hörte die Stimme meiner Eltern, Geschwister und Tausender Menschen, mit denen ich im Leben in Berührung gekommen. Kleine Begebenheiten, die eindruckslos und erinnerungslos mir geblieben, standen plötzlich klar vor meinem inneren Auge, ich erlebte sie noch einmal – blitzartig. –

Und jetzt, ein federnder, zuckender Riesensatz. Gewandt sprang ich zur Seite, mich rettend vor den furchtbaren Pranken. Ganz dicht neben mir flog der Riesenkörper zu Boden, um dann mit rasender Schnelligkeit, grässlich fauchend und aufheulend, mit elastischen Sprüngen in das Blättermeer des Busches zu tauchen und – zu verschwinden! – Weit – weiter – und nun ganz fern hörte ich die Äste knacken und Blätter rauschen, bis wieder die Stille des Waldes mich umgab. – Wie gelähmt stand ich noch lange, starr den Spuren folgend, die mein Todfeind gegangen – ich war gerettet – gerettet! – Und tiefer im Busch auf halber Baumhöhe saß mit gesträubtem Haar, zähnefletschend ein Orang-Utan. Die langen haarigen Arme flogen zornig durch die Luft, hustenheulend verfolgten seine funkelnden Augen das Verschwinden seines grimmigsten Feindes. – Vielleicht hatte der Tiger ihn eräugt – vielleicht war er mein Retter! – Jedenfalls habe ich aus Dankbarkeit seit diesem Tage den Befehl gegeben, niemals auf einen Orang-Utan oder andere Affen die Waffe zu richten.

Allmählich wich die Erstarrung, das Blut schoss mir wild, wie bei einem Fieberkranken durch die Adern, mein Körper zitterte wie Espenlaub, und klappernd schlugen die Zähne aufeinander. – Mechanisch legte ich den Messapparat zusammen, ordnete die Teile in der Ledertasche und schritt dann langsam, taumelnd den Weg zurück durch die Messlichtung nach der Pflanzung.

Dort war alles in Aufruhr. – Die Botschaft der zurückgekehrten Arbeiter hatte alarmierend gewirkt. Als ich aus dem Busch in die Lichtung der Pflanzung trat, kam mir unter Führung meines Assistenten, des Holländers van Trassen, ein Trupp bewaffneter Polizeisoldaten entgegen, die zu meiner Rettung in die Messlinie gesandt waren. Bewundernd, staunend und freudestrahlend umringten mich meine Getreuen und geleiteten mich in mein Haus. Wie ein Lauffeuer hatte sich die Nachricht von meiner glücklichen Rückkehr verbreitet, und meine Assistenten, Aufseher und Diener eilten herbei, um mich wie einen Helden zu feiern.

Mein Hauptassistent und Stellvertreter, der Franzose Sanné, hatte auf der Pflanzung bereits Sicherheitsmaßregeln erlassen und Befehle erteilt, die zum Schutze gegen den Einbruch des Tigers unerlässlich waren. Es wurden bewaffnete Wachen an der Buschlinie aufgestellt, Pferde, Vieh und die vielen Hunde in Ställe gesperrt, und selbst unsere drei riesigen Arbeitselefanten unter Bewachung gelegt. Und so empfing mich denn bei meiner Rückkehr in mein Haus das vielstimmige

Geheul der eingesperrten Hunde. Nur meinen Lieblingshund, die bereits erwähnte deutsche Dogge, trauten sich meine Diener nicht einzusperren; er lief, vor Freude kläffend und schwanzwedelnd, mir entgegen. – Als er aber bei mir war und mich nach Hundeart beschnupperte, sträubten sich seine Haare, knurrend umkreiste er mich, um endlich ein klagendes Warnungsgeheul anzustimmen, in das die eingesperrten Hunde einfielen. Offenbar brachte ich die Witterung des gefährlichen Raubtieres.

Die Japanerin ließ sich nicht sehen. Sie war tief beleidigt und hatte sich mit ihrer Zofe Meina in ihrem Zimmer eingeschlossen. Aber Sarinen kam mir entgegengelaufen und reichte mir, vor Glück ganz außer sich, einen Strauß Sternenblumen als Willkommensgruß. Demütig küsste sie mir die Hand und den Saum meines Rockes und folgte mir wie ein Hündchen seinem Herrn.

Nach Hause gekommen, entließ ich meine Begleiter. Ich befahl meinen Dienern, mich zu entkleiden und mir das Bad zu bereiten. Nachdem ich die Kleider abgelegt hatte, kühlte ich meinen nackten Oberkörper in dem erfrischenden Luftzuge, der durch die Wohnveranda über den Hof und die dahinterliegenden Wirtschaftsgebäude strich. Auch die Dogge litt unter der Hitze, suchte Erfrischung und legte sich in der Wohnveranda in die wohltuende Brise. – Ich erwähne diesen Umstand ausdrücklich, um das Folgende verständlich zu machen.

Es war kurz vor 6 Uhr abends. Noch brannte die glühende Sonne, aber sie tauchte plötzlich mit erstaunlicher Schnelligkeit in dunkelrote Wolken, es wurde finster, bis dann der Mond leuchtend hervortrat und die Pflanzung und den angrenzenden Busch mit silbernem Schein überzog. – Tag und Nacht wechseln in zehn Minuten. Der zwölfstündige Tag weicht der zwölfstündigen Nacht.

Die Diener meldeten, dass das Bad bereitet sei, und von ihnen gefolgt, schritt ich die Treppe der Wohnveranda hinab, durch den gedeckten Pfeilergang über den Hof nach den Wirtschaftsgebäuden, wo sich die Badezelle befand. Ich nahm mein Bad, und erfrischt trat ich den Rückweg an. – Jetzt war es vollkommen finster. Der Mond hielt sich hinter Wollen verborgen. Die vorausgeeilten Diener hatten in der Veranda die Lampenkrone angezündet, deren Schein mir den Weg wies. Langsam schritt ich durch den Pfeilergang, als plötzlich der Riesenschatten meiner großen Dogge mir den Weg verdunkelte. Natürlich nahm ich an, dass das Tier mir gefolgt sei und nun meine Rückkehr erwarte. – Leise näherte ich mich dem Hunde, tätschelte flüchtig sein Fell und nannte seinen Namen. Doch erschreckt, knurrend, fauchend wich er zurück und jagte wie toll geworden über den dunklen Hof davon. Erstaunt versuchte ich ihm nachzublicken, aber in der großen Dunkelheit war das unmöglich, und beunruhigt über das seltsame Benehmen des Hundes schritt ich dem Hause zu. Als ich nun die hellerleuchtete Treppe zur Wohnveranda hinaufstieg, erhob sich dort die – Dogge und kam mir wedelnd entgegen. – Verwirrt, sprachlos starrte ich den Hund an. – Wie kam der Hund hierher? – Soeben war er draußen, dort hinten – im Hofe, – und ich hatte ihn – gestreichelt?! – Ich hob die Hand, die sein Fell berührt hatte, und – der penetrante Geruch des Tigers stieg mir in die Nase! – „Rima! – Rima!" – Wie eine Sturmglocke tönte mein entsetzter, wahnsinniger Schrei – grell, alles aufrüttelnd und im stillen Hofe ein wildes Leben entfesselnd.

„Obpasse lakaß!", schrie ich den herbeieilenden Polizeisoldaten zu. – „Fackeln! – Waffen!" – Und sofort darauf flammten fünfzehn bis zwanzig Fackeln hoch, welche die Dunkelheit mit strahlender Helle verscheuchten. Die eingesperrten Hunde tobten, die Leute schrien durcheinander, Befehle wurden erteilt, ein Hin- und Herlaufen – eine Aufregung, ein Lärm, schlimmer als ob es in den Kampf gegen Aufständige ginge. Hastig kleidete ich mich an, hing mir die Büchse um und trat hinaus. Sofort wurde es still – bis auf das Heulen der Hunde. Alle Blicke trafen mich, Furcht, Grauen ausdrückend und von mir Hilfe hoffend. Die Polizeisoldaten eilten mit Gewehren bewaffnet zu mir und umgaben mich. Kurz und scharf kamen meine Befehle und so schritten wir dann, der Tigerfährte nach, zu seiner Verfolgung.

Oben am Geländer der Veranda stand Naja, blass wieder Tod. Die Furcht und der Lärm hatten sie- aus ihrem Zimmer gelockt, und nun versuchte sie mir mit Blicken zu folgen. Als sie aber entdeckte; dass Sarinen in ihrer Sorge um mich mir nachlief, wandte sie sich mit einem Fluche ab und schritt mit Meina wieder zurück in ihr Zimmer.

Es war Sarinens Hand, die plötzlich meinen Arm berührte. „Sarinen!" – rief ich bestürzt, „du darfst uns nicht begleiten!"

„Nein", antwortete sie und senkte demütig den Kopf. „Aber beten will ich für Euch, Herr! Mohammed und der große Allah mögen Euch schützen!" Und wie ein Schatten war sie verschwunden.

Wohl wusste ich, dass die Verfolgung des Tigers in der Dunkelheit resultatlos ausfallen würde, aber ich wollte den Räuber wenigstens durch den Lärm und die lodernden Fackeln verscheuchen.

Der Tiger ist nicht so mutig, wie im Allgemeinen angenommen wird, nur wenn ihn der Hunger peinigt, ist er zu allem fähig. Die Niederlassungen der Menschen, offene, bewohnte Orte umkreist er ängstlich, wagt sie aber erst dann zu betreten, wenn ihn der Hunger mutig macht. Gelingt ihm aber dort ein Raub ohne Gefahr für sich selbst, dann darf man mit seinem öfteren Besuch rechnen, und der Schaden kann außerordentlich sein. Deshalb hat die Regierung auch seine schärfste Verfolgung empfohlen und hohe Prämien ausgesetzt. Jedenfalls legte ich mich nach den furchtbaren seelischen und körperlichen Anstrengungen todmüde zu Bett und schwur der Bestie die grausamste Rache. –

Am folgenden Morgen berichteten die ausgestellten Wachen, dass sich der Tiger in der Nacht nicht gezeigt, – und nur das schauerliche Heulen der Hyäne die Posten beunruhigt habe.

Nachdem ich den Bericht der Wachen entgegengenommen hatte, sandte ich an meine Assistenten und die Pflanzer der Nachbarplantagen Eilboten mit der Mitteilung der drohenden Tigergefahr und der Einladung, sich bei mir einfinden zu wollen. – Die Einladung wurde von allen mit Freude angenommen, denn dadurch bot sich wieder einmal die Gelegenheit, zusammen zu kommen und gehörig den Becher kreisen zu lassen. – Und so saßen denn schon am Nachmittage acht Pflanzer im Garten meines Hauses, aßen und tranken und erzählten aufgeregt die schaurigsten Mordgeschichten. Da wir den verschiedensten Nationen angehörten (ein Engländer, zwei Holländer, ein Franzose, drei Deutsche, ein Italiener), waren wir gezwungen, auch wenn wir unter uns allein waren, uns in malaiischer Sprache (die jeder beherrschen muss) zu unterhalten, sehr zur Freude unserer Diener, die dann auch ihr stilles Vergnügen dabei fanden.

Der Tiger pflegt Orte und Stellen, wo er einmal eine Beute gewittert hat, am Tage darauf ziemlich zu derselben Zeit und Stunde wieder aufzusuchen, um einen neuen Versuch des Überfalles zu wagen, und es war uns Pflanzern klar, dass er am Abend zuvor die auf der Veranda ruhende Dogge gewittert hatte. Vielleicht die Scheu vor dem Lampenlicht und sein Erschrecken über mein plötzliches Erscheinen zwangen ihn (der Italiener meinte wörtlich: „Du hast zu viel ihm gestinket"), den geplanten Raub aufzugeben und zu fliehen. – („Ja", nickte der Engländer, „wir stinken hier alle wie die Italiener!" Der Italiener war wütend, und ich musste vermitteln.) – Jedenfalls hatten wir deshalb die Dogge auf der Veranda, ziemlich an derselben Stelle, wo sie am Abend vorher gelegen hatte, angekettet, und das Toben und Heulen des an Freiheit gewöhnten Hundes musste, vereint mit dem furchtbaren Jaulen und Heulen der in den Ställen eingesperrten Meute, unbedingt den Tiger anlocken. Wir Pflanzer hatten es uns im Garten, in der Nähe der Treppe zur Veranda, gedeckt durch hohe Büsche, bequem gemacht, und hatten ein freies Schussfeld.

Tabakpflanzung Tenang

stehend: Sanné (Frankreich), van Trassen (Holland), Conte Bonardi (Italien)
sitzend: am Berg (Schweiz), Hartenau-Thiel (Deutschland), Thorig (Deutschland)

Je näher die Zeit heranrückte, desto vorsichtiger wurden wir in der lauten Unterhaltung, und als endlich silberhell der Mond hervortrat, der uns natürlich hochwillkommen war, wurde es totenstill in unserem Kreise. – So saßen wir mit den geladenen Gewehren auf den Schenkeln, vor uns verschiedene Getränke, von denen wir hin und wieder nippten, und starrten erregt und aufmerksam nach dem gedeckten Säulengang und dem hinter den Wirtschaftsgebäuden angrenzenden Busch, von wo der Räuber kommen musste. Auch die uns zum Schutze dienenden Polizeisoldaten, die weiter hinter uns lagerten, verhielten sich still, und selbst unsere Diener, die uns mit Speisen und Getränken versorgten, unterbrachen ihren Dienst und krochen verängstigt zusammen. – Nur ein malaiischer Knabe von sieben Jahren, den ich mir zum Leibpagen erzogen hatte, schien keine Furcht zu kennen. Nach wie vor sorgte er für mein leibliches Wohl und lief zwischen den Wirtschaftsgebäuden, in denen sich die Küche befand, und unseren Tischen hin und her. Geradehatte er wieder mein Glas gefüllt und war darauf nach der Küche gelaufen, – meine verfolgenden Blicke sahen ihn durch den Säulengang verschwinden –, als er, fast vor der Küche angelangt, plötzlich einen grässlichen Hilfeschrei ausstieß, dem ein furchtbares Jammern folgte.

Wie elektrisiert sprangen wir in die; Höhe und sahen in die Richtung, die der Knabe genommen hatte. Aber trotz dem wir dort den Tiger erblickten der den wild um sich schlagenden unglücklichen Knaben am Boden schleifte, waren wir selbst augenblicklich wie hypnotisiert und vermochten nichts zu seiner Rettung zu unternehmen. Erst vielleicht zwanzig Sekunden später rasten wir wild nach der Stelle. Der Tiger, knurrend und fauchend, packte sein Opfer fester und schleifte mit riesiger Kraft den schreienden Knaben über Wurzeln und Lachen dem Busch zu, und uns war es unmöglich, das vor und hinter dem Körper des Knaben sich windende Tier als Zielscheibe für unsere Kugeln zu nehmen. Nur zu leicht hätten wir den Knaben selbst getroffen. Es blieb uns deshalb nichts anderes übrig, als den Räuber mit wüstem Geschrei und Luftschüssen zu verfolgen, in der Hoffnung, ihn durch den Lärm zu zwingen seine Beute fahren zu lassen, und dann ihn desto sicherer niederknallen zu können.

Der Tiger warf den unglücklichen Knaben wie einen Spielball über sich, vor sich oder schleifte ihn mit rasenden Sprüngen in den schützenden Busch. Wir folgten schreiend, keuchend durch die Sümpfe, über Wurzeln, vermodertes Holz, kletterten durch Dornen, Ranken und feilstarke Schlingpflanzen. Die Kleider rissen in Fetzen; Hände, Arme und Gesicht waren zerkratzt und bluteten, zu viele Hindernisse warfen sich uns in den Weg. Auch der leuchtende Mond vermochte nicht mehr durch den Urwald zu dringen; es schien, als ob unsere Kräfte nachlassen, und die Bestie mit ihrer Beute uns entgehen sollte. – Da – endlich, bei einem Sprunge über einen gefallenen Waldriesen, entglitt dem Buschräuber der Knabe. Viele Schüsse trachten hinter ihm her, aber er tauchte in die schwarze, undurchdringliche Nacht des Busches und war – verschwunden.

Die hinter uns anstürmenden Polizeisoldaten nahmen sich des armen Knaben an. Behutsam trugen sie das leise wimmernde Kind nach meinem Hause zurück, und auch wir folgten kraftlos, schweigend. Dem Knaben waren die Brust und der Leib zerfetzt, und trotz sorgsamster Pflege starb er mit Sonnenaufgang des folgenden Tages.

Sarinen hatte die kleine Leiche auf der Wohnveranda gebettet und liebevoll mit Blumen und Ranken geschmückt. Und als ich Abschied von meinem lieben kleinen Kerl nahm, still die Hände faltete und endlich laut und vernehmlich ein Vaterunser betete, standen auch die anderen Pflanzer hinter mir, beugten die Köpfe demutsvoll, bewegten die Lippen und beteten mit für den schwarzen, kleinen Eingeborenen. – Der Engländer, Mr. Brown, hatte für den toten Nigger sogar eine Träne im Auge.

Bald darauf verließen mich die Freunde, ritten zurück auf ihre Pflanzungen, in die aufgehende Sonne des neuen Tages.

Leider war es nicht möglich, eine regelrechte Jagd auf den Tiger zu beschließen, weil sowohl die Nachbarpflanzer als auch ich wichtige dienstliche Abhaltungen hatten, die auf keinen Fall zuließen, dass wir unter Umständen sogar mehrere Tage uns der Erlegung des Raubtieres widmen konnten. Anderseits bedarf es eigentlich nicht der besonderen Erwähnung, dass diese furchtbare Gefahr beseitigt werden musste, und deshalb beschloss ich, mir selbst zu helfen.

Dicht am Buschrand, gerade dort, wo der Tiger nun schon das zweite Mal aus dem sumpfigen Urwalde gekommen, ließ ich eine drei Meter im Quadrat haltende und drei Meter tiefe Grube graben, in die eine Anzahl anderthalb Meter lange, dünne, zugespitzte Baumpfähle gesteckt wurden. Genau in der Mitte der Grube wurde ein stärkerer Baumstamm, der etwa einen Meter über der Erdoberfläche aus der Grube herausragte, befestigt. Rings um den Baumstamm wurde die Grube mit einer Reisigdecke, mit Blättern und etwas Erde zugedeckt und mit der waldigen Umgebung verwischt. – Am späten Nachmittag dann, als die Zeit heranrückte, wo vielleicht die Bestie wieder erscheinen könnte, ließ ich an den Baumstamm, also in der Mitte über der Grube, einen alten, unbrauchbaren Hund anbinden, und zwar so, dass das arme Tier sich kaum bewegen konnte, dafür aber umso grässlicher jaulen und heulen musste. – In der Nähe der Falle stellte ich zwei Polizeisoldaten geschützt als Wachen auf und befahl, mir die Annäherung des Tigers sofort zu melden.

Das Jaulen des gefesselten Hundes war entsetzlich, besonders, weil auch die eingesperrten anderen Hunde ihm antworteten und gegen die Stalltüren wie toll geworden tobten. So ging das verdammte Hundekonzert bis zum frühen Morgen; an Schlaf war dabei nicht zu denken, aber der, für den das alles bereitet war – S. M. der Tiger – ließ sich nicht sehen. Schon fürchtete ich, die ganze Arbeit nutzlos gemacht zu haben, und gab deshalb auch nur zögernd am kommenden Spätnachmittag den Befehl, die Prozedur zu wiederholen. Wieder brach das grauenhafte Hundejaulen aus; aber als es immer später wurde und die Zeit, in welcher der Tiger erscheinen sollte, wieder verstrichen war, da ließ ich mich trotz des wüsten Hundelärmes nicht stören und begab mich zur Ruhe.

Mitten im tiefsten Schlafe, um Mitternacht, wurde ich geweckt: „Touwan besar! – Touwan besar! – Rima! – Riiii-ma! –" Eilig sprang ich auf, kleidete mich notdürftig an und trat hinaus. Draußen auf dem Hofe standen einige Polizeisoldaten mit lodernden Fackeln und berichteten, dass der Tiger mit dem gefesselten Hund durchgebrochen in der Falle sei. Ich untersuchte meine Büchse und schritt, gefolgt von meinen Leuten, der Stelle zu. Angelangt, leuchteten wir vorsichtig mit den Fackeln in die Grube. Wohl sahen wir dort, dass die spitzen Baumpfähle alle umgerissen waren, auch entdeckten wir den gerissenen Hund, ebenso Schweißspuren, aber der Tiger befand sich nicht darin. Jetzt leuchteten wir den Umkreis der Grube ab und fanden sehr schnell reichlich Schweiß, dem wir dann folgten. Etwa hundert Meter von der Grube entfernt, immer der Fährte folgend, sichteten wir endlich das fauchende, grässliche Raubtier. Es lag mit den angelegten kurzen Gehören am Boden, in einem „See von Blut". – Ein spitzer Baumpfahl war ihm bei dem Sturz in die Grube durch den Leib gegangen; dennoch hatte die gewaltige Katze die Kraft gefunden, so aufgespießt sich aus der Grube zu retten und hundert Meter weit zu schleppen. Da parierten wohl die Hinterläufe nicht mehr, und auch der durch den Leib getriebene Pfahl hinderte die weitere Flucht. – So standen wir uns gegenüber – der Mensch und der Tiger! – Klugheit und List bauen Fallen und Gruben, um Mächtige zu stürzen! – Unsere Augen bohrten sich ineinander, Triumph und ohnmächtige Wut ausdrückend. Knurrend und fauchend hob der Tiger die Pranke und ließ die gewaltigen, scharfen Klauen spielen, dann röhrte er röchelnd, furchtbar, grässlich laut – fast wie bittend auf. – Da gab ich ihm den Fangschuss – und der König der Dschungeln streckte sich.

Die Decke des Tigers schenkte ich später dem Kardinal Prinz Hohenlohe; sie liegt jetzt in den bischöflichen Gemächern der Santa Maria Maggiore in Rom.

Pakraß

EINE der markantesten Erscheinungen meiner etwa 150 Mann starken Polizeischutztruppe war entschieden der Polizeisoldat Pakraß. Schon seine riesige Körperlänge, der Kerl maß 1,92 Meter, fiel auf, umso mehr, als er nicht lang, dürr und hager, sondern seine Gliedmaßen, entsprechend seiner Körperlänge, wohlproportioniert waren. Dieser Mann verfügte über eine ganz außergewöhnliche Körperkraft und war deshalb einer der gefürchtetsten Polizeisoldaten. Die Arbeiter, ob es die Chinesen-Kulis, die Malaien oder Javanen waren, gingen ihm immer im Bogen aus dem Wege. Und das war es auch, was mich veranlasste, den furchtbaren Kerl, trotz seines oft widerspenstigen Wesens, in der Truppe zu behalten und ihm viel nachzusehen. Damit will ich nicht gesagt haben, dass er mir gegenüber es auch nur wagte, anders als unterwürfig sich zu zeigen, aber es gibt so viele Gelegenheiten, zumal in einer disziplinierten und militärisch organisierten Polizeitruppe, in der solch ein Halunke seinen Widerstand zeigen kann!

Mich selbst fürchtete er, nicht weil ich als Europäer sein Herr und Kommandant war, sondern weil er meine Furchtlosigkeit, rücksichtslose Energie und brutale Körperkraft bewunderte. An Körperkraft war ich wohl auch der einzige, der sich mit ihm messen konnte. Damit zwang ich den Riesen in die Knie und beherrschte ihn.

Der Feldwebel-Marschall, ein Zwischending zwischen Unteroffizier und Leutnant, Sodikromo, konnte nur sehr schwer seine Autorität dem Kerl gegenüber behaupten, und es kam deshalb vor, dass Pakraß oft tagelang eingesperrt werden musste oder an einen Baum gefesselt in Ketten lag. Aber alle Strafen und selbst die furchtbarste, die Hungerstrafe, konnten den Kerl nur wenig bessern.

Wie alle Soldaten war er bekleidet mit einem dunkelblauen Uniformrock mit roten Aufschlägen (ähnlich der deutschen Infanterieuniform, die ich bei Übernahme der damals oft zerlumpten und vielfarbigen Truppe mit großen Schwierigkeiten beim Residenten und dann beim Generalgouverneur durchgedrückt hatte), dazu weiße Leinenbeinkleider, Gamaschen und Segeltuchschuhe. Um die Hüften trug er ein breites, hellledernes Säbelkoppel mit Messingschloss, an dem links ein kurzer Säbel, rechts im ledernen Futteral ein Revolver, einige Lederfesseln und eine kurze Lederpeitsche hingen. Auf dem Kopfe saß der bis zum halben Ohr geschlungene feuerrote Turban, unter dem sein kastanienbraunes Gesicht mit den kohlschwarzen Augen und dem kurzgestutzten schwarzen Vollbart grell hervorleuchteten.

Und doch hatte dieser fanatisch mohammedanische Hund eine große, rasende Leidenschaft. Er liebte mit der ganzen Kraft seiner schlechten Seele das Mädchen mit dem Panthergebiss. (So wurde Sarinen genannt, weil sie, entgegen der Mode der Eingeborenen, sich nicht die Vorderzähne abfeilen ließ, sondern sie wie weiße Perlen zur Schau trug). Aber alle seine Liebeswerbungen hatten bei dem schönen Mädchen keinen Erfolg. Sie hasste ihn nicht gerade, aber sie fürchtete ihn gleich den anderen, wenn sie auch wieder den schönen starken Mann bewunderte. Damit war dem Kerl aber durchaus nicht gedient, er wollte sie sich unter allen Umständen erobern und zu seinem Weibe machen. Und nur zähneknirschend fügte er sich in das Unvermeidliche, wohl wissend, dass er mit Gewalt, zumal Sarinen unter dem Schutze der Nonja Naja stand, nichts ausrichten konnte. Aber seine große Zuneigung fing an, mit dem Hass zu spielen.

Solange Sarinen unter dem Schutze der Japanerin stand, konnte sie sorglos sein, als aber auch Naja anfing, ihre Zofe mit Hass zu verfolgen, sie wie Luft behandelte und keine ihrer Dienste duldete, ja nicht einmal ihre unmittelbare Nähe litt, wurde ihre Situation äußerst kritisch. Wenn Pakraß dienstfrei war, umschlich er wie der Tiger das Haus und suchte jede Gelegenheit, um Sarinen zu belästigen. Mir wurde sogar von dem Feldwebel Sodikromo des Öfteren gemeldet, dass Pakraß, statt in der Nacht seine Patrouillengänge zu absolvieren, unter dem Fenster des schönen Mädchens gelegen und unverwandt ihre Fenster angestarrt habe. Natürlich strafte ich den Mann, auch sorgte ich, dass die Diener schützend das Mädchen beaufsichtigten, aber es war mir klar, dass irgendetwas geschehen musste, um einen wirksameren Schutz dem Mädchen angedeihen zu lassen. Das Einfachste wäre gewesen, wenn ich den Mann entlassen und ihm damit das Betreten der Pflanzung verboten hätte. Aber dazu konnte ich mich, trotzdem mich der Feldwebel darum bat, nicht entschließen, weil Pakraß speziell für den Polizeidienst sehr schätzbare Eigenschaften besaß.

Es war Anfang des Jahrhunderts und vier Jahre nach dem Friedensschluss zwischen Japan und Russland, als noch immer die wunderlichsten Märchen von den Heldentaten der gelben Japaner über die weißen Russen Indien durcheilten, und Japan deshalb hoch im Ansehen, nicht nur in der buddhistischen, sondern auch in der mohammedanischen Welt, stand. Die farbigen Rassen freuten sich, dass die unbezwingliche weiße Rasse nicht nur bekriegt, sondern, was mehr sagen will, sogar besiegt worden war. Das Selbstbewusstsein der farbigen Völker steigerte sich demzufolge so rapide, dass wir wenigen Europäer, welche die Herrschaft der Insel in Händen hielten, besonders vorsichtig sein mussten, um keine Katastrophe hervorzurufen. Kundschafter aller möglichen Sekten durcheilten das Land, schürten und wiegelten das Volk, die Arbeiter auf, um die Europäer auszurotten, oder, gleich den Japanern, die Europäer zu besiegen und aus dem Lande hinauszuwerfen.

Die holländischen Kriegsschiffe tauchten alle Augenblicke, selbst in den kleinsten Häfen der Insel auf, zeigten drohend ihre Geschütze oder durchstreiften mit ihren Mannschaften die unruhigsten Orte. Das hielt wohl die Bevölkerung in Angst und Schrecken vor den Weißen, verhinderte aber nicht, dass dennoch heimlich das Feuer immer wieder geschürt wurde. Auch auf unseren entlegenen Pflanzungen merkte man die Unruhe. Die Kulis wurden widerspenstig und faul, und wir mussten, um den Gehorsam aufrechtzuerhalten, viel mehr und strenger strafen, als uns selbst lieb war. Meine Assistenten konnten oft mit ihren Abteilungen nicht fertig werden, und ich musste bei ihnen und auch auf den Nachbarplantagen mit meinen Polizeisoldaten wie ein Donnerwetter zwischen die Leute fahren. – Auch ich als Polizeikommandant hatte Befehl erhalten, mich jedes Mal, sobald ein Kriegsschiff sich der Mündung der Bila näherte, an Bord zu begeben, dort Meldung zu machen und die neuen Orders vom Admiral entgegenzunehmen. So geschah es, dass ich oft tagelang von der Pflanzung abwesend war und die Geschäfte meinem Hauptassistenten, dem Franzosen Sanné, übertragen musste. Die Häuser und Abteilungen meiner Assistenten lagen aber nicht beisammen, sondern jedes voneinander stundenweise entfernt. Demzufolge lagen mein Haus, die Polizeistation und mein kleiner Hafen oft nur unter der Aufsicht des Feldwebels, oder der gelegentlichen Kontrolle des Leutnants van Trassen, der gleichzeitig auch mein Assistent war. Natürlich konnte dessen Anwesenheit nicht dauernd sein, weil sein anstrengender Dienst ihn auch in verzweigte und entferntere Orte der Pflanzung rief. – Dann aber hatte auch Naja die Herrschaft so an sich gerissen, dass van Trassen es nicht für ungefährlich hielt, ihre Befehle zu kreuzen. So ließ er die Dinge im Hause gehen wie sie gingen und war froh, wenn er der Japanerin, die er persönlich nicht leiden konnte, nicht in den Weg lief.

Für Sarinen war meine häufige Abwesenheit stets eine Angst- und Schreckenszeit. Sie fürchtete – und nicht mit Unrecht – dass der aufgespeicherte Hass der Nonja in meiner Abwesenheit zum Ausbruch käme, und sie dagegen von keiner Seite Schutz zu erwarten hätte. Da Naja sie nicht mehr als Zofe um sich haben wollte, hatte ich ihr die Arbeit des Zigarettendrehens aufgetragen, eine Beschäftigung, die sonst einem meiner Diener zustand. Und so saß das verängstigte Mädchen vor einem kleinen Tischchen und fabrizierte Vasen und Schalen voll dieser Rauchtüten. War ich zu Hause, so setzte sie sich auf den Boden zu meinen süßen und erzählte, mir die Zeit kürzend, alte japanische Märchen und Sagen, oder bediente mich, vor Glück strahlend.

So war einige Zeit verflossen.

Wieder hatte ich eines Tages die Steamlaunch heizen lassen, um eine Dienstreise nach Djawi-Djawi zu unternehmen. Ich hatte die große Uniform anlegen müssen, weil ich auf einem dort lagernden Kriegsschiff zur Meldung befohlen war. Auch der Feldwebel Sodikromo und der Sergeant Doto sollten mich diesmal, außer der üblichen Eskorte von acht Soldaten, begleiten. Von den zurückbleibenden Mannschaften war Pakraß der Dienstälteste. Daher musste ich notgedrungen, besonders weil auch Leutnant van Trassen wegen kleiner Unruhen auf eine Nachbarpflanzung gerufen war, Pakraß den Oberbefehl über die Polizeistation übertragen. Gerne tat ich das nicht, aber mir blieb nicht die Zeit, einen Unteroffizier von einem entfernten Posten zu rufen. Ich ließ also Sarinen in der unglücklichsten Lage zurück, und meine Bedenken wuchsen, als plötzlich Naja erschien und ganz im Gegensatz zu ihrem letzten Verhalten von übersprudelnder Sorge um mich war. Dass ihr Benehmen nicht aufrichtig war, hatte ich wohl sofort erkannt, aber wie gesagt, ich hatte keine Zeit mehr, Befehle zu erteilen, die Sarinen vor der Rachsucht der Japanerin schützten. Und so ging ich schweren Herzens an Bord, warnte Naja nur, und war dann bald den Zurückbleibenden mit meiner juchzenden Launch entschwunden.

Naja schritt dem Hause wieder zu, gefolgt von ihren Zofen. Plötzlich wandte sie sich, sah starr, hasserfüllt und triumphierend Sarinen an, und zischte: „Buddha sandte dem Touwan den Befehl, damit ich dir, du Natter, den Kopf zertreten kann!"

Sarinen richtete sich auf, ein Zittern befiel sie. „Tut, was Ihr wollt!", antwortete sie dumpf, und folgte voll Sorge der voranschreitenden Herrin.

Zunächst nahm Naja im Hause von Sarinen weiter keine Notiz, sondern schloss sich mit ihrer Zofe Meina sofort wieder in ihr Zimmer ein. – Dann aber nach Stunden erschien sie wieder, musterte die Arbeit Sarinens, tadelte, spie sie an und warf endlich, als Sarinen geduldig alles hinnahm, den Tisch mit den Zigaretten um und trat das arme Geschöpf, als es sich danach bückte, roh mit den Füßen.

„Herrin, Erbarmen!", stöhnte Sarinen verängstigt.

Doch jene lachte, spielte mit dem Fächer und sah sie durchbohrend an: „Erbarmen? – Ich? – Mit dir? – Warte, warte, sonne dich noch in der Gunst des Touwan. Ich werde nachdenken, ausdenken eine Marter, die deine Schönheit, die dich vernichtet! Warte, warte!", lachte sie wieder höhnisch auf, dann winkte sie der anderen Zofe und schritt mit ihr in den Garten.

Voll Angst setzte sich Sarinen wieder an ihr Tischchen und drehte Zigaretten. Nur manchmal schweifte ihr Blick nach dem Fluss, nach der Richtung, wo der Dampfer verschwunden war, und sie flüsterte tonlos, verängstigt: „Touwan! – Touwan! Ach, Herr, hilf mir!"

Und so verschwanden Stunden, der Tag, die Nacht, ohne dass die Japanerin ihre Drohung wahr machte. Am anderen Morgen hoffte Sarinen auf die baldige Rückkehr ihres Herrn. Sie hoffte, dass die Nonja nicht wagen würde, sie weiter zu verfolgen. Sie hoffte, dass die Stunden wie Augenblicke dahinfliegen und bald, bald das erlösende, juchzende Geheul der Sirenen ertönen würde. – Und mit den schwindenden Stunden kam die Hoffnung, dass sie sich umsonst gesorgt habe. Freier blickte sie um sich, befreiter.

Da, mitten in dem aufkeimenden Glücksgefühl, erschien die Japanerin auf der Veranda. Fest, energisch schritt sie an die Balustrade, blickte nach der Polizeistation und schrie: „Obpaß! Obpaß!" – Sarinen bebte vor Entsetzen.

Pakraß antwortete: „Saya, Herrin!"

„Mari sama saya!" (Komm zu mir!), befahl die Nonja.

Der Polizeisoldat erschien auf der Treppe, am Eingang der Veranda.

„Saya, Herrin!"

Kalt zeigte die Japanerin auf Sarinen, die entsetzt aufgesprungen war. „Dort – fessele Sarinen! – Sie ist eine Diebin!"

„Lüge!", schrie Sarinen empört.

„Nun schnell – vollzieh meinen Befehl!" Pakraß zog eine Lederfessel aus dem Gürtel und näherte sich der Zofe. Sarinen wich zurück, drohend starrte sie ihn an: „Wag es, mich anzutasten!"

Erst ließ Pakraß wie besiegt die Arme sinken, ihn überwältigte die große Liebe für das schöne Mädchen. Dann aber gedachte er der Abweisung, dass er verschmäht, dass er umsonst gehofft hatte, dass vielleicht der verfluchte Christenhund sie ihm geraubt, und ihn erfasste ein namenloser Rachedurst. Wie, ein Panther auf seine Beute, so stürzte er plötzlich auf Sarinen, riss ihr mit roher Gewalt die Arme auf den Rücken und fesselte ihre Hände.

Vergeblich versuchte Sarinen sich zu verteidigen, „Anjing! – Hund!", schrie sie schäumend. Aber ihre Kraft reichte nicht aus, sie wurde wie ein Kind überwältigt.

Naja amüsierte sich köstlich. Ein satanisches Lachen verzerrte ihre hübschen Züge. „Nun führe sie nach dem Wachhause, reiße ihr die Kleider vom Leibe, schnalle sie auf die Bank und gib ihr mit der schweren Lederpeitsche – fünfzig Hiebe!" Schrill, scharf schrie sie den Befehl, so dass selbst der Polizeisoldat entsetzt zurückwich.

„Herrin!", rief er bebend.

Wild starrte ihn die Japanerin an: „Gehorche!"

Auch Sarinen zuckte vor Entsetzen zusammen, suchend irrten ihre Augen umher, vergeblich lauschte sie nach dem juchzenden, erlösenden Sirenenruf des Dampfers: „Touwan – rettet mich! – Touwan!"

„Er ist weit, der Herr, der Europäer", lachte triumphierend die Nonja. Und dann, sich wieder an Pakraß wendend, sagte sie: „Schlag kräftig, bis der Leib voller Wunden ist und das Blut hervorbricht!"

Pakraß hatte Sarinens Ruf nach dem Touwan vernommen, sein Mitleid verflog, und die Rache beherrschte ihn wieder. Brutal riss er die Gefangene an sich und stieß sie die Treppe hinab. „Saya, Herrin!"

„Und dann trage sie herauf! – Hierher! Wirf sie dort in die Ecke, lass sie verbluten! – Sterben wie einen Hund!"

„Saya, Herrin!", antwortete der Soldat finster.

Da wandte sich Sarinen; mit loderndem Blick maß sie ihre Todfeindin: „Allahs Fluch und meine Rache werden Euch treffen, Naja!"

Doch teuflisch auflachend, schrie Naja zurück: „Wenn dein Körper voller Narben und deine Schönheit vorbei, dann fürchte ich deine Rache nicht, Sarinen! – Hahahaha!!"

Meina stand verängstigt, zitternd an der Wand.

Naja wandte sich lachend und blickte sie an: „Du zitterst, Meina? Lachen sollst du! – Lache! – Lache!"

Verängstigt verzog Meina ihr Gesicht und versuchte zu lachen.

„Noch mehr! – Noch mehr!", schrie die Japanerin. – Und nun lachte sie schrecklich, teuflisch auf, warf sich vor Lachen auf das Tigerfell, zappelte wie ein vergnügtes Kind mit Armen und Beinen, gesättigt in ihrem Rachedurst. „Hahahaha! – Wartet, ich will euch den Gehorsam lehren!" –

Währenddessen schritt Sarinen gefesselt, aber aufrecht, stolz wie eine Fürstin nach der Polizeistation, gefolgt von ihrem Peiniger. Pakraß maß die Linien ihres Körpers und ihren schwebenden Gang. „Sarinen", sagte er, „Sarinen? – Willst du frei sein? – Sieh jetzt gehörst du mir! – Dein Leben ist in meine Hand gegeben – ich habe Gewalt über dich!"

Sie wandte sich, sah ihm furchtlos in die Augen. – „Welchen Lohn begehrst du?" – „Ich will dich zum Weibe!"

„Mich? – Niemals! – Hörst du es, du blutdürstender Tiger, niemals werde ich dir untertan sein, dir als Weib gehören – ich will lieber sterben!"

„Sarinen?", flehte er, nach Hoffnung ringend. „Hassest du mich?"

„Dich hassen? – Nein! – Aber ich liebe dich nicht –"

Er riss das Messer aus der Scheide und durchschnitt ihre Fesseln. „Sieh, jetzt bist du frei! Fliehe mit mir!"

„Niemals! – Mein Leben gehört dem Touwan!"

„Dein Christenhund willst du dich hinwerfen?" Er brüllte auf, vor Hass außer sich. „Weit ist er, er kann dich nicht retten!"

„Dann peitsche mich zu Tode!", antwortete sie ergeben.

Da riss er sie schäumend vor Wut hoch, trug sie wie ein Kind nach der Station und warf sie dort roh auf die Marterbank. Blitzschnell zerriss er ihre Kleider und schnallte ihre Glieder mit starken Riemen auf die schreckliche Folter.

Bestürzt liefen mehrere Soldaten herbei. „Pakraß", schrien sie wild durcheinander, „hüte dich, den Körper dieses Mädchens anzutasten! Du bist des Todes! Der Kommandant kennt nur eine Strafe dafür!"

„So mag er!", brüllte er zurück. „Fort mit euch, ihr Schakale! Zurück, befehle ich! Oder ich zerschmettere euer Hirn!" Und damit hielt er den Revolver schussbereit jenen entgegen. Scheu wichen die anderen aus, schritten fast wie sich drängend zurück in die Räume, sie wollten nicht Zeugen einer solchen Tat sein.

Nun löste Pakraß die Peitsche von seinem Gürtel und ließ sie pfeifend durch die Luft sausen. „Sarinen? Noch ein letztes Mal. – Willst du jenen verlassen – mein Weib werden?"

„Schlage mich, quäle mich zu Tode!", ächzte die Unglückliche.

Da fiel klatschend der erste furchtbare Hieb auf den Rücken der Gefangenen. Blutrot färbte sich die Peitsche. Laut schrie Sarinen: „Touwan! – Touwan! Rettet mich!" Dann keuchte sie nur, und wand sich in den Fesseln.

Auch Pakraß stöhnte vor Schmerz, aber die Hilferufe seines Opfers nach dem Touwan machten ihn rasend, und wieder und wieder sauste die schreckliche Peitsche durch die Luft.

Sarinen war betäubt, besinnungslos! Aus vielen Striemen floss das Blut, rieselte, tropfte zu Boden.

Er stierte darauf, fassungslos, endlich wieder Herr seiner Sinne werdend. Da senkte er die Peitsche, warf sie achtlos zu Boden und stürzte in die Knie. – „Sarinen!", rief er, „Sarinen – verzeih!" Gurgelnd stöhnte er die Worte, verzweifelnd wie ein Leidtragender, dem das Liebste gestorben!

Jetzt sprang er auf, suchend irrten seine brennenden Augen umher. Er sammelte weiche kühle Blätter, stillte das Blut ihrer Wunden. Fürsorglich strich und umwand er die schmerzenden Stellen und mit Stoffresten legte er kunstvoll einen Verband an. Dann schnallte er sie los von der Folterbank, hob sie hoch in seinen Armen und trug die Bewusstlose still und würdevoll dem Hause zu.

Naja hatte den Schmerzensschrei und das Klatschen der Peitsche vernommen, und sich an ihre Zofe wendend schrie sie: „Hörst du's – Meina? – Hahahaha! – Rache! – Rache für Verrat!" Dann sprang sie auf, immer lachend und triumphierend, lief schnell an das Geländer, beugte sich darüber hinaus und rief mit ihrer schrillen Stimme: „Lustig – lustig – Sarinen! Tanze unter der Peitsche! Singe, tanze, springe – lache! – Hahahaha!"

Da schritt Pakraß, die Gerichtete fest in seinen Armen tragend, die Treppe hinauf. – Naja wich entsetzt zurück. – Behutsam legte er Sarinen auf den Liegestuhl, auf das Tigerfell, auf dem kurz vorher die Nonja lachend gelegen. „Herrin", sagte er finster, „hier habt Ihr sie!" – Naja sah mit verhaltener Erregung auf ihr Opfer.

„Ist sie tot?", fragte sie scheu.

„Noch ist Leben in ihr, Herrin!"

„So hast du meinen Befehl nicht ganz erfüllt?"

Drohend stierte der Soldat die Japanerin an. „Nicht ganz, Herrin!", erwiderte er. „Hart führte der Hass die Peitsche am Anfang, aber nach dem achten Schlage ließ das Mitleid meine Hand erlahmen! Ich vergaß, dass Sarinen mich verschmähte, mich von sich wies, als ich sie zum Weibe begehrte; und so goss ich Balsam in ihre offenen Wunden und umwand ihren zuckenden Körper mit kühlenden Blättern!"

Die Nonja stampfte wütend auf. „Verwegener – du erdreistest dich, meine Befehle zu kreuzen?"

„Meldet meinen Ungehorsam dem Touwan, Herrin! – Mag er mich richten!" Dann reckte er sich hoch auf und maß die Japanerin mit stammenden Blicken: „Euer Vaterland ist groß, Herrin! Heilig ist der Krieg gegen die weißen Unterdrücker und ungläubigen Christenhunde! Mohammeds Zorn zerschmettert sie durch die Hand Eures Volkes! – Aber hütet, hütet Euch, die Waffe auch gegen die indischen Stämme zu erheben, versucht nicht abzuleugnen, dass auch in Euren Adern malaiisches Blut rollt, und ahmt nicht den grausamen Übermut der Europäer nach! – Auch wenn es nur die Eifersucht ist, die Euch, Herrin – diese, ein Kind unseres Stammes – verfolgen lässt, das geflossene Blut – fordert – Rache!"

„Du drohst mir mit Rache?", schrie Naja zornbebend. – „Du hündischer Sklave!"

„Herrin!" – Wütend umklammerten seine Hände den Griff seines Säbels. „Hütet Eure Zunge!"

Erschreckt und feige wich Naja zurück.

Pakraß maß sie mit zornigen Augen. Dann stieß er den Säbel mit einem Ruck wieder zurück in die Scheide, wandte sich kurz und schritt langsam und hochaufgerichtet die Treppe hinab.

Die Japanerin sah ihm angstvoll nach, dann atmete sie auf. „Hündischer Sklave!", wiederholte sie knirschend. Allmählich wandte sich ihr Blick Sarinen zu. Zögernd, langsam näherte sie sich der Kranken. Behutsam, neugierig hob sie das Tuch, mit dem Sarinens Wunden bedeckt waren. „Eh" – sagte sie erschreckt, – „Blut!" – Leise stöhnte Sarinen auf. – Naja fuhr zurück, „Ha!" – „Wasser!" – stöhnte die Kranke. –

Die Japanerin starrte sie an, ohne sich zu rühren. „Blut!"

Meina näherte sich Naja. „Herrin, darf ich?", fragte sie voll Mitleid. Doch jene antwortete nicht. Wie hypnotisiert starrte sie auf Sarinen, fasste plötzlich angstvoll Meinas Arm und zog diese zurück.

„– Eh! – Blut! –"

„Wasser! – Wasser!", schrie jetzt Sarinen laut und gequält. –

Immer weiter schritt die Japanerin rückwärts der Tür zu, ohne auch nur für einen Augenblick den Blick von der Kranken abzuwenden. Angstvoll umklammerten ihre Hände den Arm ihrer Zofe. „Komm!", flüsterte sie jetzt vor Entsetzen, „komm – komm, Meina!"

Da durchschnitt die Luft von ferne her das Sirenengeheul eines Dampfers.

„Der Touwan besar!", schrie Naja, und wie von Furien gepeitscht, floh sie mit Meina in ihr Zimmer. Hastig warf sie ein Tuch über ihre golddurchwirkten Kleider und verließ mit Meina, die eine Tasche trug, eilend, laufend, springend, atemlos vor Furcht, das Haus, den Hof, den Garten – erreichte den Busch, den Weg, der nach der Grenze, nach Negri-Lama, führte. – Dort hoffte sie der strafenden Hand des Herrn zu entgehen. – Dort hatte seine Macht ein Ende.

Ich stand am Steuer meines Schiffes und ließ immer wieder die Sirene heulen, um meine Ankunft der Plantage zu verkünden. – Wohl war es außerdem der Gedanke an das arme Mädchen, das ich schutzlos in der Gewalt seiner Feindin wusste und das durch die Signale erfahren sollte, dass bald alle Sorge überstanden war.

So stand ich grübelnd am Steuer, drehte das Rad rechts und links, gab kaum acht auf den herrlichen Rahmen des Flusses, auf das mich verfolgende Schreien und Heulen der vielen Affen, die ihre Turnübungen bis an die Ufer des Flusses machten; sah nicht die lang ausgestreckten, sich sonnenden, scheußlichen Leiber der Krokodile. Ich fühlte nur, dass ich ein ohnmächtiger Mensch war, trotz aller Macht, die mir gegeben. – Aber ich nahm mir vor, energisch einzugreifen und rücksichtslos die Japanerin zu bändigen. – Und wenn trotzdem das Weib sich unterstehen sollte, mir ihre Krallen zu zeigen, nun dann – fort mit ihr, ein Fußtritt, wer meinen Befehlen sich nicht beugen will! – Was bedeutete mir diese Frau? Sie brachte mir Bequemlichkeiten, hielt mein Haus in Ordnung, und war ehrlich in den großen und kleinen Wirtschaftssorgen. – Doch sonst? Nein, sonst nichts! Und – Sarinen? In Sarinen sah ich ein Kind. Sie war es wirklich! Unschuldig rein, wie die Sterne. Sie war etwas Seltenes, ein Mädchen, wie es – zumal bei den Eingeborenen – nicht so leicht zu finden war. Ich war ihr wohlgeneigt und hatte das Bedürfnis, dieses Kind wie ein Vater zu schützen, und wollte nicht dulden, dass ihr ein Unrecht geschehe. –

Jetzt näherten wir uns der kleinen Landungsbrücke, auf der bereits die Polizeisoldaten und meine Diener standen, meiner Ankunft harrend. Vergeblich suchten meine Augen Sarinen, aber weder sie noch Naja erwarteten mich, und eine böse Ahnung und Unruhe bemächtigte sich meiner. – Die Soldaten salutierten, und auch Pakraß stand kerzengerade vor mir und machte seine kurze militärische Meldung.

„Wo sind die Frauen?", rief ich, von Unruhe gepackt.

„Saya, Touwan besar, im Hause!", sagte er finster und zögernd. Unruhig senkte er den Blick vor meinen forschenden Augen.

Ich schritt über die Brücke, den Weg der Polizeistation zu. Die Trommel wirbelte, die Wache präsentierte, starr, unbeweglich standen die schwarzen Kerle und folgten langsam, die Köpfe drehend, meinen Schritten. Hinter mir kam mein Gefolge, Sodikromo, der Marschall, Doto, der Sergeant, und Polizeisoldaten, Diener, einige farbige Aufseher und endlich Li-A-Tai, der chinesische Oberaufseher mit zwei Chinesentändels (Aufseher). Ein Tross, wie der eines Fürsten. Ich wandte mich, sprach einige dienstliche Worte mit den Aufsehern und länger, eingehender mit Li-A-Tai, dem Oberaufseher. Dann gab ich das Zeichen der Entlassung, das Gefolge löste sich auf, die Wache senkte die Gewehre, legte sie in die Stützen, und der Posten schulterte diensteifrig.

Langsam, mich zur Ruhe zwingend, schritt ich meinem Hause zu. Ich reichte meinen Degen den mir folgenden Dienern und auch den goldgestickten Dienstrock legte ich während des Gehens ab. Befreit von allem Zwang, stieg ich langsam die Treppe hinauf. – Niemand kam mir im Hause entgegen, und im Begriff, mich über die Veranda nach den hinteren Gemächern zu begeben, fiel mein Blick auf den Streckstuhl, auf das Tigerfell, auf die ohnmächtige Sarinen. Entsetzt schrie ich auf, und mit einem Satze sprang ich an den Stuhl und beugte mich über sie.

„Allmächtiger! – Sarinen?!"

„Herr!", rief nun Bakar, mein Diener, „Herr, sie ist voll Blut!". Dann eilte er in das Nebenzimmer, holte eine Flasche mit Wasser. Ich riss ihm die Flasche aus der Hand, netzte der Ohnmächtigen Stirne und Mund, aber nur langsam kam der Erfolg.

„Was ist geschehen?", fragte ich scharf die Diener, die mich nicht begleitet hatten und nun verwirrt und ängstlich beiseite standen.

„Wir wissen es nicht!", stotterte furchtsam ein Diener.

Jetzt stöhnte Sarinen leise auf.

„Sarinen? Ich bin bei dir! Sag, sprich, was ist mit dir geschehen?"

Ein glückliches Lächeln flog über ihr Gesicht. „Touwan, lieber Touwan besar!" stöhnte die Kranke. „Ach, Wasser, Wasser!"

Ich gab ihr zu trinken, trocknete ihr den Schweiß.

Sie trank langsam, schnell, schneller, gierig, um endlich aufzublicken, dankbar mit einem Blick voll so unendlicher Liebe, dass mir die Tränen in die Augen traten. „Dank, Touwan! – Dank, lieber Touwan!" Dann griff sie schwach nach meiner Hand und presste die Lippen darauf.

„Sarinen – wer war es?"

„Pakraß peitschte mich!", stöhnte die Kranke.

Entsetzt fuhr ich in die Höhe. Pakraß? Herrgott im Himmel! Ich schritt an das Geländer und schrie mit Donnerstimme über den Hof nach der Polizeistation: „Pa–kraß!"

„Touwan besar?!", antwortete der Missetäter.

„Mari sama saya!", befahl ich.

„Saya – Touwan besar!" Langsam kam der Kerl die Treppe herauf und blieb kerzengerade am Eingang stehen.

Auch die anderen Polizeisoldaten schritten langsam dem Hause zu, teils aus Neugierde, teils um zu meinem Schutz in der Nähe zu sein.

Ich zeigte auf Sarinen. „Kanaille – tatest du das?"

„Auf Befehl der Herrin – Touwan besar!"

„Du peitschtest Sarinen – du Hund – und wusstest, dass ohne meinen ausdrücklichen Befehl niemand gestraft werden darf!"

„Ich musste der Herrin gehorchen – Touwan besar!"

„Auf die Knie – Satan!", schrie ich außer mir und riss ihm eine Lederfessel aus dem Gürtel.

Er kniete nieder. „Herr, ich bin unschuldig!", wehrte er sich.

Ich winkte den Soldaten. „Vorwärts! Fesselt und bindet ihn – dort an den Baum!"

Doto und die anderen Polizeisoldaten stürzten herbei, rissen seine Arme auf den Rücken, fesselten ihm die Hände und ketteten ihn an den Baum, der dicht am Eingang meines Hauses stand.

Finster, mit einem Blick voll Hass und Wut stierte er mich an.

„Herr – ich bin unschuldig!"

Ich trat wieder zu Sarinen, netzte ihre Stirn mit Wasser, gab ihr zu trinken.

„Dank, Touwan! – Rächt mich!", bat sie kraftlos.

„Sei ruhig, Sarinen", nickte ich. „Aber sprich, wer verband dich?"

„Pakraß!" Staunend sah ich sie an. „Pakraß? Er schlug dir die Wunden und verband sie?"

„Ja, Touwan!", sagte sie leise. – Nun begann ich zu verstehen.

Da schrie der Gefangene: „Sie hat wahr gesprochen, Herr! Jetzt mögt Ihr mich töten, – es ist mir gleich!"

„Ich selbst dich töten?", rief ich kopfschüttelnd zurück. „Nein, aber die Peitschenschläge möchte ich dir wiedergeben lassen, – bis du verendest!"

Seine Ketten klirrten. Hoch reckte sich seine mächtige Gestalt. „Tut es, Herr – ich hänge nicht am Leben! In vielen Schlachten habe ich es opfern wollen für gleichgültigen Streit – warum heute nicht? – Aber, Herr" – er sagte das bittend – „lasst mich sterben, wie einen alten Soldaten, mit der Kugel im Herzen und nicht unter Peitschenschlägen, wie ein störrisches Tier!"

Sarinen ächzte: „Touwan, schenkt ihm das Leben! Nicht er – ist – schuldig!"

„Sarinen! – Du bittest für ihn?" Ich beugte mich zu ihr und sagte leiser: „Und doch sprachst du von Rache?"

Sie zitterte erregt, versuchte sich aufzurichten: „Ja, Herr – Rache! Aber nicht an ihm, sondern an jener, – die – eine Herrin ist!"

Das traf mich. Finster wandte ich mich ab und alle Blicke fielen erwartungsvoll auf mich.

Mein Diener Ali kam und meldete sich mit gekreuzten Armen verneigend: „Das Bad ist bereitet – Touwan besar!"

Ich wehrte ab. „Geh – Ali – rufe die Herrin!"

„Die Herrin? – Touwan? – Die Herrin hat das Haus verlassen!", erwiderte der Diener.

„Verlassen?!", schrie ich wütend.

Ali verneigte sich. „Ja, Touwan besar! – Vorhin, sie lief durch den Busch, den Fußweg entlang, der nach Negri-Lama führt!"

„Allein?"

„Nein, Herr, – mit Meina! Meina trug eine große Tasche!"

„Also geflohen!", lachte ich wütend auf. „Auf, Doto, – ihr nach! Bringt sie zurück! Nimm zwei Soldaten, schnell – fort mit euch!"

„Saya, Touwan besar!", schrien die Soldaten, und wie der Blitz sausten die Leute über den Hof in den Busch.

„Bringt sie mit List oder Gewalt – es ist gleich!", rief ich ihnen nach. – „Saya, Herr!", antwortete der letzte und war bald mit den anderen im Busch verschwunden.

Böse auflachend wandte ich mich, schritt in mein Zimmer, um mich entkleiden zu lassen und ein Bad zu nehmen.

Pakraß auf der Flucht

Dicht an der Holztreppe, die auf die Veranda des Hauses führte, stand an eine Palme gefesselt der von der ganzen Pflanzung so sehr gefürchtete Polizeisoldat Pakraß. Von jener Stelle aus konnte er die Veranda gut übersehen, und seine brennenden schwarzen Augen verfolgten deshalb auch alle Vorgänge auf derselben. Nachdem ihn die Polizeisoldaten gefesselt und angekettet hatten, wurden ihm natürlich seine sämtlichen Waffen abgenommen, und so stand denn dieser schwarze Sünder voll verbissener Wut und erwartete wehrlos seine Strafe.

Und dass diese Strafe keine leichte sein würde, wusste er sehr gut, denn nicht nur ich, sondern auch die Regierung hatte strenge Gesetze gegen die Prügelstrafe erlassen. Wenn trotzdem hin und wieder in besonderen Fällen für Schwerverbrecher zunächst die Prügelstrafe angewendet wurde, so geschah es, weil diese Strafe die am meisten gefürchtete war und deshalb als Erziehungsmittel bevorzugt wurde. – Schon, dass ich ihn nicht den Polizeisoldaten übergab, sondern hier an dieser Palme in meiner nächsten Nähe anketten ließ, beunruhigte den schwarzen Halunken ganz außerordentlich. Die Ungewissheit über sein Schicksal steigerte schließlich seine Unruhe derart, dass er knirschend und mit Anspannung aller Kräfte heimlich versuchte, sich seiner Fesseln zu entledigen. – Solange er mich auf der Veranda sah, geschahen diese Versuche, wie schon angedeutet, heimlich. Als ich aber mit den Dienern die Veranda verließ, um ein Bad zu nehmen, da wurden seine Versuche heftiger und energischer. – Von den wachenden Posten auf der Polizeistation konnte er nicht beobachtet werden, weil nicht nur der Hain, sondern auch große Fächerpalmen ihn vor dem spähenden Auge der Wache deckten.

Jetzt reckte er sich hoch auf und rief mit flüsternder Stimme: „Sarinen?!"

Sarinen hob erstaunt den Kopf und sah ihn an: „Was willst du, Pakraß?"

„Hast du große Schmerzen?"

„Wie Feuer brennt mein Leib", ächzte Sarinen.

Finster starrte der Soldat vor sich nieder und schwieg. Dann wurden seine Befreiungsversuche wieder heftiger und die Kette klirrte lauter. Ächzend spannte er seine Kraft an, riss und zog an den Fesseln, so dass seine Hände bluteten. Vergeblich! Von seiner Stirn flossen große Schweißtropfen, und viele Moskitos und Stechfliegen umsummten sein unheimliches, braunes, nasses Gesicht. Er schüttelte vor Wut sein mit dem Turban bedecktes Haupt und murmelte grässliche Flüche. Dann keuchte er wieder ermattet und stierte vor sich nieder.

Nach einer kleinen Ruhepause flüsterte er wieder scharf Sarinen zu: „Verzeih – Sarinen! Allah gebe dir Gesundheit wieder – und ein langes Leben!"

Jene schüttelte seufzend den Kopf: „Ich will nicht leben! – Was nützt mir ein Leben, wenn meine Schönheit dahin und mein Körper verkrüppelt ist?" Der Gefangene stöhnte laut auf.

„Draußen einmal", fuhr Sarinen stockend fort, „sah ich eine schöne Blume! – Sie hatte – eine gelbe Farbe, und die Blüte glich – einem großen Stern! – Sie leuchtete hell, und hoch hob sie das Haupt. – Ein heißes Verlangen überfiel mich, die Blume zu besitzen. – Mit ihr wollte ich mein Haar schmücken und so dem Touwan entgegeneilen, wenn er nach Hause zurückkehre. – Doch als ich danach fasste und sie brechen wollte, glitt meine Hand aus, der harte Stiel widerstand, und nichts als die zerrissene Blüte hielten meine Finger. Aber auch Blut floss aus der Handfläche, und rot färbten sich die Blätter! – Das war ein Zeichen des Propheten, denn die Blume war ein Liebesstern und das Blut eine Drohung!"

Wieder wand sich der Gefangene, versuchte sich zu befreien und die Kette klirrte schaurig dazu. „Sarinen?", stöhnte er, „eh! – Sarinen – willst du – mit mir, fliehen?"

Angstvoll richtete sich Sarinen halb auf und wehrte mit den Händen: „Nein! – Nein, du Tiger – du grausamer Menschentiger!"

Wild wand sich Pakraß in seinen Fesseln. „Du musst!", schäumte er, „ich lass dich nicht dem verhassten Bleichgesicht! O, wie ich ihn verabscheue, diesen – diesen Christenhund!" Wie eine Fanfare schmetterte er das Wort hinaus.

„Er ist gut!", schrie entsetzt das Mädchen. – „Gut? Hahahaha!", grölte jener und arbeitete keuchend, mit unmenschlicher Kraft an seiner Befreiung.

„Ich muss die Fesseln sprengen! – Eh! – Auf meinen Armen trage ich dich – und fliehe!"

„Nein, nein!", weinte die Kranke und richtete den vor Schmerzen zuckenden Körper auf. „Lass mich, – ich will nicht!"

„Ich weiß ein Boot, es liegt an einsamer Stelle und nicht weit von hier! – Dort bringe ich dich hinl – Und in der Nacht rudere ich dich den Fluss hinab – nach Djawi-Djawi, – dort sind wir sicher!" Und nun legte sich der Riese mit letzter, furchtbarer Kraft gegen seine Banden. Die Handgelenke, die Arme bluteten, aber nicht achtend der grässlichen Schmerzen zog und riss er daran bis – endlich – die Fessel platzte.

„Ha", johlte er freudetrunken, „die Fesseln – reißen!"

Verzweifelt schrie Sarinen auf: „Ich will nicht!"

„Du musst!", keuchte Pakraß, sich von der letzten Schlinge befreiend.

Dann stürzte er auf die Kranke zu und riss sie mit aller Gewalt hoch.

„Touwan!" – „Still!" Ich will dich pflegen, du wirst gesund! – Mein Weib!"

Mit ganzer Kraft wehrte sich das unglückliche Mädchen. „Nein, nein!", schrie sie halb ohnmächtig. „Wenn du nicht schweigst, töte ich den Christenhund!" Und die sich jetzt wie wild Wehrende fest mit seinen blutenden Armen umspannend, lief er pfeilschnell der Treppe zu, hinaus in den schützenden Garten. Und dort von Busch zu Baum, überall Deckung suchend, raste er in wilden Sprüngen dem Walde zu.

„Touwan! – Touwan! – Hilfe! – Hilfe!", schrie Sarinen mit Aufbietung ihrer letzten Kräfte.

Wütend versuchte der Räuber sie am Schreien zu hindern. „Schweig!", zischte er und drückte ihren Mund an seine Brust. Aber sie drehte ihren Kopf, befreite ihre Zunge und schrie nun geltend, verzweifelt: „Touwan! – Tou–wan! – Hilfe!" Dann wurde sie ohnmächtig.

Der Posten vor Gewehr auf der Polizeistation wurde aufmerksam und feuerte, als er die Situation erkannte, einen Alarmschuss in die Luft. – Die wachhabenden Soldaten stürzten aus dem Hause an die Gewehre, rissen diese aus den Stützen und liefen unter wildem Kriegsgeheul dem fliehenden Gefangenen nach. – „A–rr–iaa–ti!"

Ich befand mich im Bade. Doch als ich den Alarm und das Geschrei vernahm, ließ ich mich notdürftig von den Dienern ankleiden und stürzte aus der Badezelle, in das Haus, auf die Veranda. Natürlich übersah ich mit einem Blick, was vorgefallen war, bewaffnete mich schnell und raste nun selbst zur Verfolgung hinter den voraneilenden Polizeisoldaten her.

„Anjing – Hund!", keuchte ich außer mir. Und mit einem „Obpasse! – Lakaß!", feuerte ich die Verfolger an.

Pakraß wählte nicht die gangbaren Wege durch den Busch, sondern suchte mit Vorliebe das gefährlichste Dickicht zu durchdringen, um dadurch viele Hindernisse zwischen sich und seine Verfolger zu legen. Und so ging die Jagd über lästige Wurzeln, durch Rotangebüsche mit Dornen, durch lauwarme, stinkende Sümpfe, durch vermodertes Holz, hinderliche Schlinggewächse und durch Schwärme verfolgender Moskitos, Fliegen und lästigen Geschmeißes.

Noch heute denke ich mit Bewunderung an die phänomenale Leistung dieses Mannes, und es ist mir ein Rätsel geblieben, wie dieser riesengroße, verwundete Kerl mit einer doch immerhin schweren Tragelast es möglich machte, das undurchdringlichste Dickicht zu zerreißen oder durchzuschlüpfen wie eine Schlange. Wer sich keinen Begriff machen kann von einem sumatranischen oder australischen Urwaldbusch, der wird glauben, dass ich hier vom Boden der Begebenheit abgewichen sei und meine Phantasie spielen lasse. Das ist durchaus nicht der Fall, eher schwäche ich die Tatsachen noch ab, nur um einem solchen Vorwurf aus dem Wege zu gehen.

Wir folgten keuchend, blutend, ganz so wie vor wenigen Tagen auf der Tigerjagd. Auch jetzt verfolgten wir einen grausamen Räuber, der genau dieselben bestialischen Instinkte hatte, wie der König der Dschungeln. Oft versanken wir fast in dem Morast, oft durchnässten uns die warmen, widerlichen Sümpfe oder wir kletterten über gefallene Riesenbäume des Urwaldes und klammerten uns an schier unglaubliche Hindernisse, nur um nicht unterzugehen und den Menschentiger verfolgen zu können.

Und genau wie bei dem verfolgten Tiger, erlahmte endlich auch die Kraft dieses Riesen. Er warf die ohnmächtige Sarinen von sich, sein Heil in der Flucht nur noch für sich allein suchend. Einige Schüsse krachten hinter ihm her, die wirkungslos blieben, aber die Verfolger anspornten. Mit dem schrecklichen Geschrei und Rufen: „A–rrr–ii– –aa–ti!" rasten sie hinter ihm her. Pakraß aber, jetzt frei in seinen Bewegungen, tauchte gewandt und kraftvoll unter im Blättermeer.

Ich war ermattet, todmüde, und blieb zurück bei Sarinen. – Bald waren die Soldaten mir entschwunden und nur ganz ferne hörte ich ihr schreckliches: „A–rrr–ii–aati!" – „Orang – Rima!" – Still wurde es um mich, nur einige Affen in den Bäumen lachten und heulten, und die fürchterlichen Blutsauger, die Moskitos, quälten mich. Allmählich ging mein Atem ruhiger, ich erholte mich, und die Kraft kehrte zurück. – Ich trocknete mein Gesicht, meine Hände an den Resten meiner Kleidung und blickte nach dem armen, unglücklichen Kinde, das ohnmächtig vor mir lag. – Auch ihr trocknete ich den Angstschweiß und versuchte sie wieder aus dem todähnlichen Schlafe zu erwecken. Aber alle Versuche waren vergebens, und so richtete ich mich denn auf, hing die Büchse über den Rücken und hob Sarinen hoch, sie in meine Arme bettend. Einsam stand ich, nicht wissend und ahnend, wohin ich mich wende, nach welcher Richtung ich den Rückweg einschlagen sollte. Etwas wie Verzweiflung kam über mich, besonders, wenn ich mir die rasenden Schwierigkeiten überlegte, die ich überwinden musste, um überhaupt zurückzukehren. Natürlich hatte ich bei dem hastigen und notdürftigen Ankleiden meinen steten Begleiter, den Kompass, vergessen, und die Bäume waren entsetzlich hoch, ließen keinen Sonnenstrahl durch, so dass ich auch nach dem Sonnenstand nicht einmal die Richtung antreten konnte.

Ich befand mich in einer wenig beneidenswerten Lage. Doch schließlich schlug ich auf das Geratewohl den Rückweg ein und keuchte und stolperte mit meiner Last vorwärts. Meiner Schätzung nach musste ich mich, in schnurgerader Richtung gerechnet, mindestens drei Stunden von der Pflanzung befinden. Und wenn ich sie richtig eingeschlagen hätte, so könnte ich noch vor Dunkelwerden mein Haus erreicht haben. – Wenn aber nicht? – Was dann? – Ich schauderte, wenn ich bedachte, dass ich womöglich mit dem kranken Mädchen die Nacht im Busch verbringen musste. – So marschierte ich, die Kranke sorgsam tragend, dem Ziele zu. – Ich umging die stacheligen Büsche, suchte einigermaßen gangbare Bodenflächen, vermied die gefährlichen Sümpfe und wand mich mit meiner Last durch lästige Schlingpflanzen. – Nach stundenlangem Wandern entdeckte ich frohlockend Spuren von Menschen, einige Kleiderfetzen an den Dornen, Fußabdrücke im weichen Waldboden und einen zerfetzten Kulihut. Nun folgte ich hoffnungsfroher diesen Merkmalen, und die Sorge schien verflogen. – Sarinen schlug die Augen auf und stöhnte. Vorsichtig legte ich sie auf den Waldboden.

„A, Touwan", flüsterte sie glücklich. „Touwan, lieber Touwan!" – Sie schloss wieder entkräftet die Augen, um dann nach einer kleinen Weile zu bitten: „Wasser, Touwan, bitte Wasser!"

Ich durchhieb mit meinem Messer den starken Ast einer Buschbirke, hielt den zerschnittenen Teil des Astes an Sarinens Mund und ließ sie das hervorrieselnde süße Wasser trinken. Es floss so stark, wie aus einem geöffneten Wasserhahn, nur mit dem Unterschiede, dass es ruckweise kam und dann bald versiegte. Sarinen trank in langen Zügen, um dann dankbar mir zuzunicken, den Kopf zurückzulegen und nun wie ein sorgloses Kind fest und ruhig einzuschlummern.

Vorsichtig hob ich sie hoch und trug sie weiter. – Immer folgte ich den Spuren. Da plötzlich – ich zitterte förmlich vor Erschrecken – entdeckte ich, dass die Spuren aufhörten – und ich mich auf demselben Platz befand, von dem aus ich vor Stunden mit Sarinen meine Wanderung begann. Ich war stundenlang im Kreise herumgegangen.

Diese furchtbare Entdeckung lähmte meine Spannkraft. Ich legte Sarinen wieder auf den Waldboden und warf mich todmüde daneben. An eine Rückkehr war nicht mehr zu denken, denn schon senkten sich langsam, dann schnell und schneller die dunklen Schleier der Nacht. Eine Nacht im Busch! – Furchtbar, wenn ich an die tausend Gefahren dachte. – Ächzend vor Müdigkeit riss ich, solange noch nicht die pechschwarze Dunkelheit gekommen, von den Bäumen trockene Zweige und Blätter zusammen, und als ich dann einen ziemlichen Vorrat hatte, schlug ich Feuer. Bald prasselten die Flammen hervor und erhellten die Finsternis. Und immer wieder suchte ich im Scheine des Feuers neue Nahrung für dasselbe. Der dicke Qualm verscheuchte die vielen Moskitos, während in die helllodernden Flammen Schwärme von diesen Blutsaugern hineinflogen und sich den Tod holten.

Endlich suchte ich mir neben Sarinen ein Ruheplätzchen und starrte in Gedanken versunken in das Feuer. – Gestern – ich hätte es mir nicht träumen lassen, dass ich heute verirrt und hilflos die Nacht im Busch verbringen sollte – gestern saß ich im goldgestickten Waffenrock inmitten einer Schar lustiger Offiziere an Bord des Kriegsschiffes beim Mahle. Heitere Reden flossen hin und her, und das Trinken, Lachen, Scherzen wollte kein Ende nehmen. Und heute mit Lumpen bedeckt, blutenden Händen und müden Gliedern – Krankenwärter eines kleinen malaiischen Mädels. „Tempora" – ich summte es leise: „*Tempora mutantur, nos et mutamur in illis!*" Dann senkte auch ich den Kopf und der Schlaf hatte mich besiegt.

Gefunden

Ich mochte vielleicht eine Stunde geschlafen haben, als ich plötzlich erwachte. Ein heißer Atem traf mein Gesicht. Ich fuhr erschreckt in die Höhe, und ein freudiges Jaulen und Winseln begrüßte mich. Meine Dogge, mein bester Freund, tanzte, wie ausgelassen vor Freude, um mich herum, sprang umher, schnupperte und heulte schließlich lange, anhaltend, als wollte sie den anderen zurückgebliebenen Hunden mitteilen, dass sie mich gefunden habe. Bald kamen denn auch fünf, sechs Hunde angekeucht, die sich wie toll gebärdeten und vor Freude mich fast zu Boden rissen.

Jetzt loderten Fackeln zwischen den Bäumen auf, freudige Zurufe kamen von dort, und bald tauchten die roten Turbane der Polizeisoldaten auf, unter Führung des Hauptassistenten Sanné und Leutnant van Trassen. Natürlich war ich bewegt, umso mehr als auch meine Getreuen eine wirklich herzliche Freude zeigten, mich endlich gefunden zu haben. Stundenlang wären sie auf der Suche gewesen, bis endlich meine Dogge meine Spur aufgestöbert hätte, der sie dann gefolgt wären. Ich umarmte meinen treuen Hund, nahm seinen großen Kopf in meine Hände und liebkoste ihn. Und er? Er sah mich an mit Augen, die voll Liebe und Treue funkelten, schuppte sich an meinen Beinen und putzte sich die schmutzige Hundenase an meinen Hosen. Das waren so ungefähr die innigsten Zeichen seiner Zuneigung.

Für Sarinen, die immer noch schlief und nichts von den Freunden merkte, wurde eine Tragbahre aus Ästen und Zweigen hergestellt, und dann traten wir den mühevollen Rückweg an. – Der Marsch durch den Urwaldbusch in finsterer Nacht – das Gelände spärlich beleuchtet von dem unruhigen Fackellicht – wahrlich ich wünschte selbst meinen Feinden eine solche harte Strafe nicht. Oft mussten wir durch die pechschwarzen Sümpfe mehr schwimmen als waten, oft über manneshohe glatte Wurzeln klettern, und oft rannten wir uns fast die Schädel an nicht erkenntlichen Hindernissen ein. Auch begegneten wir kleinen und größeren Schlangen, die auf Raub ausgingen und plötzlich vor uns standen kerzengerade wie Krückstöcke und uns anfauchten. Es wurde schließlich für uns ein Vergnügen, wenn wir die Bestien mit gutgezielten Stockhieben weit davonschleuderten.

Endlich erreichten wir die Pflanzung und mein Haus. Die Freunde verabschiedeten sich, weil sie auch reichlich müde waren, und verschwanden bald mit ihrem Polizeischutz und den Fackeln auf dem Hauptwege, in der Tiefe der Pflanzung. Für mich gab es noch lange keine Erholung und Ruhe. Eine Überraschung wartete meiner. Doto, der Sergeant, meldete mir, dass er die Japanerin und ihre Zofe auf dem Wege nach Negri-Lama gefunden, eingeholt und gefangen genommen habe. Er habe die Frauen in Najas Zimmer eingesperrt und sie warteten auf meinen Urteilsspruch. – Nun, ich ließ sie warten! – In solchem angstvollen Warten liegt oft eine größere Strafe, als im Urteil selbst. Und ich wollte das grausame, rabiate Frauenzimmer tüchtig zappeln lassen. Zunächst brachte ich meinen äußeren und inneren Menschen in Ordnung, sorgte für die kranke Sarinen, die erwacht war und glückselig alle meine Bewegungen verfolgte. Ich ließ sie auf das Tigerfell betten, gab ihr eine malaiische Pflegerin zur Seite, die sie bedienen und bewachen musste, kurz tat alles, um wenigstens äußerlich in Ruhe zu kommen. Und nachdem ich reichlich gegessen und auch getrunken hatte, meine Lebensgeister wieder frischer wurden, zündete ich mir einen Tabak an und ließ den Feldwebel kommen, der mit einigen Soldaten den Räuber Pakraß verfolgt hatte.

„Nun, Sodikromo", sagte ich, „wo hast du die Kanaille? Hast du den Kerl nicht erwischt?"

Der alte, treue Mensch unterdrückte einen Fluch, dann schüttelte er den Kopf. „Er ist entkommen, Touwan Kommandant. Ihr wisst es, wie wir hinterher waren."

„Ja", lachte ich sarkastisch, „sogar mich habt ihr vergessen, habt mich und Sarinen einfach im Dreck stecken lassen. Wir wären umgekommen, wenn andere uns nicht gerettet hätten."

Sodikromo beugte seinen roten Turban noch tiefer, fasste nach dem Saum meines Sarongs und küsste ihn unterwürfig. „Verzeiht, Touwan Kommandant, wir waren zu eifrig in der Verfolgung!"

„Und habt ihn doch nicht gekriegt!", neckte ich.

„Wir verfolgten ihn bis an den Fluss, dort sprang er in ein Sampan und ruderte an das andere Ufer."

„Und warum seid ihr ihm nicht nachgerudert?"

„Herr, kein anderes Boot war zur Stelle, und in der Flut wälzen sich Krokodile!"

Ich knirschte wütend mit den Zähnen und ballte die Hand zur Faust. „Hm! Der Schuft! Ha, Sodi, der Pakraß ist doch klüger und geschickter, wie ihr alle zusammen!"

Der Feldwebel sah mich mit funkelnden Augen an. „Wir werden es abwarten, Touwan Kommandant. Mit diesen Händen werde ich dem Hund das Genick brechen!"

„Na schön", nickte ich, „wir werden abwarten! Zunächst sorge dafür, dass die Wachen an den Grenzen verdoppelt werden! Verstanden?"

„Saya, Touwan Kommandant!"

„Er wird und muss zurückkehren, schon Sarinens wegen! Fangt ihn mir lebend", schrie ich wütend. „Aber wenn es nicht möglich ist, so schießt ihn nieder – wie einen tollen Hund! Ich selbst will es verantworten vor dem Touwan Kontrolleur! Verstanden?"

„Saya, Touwan Kommandant!"

„Gut! Derjenige, der mir den Kerl fängt, erhält eine Belohnung von 15 Dollar! Gib das der Mannschaft bekannt, Sodikromo!"

„Saya, Touwan besar!" Er verneigte sich tief. –
Ich winkte ab. „Gut, so geh, bleib aber an der Treppe, in der Nähe! Ich habe noch anderes für dich zu tun!"

Jetzt stand der Feldwebel militärisch in strammer Haltung und salutierte: „Saya, Touwan Kommandant!" Dann wandte er sich, ging hochaufgerichtet langsam die Treppe hinab und wechselte draußen mit dem für die Nacht dort aufgestellten Posten einige Worte.

Ich sah ihm sinnend nach, dann griff ich nach einem Glas Absinth und stürzte es hinunter, streckte mich behaglich auf dem bequemen langen Faulenzer und tätschelte hin und wieder meine Dogge, die meinem Stuhl zur Seite lag.

„Herr", flüsterte Sarinen und starrte mich furchtsam mit ihren großen, hübschen Augen an, „Herr, Pakraß wird wiederkommen! – Ich fürchte mich!" – Sie weinte leise.

Ich wehrte ab. „Wenn schon, Sarinen, ich hüte dich. Fürchte nichts!" Sie blickte mich an, treu und unterwürfig. „Ihr habt mir das Leben gerettet, Herr! – Euch gehöre ich nun mit Leib und Seele. – Eure Hand möchte ich küssen, auch wenn sie mir den Tod geben sollte."

„Banja!", wandte ich mich an die Frau, die Sarinen zur Seite saß und nun ihre Pflegerin war. „Banja, heile mir Sarinen, hörst du?"

Die Malaiin neigte tief das Haupt. „Saya, Touwan besar!"

„Keine Narbe darf ihren Körper verunstalten, die Wunden, Schmerzen sollen ein Traum bleiben!" – „Saya, Touwan besar!" – „Wirst du sie so heilen können, Banja?", fragte ich zweifelnd.

„Ich heilte meine Schwester, Herr. Sie war vom Tiger überfallen, zerfleischt. Ich heilte sie, dass kein Zahn im Fleische mehr kenntlich war, warum sollte ich deshalb Euch nicht versprechen dürfen, dass ich auch der Nonja Sarinen die Schönheit erhalte?"

„Ich werde dich reich belohnen, Banja!", erwiderte ich.

„Ich werde dankbar sein, Touwan besar, und Euch den Staub von den Schuhen küssen!"

„Es ist gut, Banja, du bleibst bei Sarinen, bediene und pflege sie wie eine Herrin!" – „Saya, Touwan besar!"

Dann wandte ich mich an die Diener, die in der Nähe der Türe hockten. „Boys!", rief ich ihnen zu, „geht, holt mir die Rana!"

Die Diener verneigten sich. Zwei liefen in die hinteren Räume.

„Rana Najas", fragte Sarinen bestürzt. – „Ja", nickte ich, „sie ist hier!" – Sarinen richtete sich bebend auf: „Rächt mich, Herr!" – „Schweig!", befahl ich streng.

Die Kranke legte den Kopf wieder ächzend zurück, nur ihre brennenden Augen blickten nach der Tür, durch die jetzt ihre Todfeindin trat.

Naja war schöner als sonst. Sie hatte ein wundervoll-blauseidenes Kostüm angelegt, auf dem die kunstvoll gemalten und gestickten japanischen Figuren besondwers scharf hervortraten und die Trägerin mit einem eigenen Reiz umgaben. Auch ihre Frisur war sorgsam geordnet, und die vielen Fächernadeln, das blauschwarze, schwere Haar rahmten das blasse Gesichtchen mit dem kirschroten Mündchen zu einem Yum-Yum-Bilde, wie man es im raffiniertesten Operettentheater nicht schöner finden würde. Wie eine Fürstin stand sie in der Mitte der Veranda und neigte kaum ihr Haupt. Hinter ihr stand Meina, ihre Zofe, zitternd und bebend.

Eine Totenstille war eingetreten. Die Diener am Rande der Veranda spitzten die Ohren, und auch der Posten und Sodikromo waren draußen dicht an die Treppe getreten. Sarinen hatte sich aufgerichtet. Beide Frauen maßen sich mit feindlichen Blicken.

Ich sprang auf. „Also habe ich dich? – Gefunden haben sie dich – wie einen entlaufenen Kuli!" Finster starrte ich sie an.

Trotzig richtete sie sich auf. Ihre zierliche Hand spielte mit dem Fächer. „Ich bin eine freie Frau!", sagte sie stolz.

„Du warst es!", erwiderte ich scharf. „Mehr noch – –. Du warst eine Rana und in der Gesellschaft der Europäer eine Maharana!"

Sie zuckte zusammen.

„Jetzt aber bist du nichts weiter, als meine Gefangene!" Drohend sagte ich das furchtbare Wort.

„Herr!" antwortete sie stolz, „mich schützen die Gesetze und der – Mikado, sein Arm reicht weit!"

„Dem Gesetze bist du verfallen, Naja! Und warst klug, aus diesem Grunde zu fliehen. Du weißt, dass, wer nach seines Nächsten Leben trachtet, oder ihm schwere körperliche Schädigung zufügt, mit – – mit Gefängnis bestraft wird!"

Erschreckt wich sie zurück, und ihr Stolz brach zusammen, wie ein Kartenhaus. „Touwan?!", schrie sie auf.

„Dich kann niemand schützen", fuhr ich hart fort, „selbst der Mikado nicht! Deine Freiheit ist dahin, und du hast von dieser Stunde an aufgehört – eine Herrin zu sein!"

„Das wolltet Ihr mir antun, Touwan?"

„Ich muss,– Naja! Ich stehe hier an des Gesetzes Statt und bin der Obrigkeit dieses Landes Rechenschaft schuldig!"

„Herr, erbarmt Euch!" Sie warf sich zu Boden und rang die Hände, eine vollendete Schauspielerin.

Ich zeigte auf Sarinen. „Kanntest du Erbarmen? – – Mit kaltem, grausamem Herzen, und nur deiner Eifersucht wegen, zerfleischtest du den Leib dieses armen Kindes! Bitte Gott, dass die Wunden sich wieder schließen und Jugendkraft und Schönheit in den geschändeten Körper zurückkehren; für deine Verteidigung wäre das von Vorteil!"

Naja blickte starr, verzweifelt vor sich nieder.

Finster wandte ich mich ab und winkte dem Feldwebel: „Sodikromo! – Mari sama saya!"

Der Soldat lief die Treppe hinauf und blieb in militärischer Haltung am Eingang stehen. „Touwan Kommandant?" Ich zeigte auf Naja. „Nimm die Herrin mit und lege sie einstweilen ins Gefängnis!"

Der Feldwebel wich erstaunt zurück. „Touwan besar?" – Die Japanerin stürzte mir zu Füßen, umklammerte meine Knie: „Herr – Erbarmen!", schrie sie entsetzt auf.

„Tu' deine Pflicht!", rief ich mit eiserner Ruhe dem Feldwebel zu. – „Saya!" Er trat an Naja und legte seine Hand auf ihre Schulter.

„Morgen werden zwei Soldaten sie nach Tandjong Balei bringen vor den Touwan Kontrolleur! Sie kommt von dort nach Batavia vor das – Zuchtpolizeigericht!"

„Herr, Erbarmen!" – stöhnte die Gefangene. – Der Feldwebel verneigte sich: „Saya Touwan besar!" Dann fasste er Naja an dem Arm. „Komm Herrin!"

Doch die Japanerin riss sich los, stürzte wieder zu meinen Füßen, umklammerte meine Knie und schrie wie besessen: „Herr, wollt Ihr so grausam sein?"

Vergeblich versuchte ich mich zu befreien: „Lass mich – Naja! Wer selbst kein Erbarmen kennt, darf kein Erbarmen fordern!"

„Herr, gedenkt, dass ich Euch pflegte, als Ihr krank wart!"

Ich wehrte mich: „Lass mich, – Naja!"

Da sprang sie auf, lief an meinen Schreibtisch, riss dort das Bild meiner Mutter an sich, hielt es hoch und trat mir entgegen: „Herr! – – Gedenket Eurer Mutter!" – –

Ich zuckte zusammen und blickte finster zu Boden.

„Ihr habt mir erzählt, Touwan, wie groß und edel Eure Mutter ist! Ihr habt mir erzählt, wie sie Euch gelehrt hat, stets zu verzeihen, und Hass mit Liebe zu vergelten. Über die Nächstenliebe belehrtet Ihr mich und wolltet eindringen in meinen starren Unverstand, Euch berufend – auf die Mutter! – Ich kannte keine Mutter, ich stand allein, unter Fremden! Aber Eure Mutter liebte ich – wie etwas Heiliges, Großes!"

Das traf mich. – Ich kämpfte mit mir und stöhnte auf.

Doch Naja fuhr fort, immer das Bild meiner Mutter mir entgegenhaltend: „Stände sie hier – würde sie Zeuge sein, wie ich bettle um Verzeihung, sie würde – –"

„Halt ein", gurgelte ich außer mir und riss ihr das Bild aus den Händen. „Sie würde –" – ich starrte auf das Bild – und mir war, als ob eine weiche, liebe Hand mir die Zornesfalten aus der Stirne striche, „sie würde – –", ich seufzte auf. Dann richtete ich mich auf und wandte mich an Naja: „Geh – Naja – du bist – frei!"

Sarinen schrie erschreckt auf.

Naja beugte sich und küsste den Saum meines Sarongs.

„Nimm Meina mit, als Dienerin und Gefährtin! – Ihr seid beide frei!" – Beide Frauen stürzten mir zu Füßen. Ich zeigte nach der Tür. „Doch geht, fort mit euch in eure Zimmer! Und morgen mit dem ersten Sonnenstrahl verlasst ihr mein Haus!"

„Dank, Touwan!" – „Um meiner Mutter willen sei dir vergeben, Naja! Aber geht! Fort mit euch!"

Die Frauen zogen sich nach der Tür zurück. Naja sah mich grüßend an: „Tabé, Touwan! – Tabé –" Dann verschwand sie mit Meina.

Sarinen starrte mich an mit loderndem Blick: „Ist das – – Rache – Touwan?"

Ich trat zu ihr, hielt ihr das Bild meiner Mutter vor Augen. „Rache?" Ich schüttelte den Kopf. „Das ist – ich bin ein Christ – Sarinen!" –

Sarinen starrte auf das Bild, dann mich an – – Sie ächzte, fiel zurück und weinte. –

Böse Zeichen

MEIN zweiter Assistent, der Italiener Mario conte Bonardi, war bei mir und hatte seine dienstlichen Meldungen erstattet. Da es bereits dunkel geworden und der Tagesdienst auf der Pflanzung beendet war, hatte ich den Italiener eingeladen, den Abend bei mir zu verbringen. Und Mario blieb gerne bei mir und hatte einen richtigen Hunger, sich auszuplaudern zu dürfen. Sein Assistentenhaus stand ziemlich einsam am äußersten Rande der Pflanzung, deshalb waren Besuche bei ihm von anderen Europäern sehr selten. Aber auch er selbst ritt nicht gerne nach Dunkelwerden aus seinem Hause, weil die Unsicherheit in letzter Zeit – und besonders seit der Flucht des Polizeisoldaten Pakraß – außerordentlich zugenommen hatte. Wir waren alle etwas stark in Sorge, und besonders Mario auf seinem weit vorgeschobenen Posten. Nicht nur auf anderen Pflanzungen waren Unruhen der Kulis wahrgenommen worden, sondern auch auf meiner Pflanzung konnten wir über Ungehorsam und Widerspenstigkeit der Arbeiter ein Lied singen. Täglich mussten große und oft auch schwere Strafen verhängt werden, nur um die Zucht und Ordnung auf der Pflanzung aufrecht zu erhalten. Die Mandoren und Tändels (malaiische und chinesische

Aufseher) waren ihres Lebens nicht mehr sicher und fürchteten sich daher, faule Arbeiter zu ihrer Pflicht anzuhalten.

Kurz, es gärte und brodelte an allen Ecken und Enden, und irgendein unterirdischer Geist, der das Licht der Sonne scheute, sorgte dafür, dass das Wasser im Kochen blieb. Wer unser grimmigster Feind war, wussten wir nur zu gut, und wenn der geflüchtete Polizeisoldat auch noch so vorsichtig und schlau war, so dass wir seiner trotz aller Wachsamkeit nicht habhaft wurden, so konnte er andererseits die Spuren seiner geheimen Wühlereien und seiner öfteren Anwesenheit auf der Pflanzung nicht ganz verwischen.

Nichts ist für den Europäer auf einer Pflanzung so gefährlich, als wenn er Furcht zeigt. Sein Auftreten muss kraftvoll, furchtlos, zielbewusst, energisch, brutal und zur rechten Zeit gerecht und mitfühlend sein. Das sind zu viele Bedingungen, um sie bei allen Pflanzern zu finden. Wir Menschen sind verschieden veranlagt; Charakteranlagen sind schon bei Kindern vorhanden, es kommt dann aber auf die Erziehung an, ob für das Leben wichtige Eigenschaften von Eltern und Lehrern richtig erkannt werden und für die Erstarkung genügend gesorgt wird. Es kommt wohl vor, dass energielose Eltern starke, zielbewusste Kinder haben, dann aber ist der Kern dafür bei dem Kinde ganz besonders kräftig entwickelt, und sie nehmen sich charakterverwandte fremde Menschen zum Vorbild. Immerhin sind solche Kinder Ausnahmen. – Wilhelm Busch sagt ganz richtig: „Vater werden ist nicht schwer, Vater sein dagegen sehr!" – Das ist eine weise und nur zu wahre Behauptung, und sie birgt so unendlich viel Erfahrung in sich, dass man Bücher darüber schreiben könnte. Aber auch starke Eltern vernachlässigen ihre Kinder oft so sehr, dass weichliche, für das Leben unbrauchbare Geschöpfe daraus werden, und wenn sie in den Kampf um das Dasein hinausgestoßen werden, meistens untergehen. Irdische Glücksgüter sind eine angenehme Erbschaft, doch viel wichtiger, und eine viel reichere Hinterlassenschaft ist die richtige Erziehung. Ein Mann darf kein Weib, und ein Weib kein Mann werden! Das sind naturwidrige Erscheinungen, die – zumal bei Menschen, die auf eigenen Füßen stehen sollen – schließlich zum Unglück führen.

Auch bei uns Pflanzern gab es schlappe und starke Menschen, und es war auf einer Pflanzung oft schwer, an sich selbst zweifelnde Assistenten auf den richtigen Posten zu stellen und dort zu erhalten. Schon um unseretwillen und um das Ansehen der Europäer hoch zu halten, mussten die Starken die Schwachen stützen. Dem Eingeborenen, und besonders dem Chinesenkuli, imponiert nur die rohe, brutale Manneskraft, und wehe, wenn er merkt, dass er nicht nur in dieser, sondern auch im Zielbewusstsein dem Europäer überlegen ist, dann ist der Untergang der Pflanzung leicht vorauszusagen.

Graf Bonardi war, wie viele Italiener, etwas sentimental veranlagt. Wohl war er eine starke, kräftige Erscheinung, konnte seinen Willen unbedingt durchsetzen und verstand auch seiner Chinesen- und Malaienabteilung gegenüber den Herrn zu zeigen, aber er versagte oft im selbständigen Handeln. Er hing, und meistens zur unrechten Zeit, Problemen und philosophischen Gedanken nach, die wohl Gelehrten am grünen Tische anstehen, aber Pflanzern auf exponierten Posten entschieden verderblich werden können. Seine Befehle und Anordnungen waren oft zerstreut, so dass die Aufseher und Arbeiter stutzig wurden. Zu seinem Glücke kam er immer wieder bald zur Besinnung, musste aber, um den Schaden wieder gut zu machen, oft ungerechte Maßregeln ergreifen, damit seine Autorität nicht in die Brüche ging. Die Leute liebten ihn nicht, aber, was schließlich viel wichtiger war, sie fürchteten ihn!

Seit der Flucht des Polizeisoldaten Pakraß waren drei Wochen vergangen. Sarinen hatte sich, dank der vorzüglichen Pflege, erholt, und ihr gesunder Körper überwand die furchtbaren Wunden. Schöner als je blühte sie auf, führte, so gut sie es verstand, den Haushalt, war aber trotzdem stets aufmerksam, bescheiden und unterwürfig. Ich näherte mich ihr nicht, vermied jedes Alleinsein mit ihr und sorgte auch sonst für den genügenden Abstand. Denn ich wusste wohl, dass tausend Augen mich und sie beobachteten, und ich musste in dieser gefährlichen, unruhigen Zeit jeden Zündstoff vermeiden.

Nach außen hin zeigte ich nicht im geringsten, dass ich Sorge hatte, ich lebte wie bisher in meinen alten Gewohnheiten. Deshalb befahl ich auch an diesem Abend, als Bonardi bei mir zu Gast war, ihm zu Ehren und um ihn aufzuheitern, die Vorführung malaiischer Tänze. Ich hatte die Holz-Kreas der Veranda hochziehen und zwei Streckstühle dicht an die Balustrade rücken lassen. Und so rekelten wir uns bequem auf den Faulenzern, tranken hin und wieder Tee, Absinth,

Whisky-Soda und tauchten unzählige Zigarren. – Unten im Garten auf dem freien Platze dicht am Hause, so dass wir das Schauspiel in nächster Nähe hatten, standen drei malaiische und javanische Tänzerinnen, ihre schlanken braunen Arme und Beine mit silbernen Ringen, Spangen und Glasperlen geschmückt, und tanzten einen Cancan. Es sollte wenigstens etwas Ähnliches sein, in Wirklichkeit rührten sie sich kaum vom Fleck und drehten nur die Körper im rhythmischen Tanztakt ruckweise hin und her. Im Übrigen bedienten sie sich langer, bunter Schleier, mit welchen sie sich verhüllten und wieder entschleierten.

Hinter den Tänzerinnen saßen mit gekreuzten Beinen zwei javanische Trommler mit buntkarierten Beinkleidern, weitärmeliger, weißer Jacke und rotem Kopftuch. Vor sich auf den Knien hatten sie kleine indische Trommeln – kleine Tönnchen, die auf beiden Seiten mit Fellen bezogen sind – und schlugen mit den Fingern, gerade nicht taktmäßig, die Begleitung zum Tanz. Beim sogenannten dritten oder vierten Takte schrien sie dazu aus vollem Halse ein schauerliches: „Eh! – Eh! – Fätsch! – Eh! – Eh!" – Natürlich war mein ganzes Hauspersonal im Kreise versammelt, und sogar mein schwarzer Koch stand mit seinem Kochlöffel da und amüsierte sich diebisch.

Auf die Dauer wirkte die Geschichte langweilig, aber ich mochte nicht den Schluss befehlen, weil Mario sehr interessiert zusah, den Kopf hin und her bewegte, und es den Anschein hatte, als ob er besondere Studien mache. Aber schließlich sprang er doch wie verrückt in die Höhe, winkte mit der Hand den Trommlern und schrie mit Donnerstimme: „Basta! Eh! – Basta!"

Erschreckt brachen die Trommler ab und auch die Tänzerinnen blieben plötzlich in ihren letzten Stellungen wie erstarrt stehen, als wenn sie alles Leben verloren hätten.

Ich musste lachen und das war die Ursache, warum plötzlich der ganze Zuschauerkreis in ein wieherndes Gelächter ausbrach. Das soll nicht nur in Indien, das soll auch in Europa vorkommen. Wenn Mächtige nur das Gesicht zum Lachen verziehen, dann fühlen sich Höflinge und Kriecher veranlasst, in schallende Heiterkeit auszubrechen. Sie wissen zwar nicht, warum sie lachen, aber sie tun es, um dem Mächtigen zu gefallen.

„Schon befriedigt, Mario?", fragte ich. – Der lachte grimmig auf: „Als wenn das einen Italiener befriedigen könnte. Maledetti!" – Er reckte sich. „Das windet sich, streckt sich, verrenkt sich und kommt nicht von der Stelle! Ha! Und so was nennt sich Tanz! Ha, Dio mio, du müsstest unsere Tarantella kennen, da liegt Kraft, Feuer, Rasse drin! Per Barco! – Aber hier – ? – Pah! Macht, dass ihr zum Teufel geht!", schrie er in malaiischer Sprache den Tänzerinnen zu. Dann schritt er zurück in die Veranda, fasste ein großes Glas Whisky-Soda und stürzte es mit einem Ruck hinunter, als wollte er die Sehnsucht nach seinem Vaterlande löschen.

„Reg dich doch nicht auf, Mario!" Ich trat zu ihm und legte meine Hand auf seine Schulter. –

„Ach – ach!" Und nun bedeckte er für Augenblicke sein Gesicht, stöhnte auf, wie ein verwundetes Tier. „Ach! – A mia – mia Patria – mia – mia Napoli!"

Ich wandte mich an die Leute draußen, gab ihnen ein Zeichen. Die Trommler erhoben sich und auch die Tänzerinnen und die Zuschauer schlichen davon. Die Fackeln, welche die Szene beleuchteten, erloschen. Die Diener ließen die Holzkreas herunterrollen, es wurde dunkel draußen und still drinnen.

Wir saßen beide versonnen, denkend und hielten Andacht mit dem brennenden Schmerz der Sehnsucht, mit dem Heimweh nach dem Lande, das uns geboren hatte, nach dem Baum, der uns Kindern den Schatten spendete, nach den Menschen, die uns lieb und teuer waren, nach der Sonne, die nirgends so schön wie im Vaterland scheint, „o, Herr, o, gewaltiger Gott im Himmel, lass uns die Heimat wiedersehen!" –

„Ich werde mein heiliges Land nie wiedersehen!", flüsterte Mario leise, als hätte er meine Gedanken und mein Gebet vernommen. – „Mario!" – Und eifriger fuhr er fort: „Gestern war mein Natalizio – mein Geburtstag – ich bin 28 Jahre alt geworden! Und ich träumte – die Madonna erschien mir im Traume – engelschön und winkte mir. – Nun weiß ich, dass ich sterben muss!" –

„Mario!", rief ich vorwurfsvoll. Doch jener schüttelte abwehrend den Kopf.

Wir schwiegen, beide unseren Gedanken nachhängend. Lange war tiefe Stille um uns. – Da plötzlich berührte meinen ausgestreckten

Fuß etwas Feuchtes, Kaltes. Erschreckt blickte ich hin und der scheußlich große Kopf, die funkelnden Augen meiner Hausschlange stierten mich hin und her rudernd an. Ich legte mich wieder beruhigt zurück. Die Pythonschlange aber zog sich langsam, den 16 Fuß langen Körper ruckweise nach sich ziehend, auf meinen Schoß, um meinen Hals, um meine Brust. Ich war fest eingeschnürt. Dann tappte sie wieder mit dem Kopfe an meinem Gesicht vorbei und steckte ihn unter meine Achselhöhle. Dort lag sie ruhig, nur der lange Leib schleppte nach und umschlang mich heftiger. Ein kühles, erfrischendes Gefühl durchströmte mich, die immerwährenden Moskitos, die mich besonders an diesem Abend peinigten, ließen ab und suchten sich ein anderes Opfer. Ich dankte der Python – oder wie ich sie getauft hatte – der Klara und tätschelte ihren Kopf und spielte mit ihrem Rachen. Es war ein gutes, treues Tier, sehr liebe- und wärmebedürftig. Ich gab ihr beides in reichlichem Maße, deshalb war sie auch rührend anhänglich.

Mario blickte auf. „Eh!", sagte er schaudernd. „Hast du wieder den gräulichen Lindwurm. Spiele wenigstens nicht mit dem Biest. Tier bleibt Tier, sie erdrückt dich noch!"

Als wenn sie Mario verstanden hätte, hob die Schlange den großen Kopf und schillerte ihn fauchend an, wobei die Halsadern sich kräftig blähten. Mario wich etwas vor dem Tiere zurück.

„Siehst du", lachte ich, „Fräulein Klara wird ungemütlich. Sie kann deine schlechte Kinderstube nicht vertragen." Ich wollte noch mehr sagen, aber Klara schoss plötzlich von mir herab und jagte blitzschnell ihren langen Körper in Wellenlinien schlagend auf einen Pfeiler zu. Und sich an diesem in rasender Eile hochziehend, erwischte sie, im Gebälk des Hauses angelangt, eine vorwitzige, große Ratte, der sie behände den Garaus machte. Wir hörten nur ein ängstliches Piepen, dann wurde es still, und Fräulein Klara trank das heiße Rattenblut", wie wir den herrlichsten Burgunder.

„Aus!", philosophierte Mario. „Wieder ein Leben zum Teufel! Auch uns wird bald eine Schlange erwischen und ebenso abwürgen. Wir schwiegen beide längere Zeit.

„Ja", sagte ich endlich, meinen eigenen Gedanken nachhängend, „einmal wird uns der Deibel holen, deshalb brauchen wir aber nicht ewig davon zu sprechen!"

„Verzeih", sagte er kurz, stand auf und wanderte auf der Veranda umher. „Übrigens", fuhr er nach einer Weile fort, „sag' mir, was hast du mit Sarinen vor?"

Ich richtete mich auf. „Mit Sarinen? – Hm! – Sie muss fort!"

„Fort? – Hm! – Warum? – Gib sie mir!"

„Dir? – Nein! Sie muss die Pflanzung verlassen, sowie sich dazu die Gelegenheit bietet!"

„Perché – madonna mia – Der Teufel versteh' dich!"

„Weil ich ihr Leben nicht aufs Spiel setzen will! Und das würde geschehen, wollte ich sie selbst behalten oder dir geben. Sie würde verfolgt werden auf Schritt und Tritt. Mein Schutz wäre nicht ausreichend! Dem allen muss ich vorbeugen."

„Du fürchtest den entsprungenen Obpaß?"

„Pah", erwiderte ich, stand auf und reckte mich. „Ich fürchte nichts!"

„Per bacco! – Warum entließest du aber dann die Japanerin, die Maharana Naja?" – „Weil sie grausam wart" – Mario sah nachdenklich vor sich nieder. „Hm! – Schade um sie! – Corpo di me! – Sie wohnt mit Meina in Negri-Lama. – Weißt du das?"

„Ja! Übrigens", lenkte ich ab, „Pakraß treibt sich hier herum. Es ist wunderbar, wie der schwarze Satan sich zu verbergen weiß!"

Mario nickte. „Ja", sagte er. „Der chinesische Oberaufseher bat ihn erst gestern am Buschrand der neuen Pflanzung gesehen!"

„Wahrhaftig? Dann muss der Schuft doch Verbündete haben?"

„Das glaube ich auch! – Höchstwahrscheinlich unter den Kulis!"

„Lass die Kongsis von den Polizeisoldaten in der Nacht durchsuchen, Mario! Auch Sanné und van Trassen sollen das nicht versäumen!"

„Ist bereits mehrmals geschehen, amico mio! Sanné und ich machten öfters schon mit den Polizeisoldaten Streifzüge, aber wir fanden – nichts!" Wütend ballte er die Hand zur Faust: „Maledetti! Wenn ich den Hund erwischen würde! Ein Fest wäre das!"

„Ich würde ein Exempel statuieren!", rief auch ich zähneknirschend. „Jedenfalls halte die Augen auf, Mario! Lass die Leute scharf bewachen. Wer weiß, was der Kerl im Schilde führt. Ein Aufstand, jetzt, zur Erntezeit, würde unberechenbare Verluste bringen!"

„Den Chinesen trau' ich schon lange nicht", meinte Mario nachdenklich. „Die Kerle arbeiten stumm – mit mürrischen Gesichtern."

Ich nickte. „So scheint es auch mir, und das ist ein böses Zeichen! Mir kommt es vor, als ob wir auf einem Pulverfass sitzen, Mario! Alle Augenblicke kann die Reise in den Himmel losgehen! Ganz bestimmt glaube ich aber, dass Pakraß seine Wühlereien einstellen wird, wenn Sarinen die Pflanzung verlassen hat. Und deshalb muss sie fort! Die Maatschappij in Amsterdam wüsste mir wenig Dank, wenn es ihr bekannt würde, dass eines Weibes wegen die besten Leute hingemordet seien, und die Pflanzung in Flammen aufgegangen! Schließlich trage ich doch die ziemlich große und unheimliche Verantwortung."

Er reichte mir die Hand. „Hast Recht, amico mio, Sarinen muss fort! Wir müssen jede Reibung mit den Leuten vermeiden. Per bacco! Überall sind Aufstände im Keimen. In Kaloendang, in Soeka-Radja und auch in Laboean-Batoe soll der Teufel los sein?"

„Ja", erwiderte sich besorgt. „Die Soldaten sind kaum noch bei mir. Meine ganze Kompagnie ist zerstreut. Augenblicklich verfüge ich höchstens über fünfzig Mann."

Mario schritt nachdenklich auf und nieder. Nach einer Weile tiefen Schweigens meinte er: „Ja, und das wissen die Hunde! – Übrigens auf die Javanen und Malaien können wir uns verlassen, die werden sich kaum aufwiegeln lassen. Wie viel Gewehre hast du außer der Bewaffnung der Polizeisoldaten im Hause?"

„Vielleicht vierzig!" – „Das reicht! – Und Munition?" – „Ist genügend vorhanden!"

Mario zeigte nach der Polizeistation. „Wie ist das mit den Polizeisoldaten?"

„Die sind treu, wenigstens dem Anschein nach! Den Pakraß konnten sie alle nicht leiden. Er war ein Unzufriedener, ein Stänker und Händelsucher!" Ich schritt an die Balustrade und schrie hinüber: „Sodikromo, Doto!"

Beide antworteten: „Saya, Touwan besar!" und kamen angelaufen.

„Sorgt dafür, dass die Chinesenhäuser scharf bewacht werden!"

Sodikromo salutierte: „Saya, Touwan Kommandant! Ich habe Doppelposten aufgestellt!"

Ich nickte. „Gut, hast du nichts Verdächtiges zu melden?" – „Tida – nichts, – Touwan besar!" – „Pakraß ist aber bei den Chinesen gesehen worden! Und das ist euch entgangen? Nichts habt ihr gemerkt? Habt ihr geschlafen?" – Ich sah die Unteroffiziere tadelnd an.

Beide senkten die Köpfe. Der Sergeant schlug zähneknirschend an seine Waffen. Auch der Feldwebel murmelte einen Fluch und seine Hand spielte mit dem Säbelgriff. „Pakraß ist klug und listig, Touwan Kommandant, aber meine Soldaten werden ihn fassen und würgen!"

„Brav, Sodikromol" Ich reichte beiden die Hand, die sie, tief sich verneigend, küssten.

„Also vorsichtig und aufmerksam!", sagte ich noch, ihnen zunickend. Jetzt nahmen beide militärische Haltung an und salutierten. „Er wird uns nicht entgehen!", erwiderten sie. Dann gingen sie zurück.

Währenddessen war Mario an meinen Schreibtisch getreten und starrte lange aus das Bild meiner Mutter.

Ich legte ihm die Hand auf die Schulter, „Mario!", sagte ich leise, das ist – meine Mutter!"

Er fuhr zusammen und sah mich wortlos an. – Dann nach kleiner Weile wandte er sich ab, schritt an den Tisch, füllte mit zitternder Hand sein Glas mit schwerem Whisky und stürzte ihn hinunter. „*Amico mio*", flüsterte er leise, fast wie zu sich selbst, „siehst du, ja, ich wäre nicht hier – nicht in Indien, wenn ich eine Mutter gehabt hätte. Sie starb früh – ich war kaum sieben Jahre alt. Ja! – Mein Vater war reich, schön und leichtsinnig. – Ja! – Ich wuchs heran, in Pracht, in Reichtum, in Verschwendung und wurde verwöhnt von Jung und Alt. – Es war sonderbar, dass ich nicht wurde, wie mein Vater! – Dann liebte ich – rein, ehrlich, heilig. Sie entstammte einem vornehmen neapolitanischen Geschlecht, und ich betete sie an wie die gnadenreiche Madonna. Dann – ja dann – kam mein Vater dazwischen, er hatte die Gewalt, er war ein Despot, er konnte alles, was er wollte. Er heiratete sie – er heiratete meine Braut! Nun wurde sie meine Mutter! Ich verzweifelte, weinte, schrie, tobte. – Dann wurde ich ruhig. – Ich wollte Abschied von ihr nehmen – mein Vater kam dazu – – Außer sich wies er mir die Tür – da kam mir alle Qual wieder und ich war meiner nicht mehr mächtig – da schlug ich ihn zu Boden! – Ich wurde freigesprochen! Aber ich bin in die Welt gegangen mit dem – Kainszeichen, mit einem Fluch beladen."

Er sprach stockend, oft in langen Pausen, in italienischer, malaiischer und brockenweise in deutscher Sprache. Und ich hörte zu – erschüttert, von grenzenlosem Mitleid erfasst. „Und sie?", fragte ich leise.

„Sie? – Hm! – Wir durften uns nicht heiraten – nicht sehen, nicht schreiben! – Sie heiratete – einen anderen! – Ja – und nun – Amico mio, ich bin zu dir gekommen, heute – weil – weil ich musste! – Ich weiß, dass ich sterben muss, vielleicht schon heute, – aber vielleicht auch erst morgen – übermorgen. – Und da hab' ich eine Bitte, – ein Testament, geschrieben mit dem Blute meines Herzens!" Er reichte mir Briefe und Schriftstücke. „Hier, bring' sie ihr, wenn ich tot bin – ! Sag' ihr, dass ich ihr treu geblieben bin!" –

Gellende, scharfe und dröhnende Pfiffe eines Dampfers durchschnitten plötzlich die Luft und ließen uns aufhorchen.

Erschreckt fuhr ich zusammen: „Hallo? – Besuch?" Dann trat ich an die Balustrade und schrie nach der Polizeistation hinüber: „Doto!" – „Touwan besar?" – „Vier Mann an die Landungsbrücke! – Lakaß!" – „Saya, Touwan besar!"

Ich wandte mich wieder an Mario. „So pfeift nur der Dampfer des Radschas von Negri-Lama. – Aber so spät?"

Mario seufzte. „Ich werde nach Hause reiten, amico!"

„Auf keinen Fall! – Übernachte bei mir, der Weg ist zu unsicher!"

Der Italiener nickte: „Gut, so lass mich aber zur Ruhe gehen. Ich kann heute keine Gäste sehen. Ich bin erregt, unruhig und zittere vor Furcht – fast wie ein Kind!"

„Ja, Mario, geh', erhole dich! Morgen mit klarem Kopfe wollen wir weiter beraten."

„Und die Briefe? – Du bringst sie ihr?" Ernst blickte ich ihm in die Augen. „Du oder ich!" – Wir schüttelten uns fest die Hände.

„Buona notte, carissimo mio!" Dann wandte er sich an einen an der Tür stehenden Diener: „Komm Ali!"

„Saya, Touwan!", sagte dieser sich verneigend und folgte dem voranschreitenden Europäer in das Schlafgemach.

Auf der Polizeistation ertönten setzt drei tiefe Gongschläge, ein Zeichen, dass ein Machthaber das Land, die Pflanzung betrat. Gleich darauf flammten viele Fackeln auf, die Wache trat ins Gewehr, die Trommel wirbelte, eins Stimmengewirr, ein Klirren von Waffen und –

Benoh-Buso ten Mehar Selar, Radscha von Bila und Negri-Lama, schritt, geleitet von einem kleinen Gefolge und zwei sogenannten Ministern, meinem Hause zu. Eine Anzahl Malaien in bunter, reicher Tracht liefen voran, stellten sich links und rechts auf den Stufen der Holztreppe auf, bildeten Spalier und warfen sich fast in die Knie, als der Gewaltige die Stufen hinauf schritt.

Ich stand oben, am Eingang der Veranda, hinter mir meine Diener, die sich sofort zu Boden warfen, als der Herrscher die Veranda betrat. Ich streckte ihm die Hand entgegen, die der Radscha mit freundlichem Grinsen drückte. „Tabé Tounkoe!" „Tabé Touwan Kommandant!", war unsere Begrüßung. Und nachdem ich die Hoheit auf einen Stuhl geleitet hatte und diese sich mollig streckte und rekelte, begrüßte ich die Minister und einige kleine Prinzen, die ihn begleiteten.

Der Radscha war von mittelgroßer, etwas korpulenter Figur. Er hatte eine schwarzbraune Gesichtsfarbe, schwarze, glatte Haare und schwarzbraune listige Augen. Er mochte vielleicht dreißig Jahre alt sein. Seine Kleidung bestand aus einem weißen Tropenanzug von elegantem, europäischen Schnitt. Der Rock war mit bunten Steinknöpfen besetzt und offen. Die Wäsche: ein buntes, gebügeltes Oberhemd, Kragenbunter Schlips. Um die Hüfte trug er ein buntes Schamtuch, das von der linken Hüfte schräg nach dem rechten Oberschenkel fiel. Das Tuch wurde von einem breiten roten Gürtel mit goldener und edelsteinbesetzter Schnalle gehalten. Die Füße steckten in weißen Segeltuchschuhen mit bunten Schnallen verziert. Auf dem Kopfe trug er eine schwarze, steife, runde und niedrige Kappe ohne Schirm, deren Rand mit einer breiten, dicken, goldenen Tresse und, in der Mitte des Deckels, mit einem runden goldenen Knopf besetzt war. An den Fingern blitzten einige kostbare Brillantringe. Die Spitzen des Goldfingers und des kleinen Fingers der linken Hand steckten in langen, oben ganz spitz zulaufenden, goldenen Nagelhülsen, die zum Schutze der langen Fingernägel dienten.

Die beiden Minister und unbedeutenden Prinzen seines Gefolges waren ähnlich, nur nicht so kostbar gekleidet. Ihrer Würde entsprechend trugen auch sie schwarze Kappen mit einer Goldtresse, nur war diese ganz schmal, auch fehlte bei ihnen der Goldknopf in der Mitte des Deckels. Sofort, nachdem der Fürst sich auf den Stuhl gelegt hatte, stellten sich links und rechts seine Minister Tjitro und Soko auf und ahmten jede Bewegung des Herrschers mit größter Aufmerksamkeit nach.

Etwas quietschend, ungefähr so, wie wenn man einem Ferkel in die Rippen stößt, kam es aus seinem hohen Munde: „Ich komme mit meinem Steamboat von Djawi-Djawi!"

„Jawohl, von Djawi-Djawi!", echoten die Minister, sich verneigend.

„Ja!", grinste der Tounkoe. „Von Djawi-Djawi! Wo heute eingetroffen ist der große Steamer ‚Siak' von Singapore!"

„Jawohl, er ist eingetroffen", nickten die Minister.

„Ja, er ist eingetroffen! Das Postoffice hat mir mitgegeben – mitgegeben – mitgegeben – ein Paket – Briefe!"

„Jawohl, Briefe, großer Tounkoe!", bestätigten die beiden Minister aus einem Munde und reichten mir das Paket.

Der Radscha nickte lebhaft. „Gut!", lobte er, „Briefe sama Touwan Kommandant! Ja, das sind die Briefe!"

Ich lachte. „Danke Tounkoe, das ist recht freundlich und gefällig. – Ich glaubte, die ‚Siak' käme erst morgen." Ich legte die Briefe auf den Schreibtisch.

„Tida!", grinste der Fürst eifrig. „Nein, sie kam heute!"

Die Minister nickten lebhaft: „Jawohl, sie kam heute!"

„Jawohl, heute!" Ganz lebhaft sprang er auf. „Ich spreche immer, wie ich denke!"

Die Minister und die Prinzen waren in Aufruhr. „Jawohl", schrien sie durcheinander, „der große Tounkoe spricht wie er denkt!"

„Aber", lachte ich vergnügt, „ich habe doch nicht das Gegenteil behauptet?"

Alle sahen sich verlegen an.

„Tida", sagte der Fürst, „der Touwan Kommandant hat nicht das Gegenteil behauptet!" Strafend musterte er sein Gefolge, das jetzt beschämt die Köpfe senkte.

„Tida!", meinten jetzt auch die Minister und schüttelten missbilligend die Köpfe. „Der Touwan Kommandant hat nicht das Gegenteil behauptet!"

Die Wogen der Empörung glätteten sich.

„Darf ich eine Erfrischung bringen lassen?", fragte ich ablenkend den Fürsten.

„O nein!", wehrte der Radscha ab. „Ich komme mit einer – Bitte!"

„O, o, – mit einer Bitte?", staunten die Minister.

„Schweigt!", schrie erbost der Fürst. – Dann sich lachend wieder an mich wendend, fuhr er fort: „Sie sind wie die Frösche, so dumm – und quaken immer!"

„Wie wahr!", dachte ich, hütete mich aber es laut zu sagen.

„Ich würde den Tee bei Ihnen trinken, aber ich muss fort. Die Ebbe kommt bald auf den Fluss, und ich bleibe mit dem Dampfer stecken. Aber sagt mir schnell, Touwan, wie geht es der indischen Perle, dem Mädchen mit dem Panthergebiss, wie geht es Sarinen?"

„Gut, Tounkoe, sie ist gesund!"

Mit heißem, begehrlichem Blick sah er mich an: „Sie ist sehr, sehr schön! Ich möchte sie für mich! Sagt, was kostet das schöne Mädchen? Ich will sie Euch gut bezahlen."

Das kam so unerwartet, dass ich zurückwich und wortlos ihn anstarrte. Nach längerer Pause fuhr der Radscha fort:

„Ich gebe Euch zwei Pferde, Touwan. Schöne Pferde!"

„Hm!" Ich räusperte mich verlegen.

„Nicht? Sehr schöne Pferde!", schrie er die Minister an.

Diese fuhren erschreckt zusammen und verneigten sich tief: „O – sehr schöne Pferde!"

„Ja", rief der Fürst, „sehr schöne Pferde! Auch noch hundert Hühner gebe ich zu! Und – und –"

„O, o, noch hundert Hühner!", murmelten die Minister.

Ich wehrte ab: „Ich will nichts, Tounkoe! Ich will sie Euch geben! Aber Ihr müsst mir versprechen, sie sehr gut zu behandeln?"

Der Radscha umarmte mich fast vor Freude. „O, o", schrie er lachend, „sie soll es haben bei mir sehr gut, sehr gut! Sie wird die Siebenundzwanzigste im Harem!"

Die Minister und Prinzen verneigten sich staunend: „O, sehr gut, großer Tounkoe! Sie wird die Siebenundzwanzigste! O, o!"

„Hütet Euch aber vor Pakraß, Tounkoe!", warnte ich.

„Ihr habt ihn noch nicht gefangen?" Ich schüttelte den Kopf. „Nein, der Schuft geht durch alle Netze! Er spioniert hier herum, ich weiß das, und sucht die Gelegenheit, mir einen Streich zu spielen. Also Vorsicht, Tounkoe; er folgt Sarinen."

Der Radscha lachte geringschätzig: „Er soll kommen, ich werde ihn – hangen!" Er wandte sich grinsend an die Minister.

Diese beeilten sich, sich tief zu verneigen und zu bestätigen: „Der große Tounkoe wird ihn hangen!"

Der Fürst sah im Kreise sein Gefolge an und schrie mit Nachdruck: *„Ich werde – ihn – hangen!"*

Das Gefolge verneigte sich tief mit gekreuzten Armen: „Der große Tounkoe wird ihn hangen!"

„Nun gut", sagte ich, „aber vorher müsst Ihr ihn fangen, Tounkoe!"

„Wir fangen ihn und hangen ihn!", schrie der Fürst.

„Wir fangen ihn – und hangen ihn!", echote das Gefolge.

Der Radscha klatschte vor Vergnügen in die Hände.

Ich gab meinen Dienern einen Wink, Sarinen zu holen. Und während diese davoneilten, trat der Radscha an den Tisch und goss sich ein Glas Limonade ein, das er mit Behagen, laut schlürfend, austrank.

Nach einer kleinen Weile trat mein Diener ein und meldete Sarinen.

Auf einen Wink des Fürsten drehte sich das ganze Gefolge um und starrte die Wände an. Nach dem mohammedanischen Gesetz darf keine Frau, zumal wenn sie keinen Schleier trägt, mit Blicken belästigt werden.

Sarinen trat ein. Zögernd stand sie an der Tür und blickte erschrocken auf die vielen Rücken und abgewandten Köpfe der fremden Menschen. Ich gab ihr ein Zeichen, und sie eilte wie ein scheues Kind zu mir, während der Radscha sie mit brennenden Blicken musterte und ihr freundlich zunickte.

„Sarinen", fragte ich freundlich, „wie fühlst du dich?"

„Die Wunden haben sich geschlossen, Herr! Das Blut wird ruhig! Allah hat Erbarmen mit mir. Sein göttlicher Hauch berührte meinen zerschlagenen Körper und lässt ihn gesunden!"

Ich fuhr ihr leicht über Stirn und Haare; „Umso besser! Sarinen, höre! Große Gnade lässt dir hier der Fürst dieses Landes widerfahren."

Sarinen blickte erschreckt auf den Radscha, verneigte sich tief und blieb so in gebückter Stellung unterwürfig stehen.

„Er will dich mit sich nehmen –"

Sie stieß einen kurzen Schrei aus.

„Und dich zu seiner Nebenfrau erheben!"

Vor Furcht zitternd klammerte sie sich jetzt an meinen Arm. „Touwan?" – flüsterte sie bebend.

Der Fürst trat zu uns, legte leicht die Hand auf ihre Schulter. „Du bist mein Eigentum, Sarinen! Ich schmücke dich mit Seide und Gold. Du sollst die Krone meines Harems werden!"

Aufschluchzend sank mir das schöne Mädchen zu Füßen, rang die Hände mir entgegen: „O, Herr, Erbarmen!" – Dann halb am Boden sich zu dem Fürsten wendend, jammerte sie laut und angstvoll: „O, hoher Herr, großer Tounkoe – ich – ich bin doch nur – eine Dienerin!"

„Aber schön, schön – wie die kostbarste Perle!"

Mir taten die Worte weh. Ich wandte mich ab.

Doch jener in seiner Leidenschaft beugte sich tief zu ihr herab, fasste ihren Kopf, funkelte ihr in die Augen und rief: „Ich freue mich, dass du mir gehörst!"

„Touwan?!", flehte das geängstigte Mädchen und sah mich mit den großen dunklen Rehaugen an. Doch ich musste hart sein, auch wenn das Mitgefühl in mir überhandnahm.

Jetzt zog der Fürst ein großes, weißseidenes Tuch aus der Tasche und legte es dem Mädchen auf das Haupt, ihr zugleich damit das Gesicht verhüllend. „Mein bist du! Mein!", sagte er.

Doch mit einem Schmerzensschrei warf sich die Javanerin wieder zu Boden: „Gnade Tounkoe!" Sie riss das Tuch vom Kopfe. „Ich – kann nicht!" –

„Apaitu? – Apa – itu?", schrie jetzt der Fürst erbost. Seine dunklen Augen schossen Blitze, und die kleine, bequeme Gestalt wuchs, wurde riesengroß vor Wut und Ärger. „Wer bist du, dass du wagst, mir, dem Fürsten, dem großen Tounkoe, zu trotzen?"

Ich ballte die Faust. Am liebsten hätte ich den kleinen zappelnden Kerl am Kragen genommen und hinausgeworfen, aber zum Glück auch für mich selbst beherrschte ich mich, trat auf ihn zu und sagte nur im vorwurfsvollen Tone: „Tounkoe, Ihr verspracht mir Nachsicht! Ist das Eure gepriesene Güte?"

„Saya, saya", erwiderte er, wie sich entschuldigend, „aber – aber – aber Ungehorsam ist mir fremd!"

Dann wandte ich mich an Sarinen, beugte mich über sie und zog sie hoch: „Sarinen, steh' auf!"

Sie stand vor mir in demütiger, gebückter Stellung, bedeckte sich das Gesicht und schluchzte heftig.

„Ich weiß, was dich quält, Sarinen", redete ich ihr zu, „aber füge dich, es ist für dich das Beste!" Und leise flüsterte ich, sie tröstend: „Sarinen, Kind, – ich werde dich nie vergessen!" – Doch laut fügte ich hinzu: „Doch – nun geh' – gehorche!"

Ergeben, demütig, beugte sie das Haupt: „Saya – Touwan. Saya – lieber, lieber Touwan!" – Dann sah sie mich an, sah mich an mit einem herrlichen, mir unvergesslich tiefen, dankbaren, innigen Blick und flüsterte zurück: „Habt Dank, Herr, – für das Wort! Daran will ich denken, zehren! Allah behüte Euch! Lebt wohl, Touwan, lieber, lieber – großer Touwan!"

Ich selbst hob bewegt das seidene Tuch vom Boden und bedeckte ihr Haupt und hüllte das liebe Gesichtchen ein. „Gott behüte auch dich, mein Kind!", sagte ich bewegt. „Leb wohl, Sarinen! – Liebe, kleine Sarinen!" – Dann fasste ich sie am Arme und schob sie mit wehem Herzen dem Fürsten zu: „Hier – hier – habt Ihr sie – Tounkoe! – Sie – ist Euer!"

Der Fürst wandte sich an das Gefolge: „Wendet euch!"

Alle drehten sich wieder zurück und verbeugten sich tief vor dem Fürsten, vor Sarinen.

„Führt die Rana auf das Schiff!", befahl der Fürst, und sofort umschwärmten sie die neue Herrin und geleiteten sie ehrerbietig und unterwürfig hinaus.

Nur ich fühlte ihr Schluchzen.

Langsam folgte ich dem Fürsten, mit den Ministern, den Prinzen. Die Wache stand mit präsentiertem Gewehr, die Trommel wirbelte, auf dem Dampfer flatterte die weiße Fahne mit dem roten Stern, und ächzend drehten sich die Schaufeln. Ein dumpfer, gelinder, kreischender Pfiff, die Wogen ballten sich, schlugen klatschend an das Gebälk der Brücke, und bald war sie weit – die kleine, die liebliche Sarinen! Tabé Sarinen! Allah schütze dich!

ICH SCHRITT zurück in mein Haus, hinter mir erloschen die Fackeln, hin und wieder klirrte eine Waffe, flog ein Ton, ein Wort durch die Luft, und das Leben starb in der Dunkelheit. – Nacht! – Man fühlte den Atem der Erde, – man fühlte das eigene Herz laut pochen und hämmern! –

Einsam war mein Haus, einsam wie Marios Haus dort an der Grenze. Die Diener hatten die Ordnung wieder hergestellt, standen an der Tür oder hockten am Boden und warteten meiner Befehle.

„Schrut! – Api! –" Blitzschnell sprangen sie auf und reichten mir Zigarren und Feuer. Ich zündete mir eine Zigarre an, dann legte ich mich auf den Faulenzer, auf das Tigerfell, auf dem so gerne die zierliche kleine Japanerin sich gerekelt hatte und auf dem die liebliche Sarinen ihre Schmerzen trug.

Ich befahl, den mir gegenüberliegenden Holzkreas aufzuziehen und starrte in Gedanken versunken hinaus in das matte Dunkel der Nacht. Ein erfrischender Seewind umfächelte mich, und die Palmen säuselten, flüsterten und rauschten unter seinem Druck. Die Luft war geschwängert mit wohlriechenden Düften, tiefer Friede herrschte in der Natur, nur das Schwirren zahlloser Moskitos störte in unerträglicher Weise.

Endlich erhob ich mich. Von der Station tönte der Gong – die zehnte Stunde verkündend. Lautlos richteten sich auch meine Diener auf und blickten mich fragend an. Ich verlöschte die Reste meiner Zigarre und schritt zur Ruhe in mein Schlafgemach. Vor mir huschten die Diener voraus, um zur Stelle und mir behilflich zu sein und das Umkleiden zu erleichtern. – Wir pflegen in Indien – und wohl auch an anderen Orten macht man es so – uns für die Nacht nicht zu entkleiden, sondern einen weichen Schlafanzug anzulegen. Die Sitte hat die Annehmlichkeit, stets, bei der geringsten Unruhe in der Nacht angekleidet aufstehen zu können. – Auch die Beleuchtung im Hause bleibt während der Nacht erhalten. Es brennen in jedem Zimmer, auf den offenen Veranden und selbst in den Wirtschaftsgebäuden während der Dunkelheit, von sechs Uhr abends bis sechs Uhr früh, alle Lampen. – Bald lag ich im traumlosen, tiefen, erquickenden Schlaf. – –

Es mochte eine Stunde später sein, als Mario plötzlich leise die Tür seines Zimmers öffnete und hinausschlich. Wie träumend betrat er die Veranda, riss die Augen weit auf und stierte hinaus in den Garten, wie geistesabwesend. Er schauderte zusammen und murmelte in die

Nacht: „Wer? – Wer rief mich? – Hält ein Traum mich umfangen – oder ist's – der Wahnsinn, der mich erwachen ließ?"

Und wieder blickte er verstört um sich – suchend, schaudernd. Dann schritt er lautlos an die Balustrade, legte sich weit über das Geländer und versuchte das Dunkel der Nacht zu durchdringen. „Nichts! – Nichts!" Aufatmend schüttelte er den Kopf: „Nichts!" – Da – ein Geräusch – das Knacken von Zweigen. Er zuckte erschreckt zusammen und stierte hinaus. Da – und wieder ein Knacken, ein Schlürfen von leichten, schleichenden Schritten. „Nichts?" – Ha, und setzt – er hörte es – ganz dicht, ganz dicht – das Atmen eines Menschen!

„Obpaß!", schrie er hinüber.

Ein roter Turban tauchte im Lichtkegel der Veranda auf. „Touwan?" – fragte der Posten.

„Tu deine Pflicht! Hier lauert Gefahr!"

„Augen und Ohren sind geschärft, Herr! Hier ist niemand!"

„Tu deine Pflicht!" Mario schüttelte sich vor Sorge.

„Ich tue sie, Touwan! Hier ist niemand – nur –"

„Nur? – Nur? Sprich weiter, schnell!"

„Nur drüben, am Elefantenstall, da hab' auch ich Verdächtiges vernommen!"

„So eile hin! Was stehst du hier? Eile, eile!"

„Saya, Touwan!", erwiderte der Soldat und war bald wieder im Dunkel verschwunden.

Scheu sah sich der Italiener um, dann schritt er zurück bis an den Tisch, füllte ein Glas Absinth und stürzte es hinunter. Wieder wanderte er laut- und ruhelos auf und nieder, trat an den Schreibtisch, fasste nach dem Bilde meiner Mutter, stierte darauf und näherte sich der Lampe. „Eine Mutter!" stöhnte er auf. „Und dort – ha – mein Vater!" – Mit zitternder Hand stellte er das Bild auf den Tisch, bekreuzigte sich und warf sich in die Knie: „Madonna mia, Gebenedeite – hilf mir!" Sein Kopf sank an die Lehne des Stuhles und er betete heiß und inbrünstig.

Bald nachdem der Posten mit Mario gesprochen und sich nach dem Elefantenstall begeben hatte, löste sich vom Stamm einer Palme die riesengroße Gestalt des Pakraß. Noch immer trug er den Dienstrock eines Polizeisoldaten, doch war dieser an vielen Stellen zerrissen, zerlumpt, und auch der sonst tadellos gefaltete rote Turban war nachlässig geordnet, verschmutzt und hatte eine dunklere Farbe angenommen. Unheimlich flackerten die wilden Augen in seinem schwarzen Gesicht, und vorsichtig gebückt und trotz der Dunkelheit Deckung suchend, glitt er Schritt für Schritt von Baum zu Baum, dem Hause näher.

Ein teuflisches Lachen entstellte noch mehr seine furchtbare Fratze, als er die Veranda überblickte und augenscheinlich mich selbst dort am Stuhle knien sah. Leise, lautlos, wie eine Schlange sich am Boden windend, sobald er in den Lichtkegel des Hauses kam, schlich er an die Treppe und huschte diese blitzschnell hinauf. Jetzt stand er oben, in der Mitte der Veranda.

Mario wandte sich erschreckt, wollte schreien, um Hilfe rufen, sich retten. doch zu spät – ein Schuss krachte, und er stürzte zu Boden. „Madonna!", stöhnte er.

„Endlich!", jubelte der Attentäter und schwang den Revolver triumphierend in der Luft. Dann stierte er in das Antlitz seines Opfers, fuhr aber erschreckt zurück, als er erkannte, dass nicht ich es war, den er getötet hatte. „Ha, Zauberbrut", fluchte der Mörder, „der Falsche zwar, aber ein Christenhund, wie der andere."

Doto und einige Polizeisoldaten kamen auf den Schuss angelaufen und stürmten die Treppe hinauf. Aber Pakraß richtete seine Waffe gegen sie, so dass sie Deckung hinter einem Pfeiler suchen mussten. – „Anjing – Hund!", brüllte der Sergeant und stürzte gegen ihn vor. Doch jener hatte die kurze Pause richtig ausgenützt, sich schnell zurückgezogen und war dann, über die Balustrade in den Garten springend, bald in der Dunkelheit verschwunden. „Ihr mohammedanischen Christenknechte!", schrie er zurück.

Ich stürzte aus meinem Schlafzimmer, überblickte mit einem Schlage die Situation und beugte mich entsetzt über Mario. Und während draußen die Soldaten hinter dem Flüchtling rasten, Schüsse fielen, die Hunde wie toll geworden tobten und Menschen durcheinander schrien, bettete ich den Sterbenden auf den Streckstuhl, auf das Tigerfell.

Mario schlug die Augen auf und starrte mich an: „Siehst du, amico mio, ich hab's gewusst!", röchelte er. „Sie haben mich – gerufen", setzte er geheimnisvoll hinzu. „Der erschlagene Vater! – Ich fluche – ihm im Tode! – Es – ist ein Werden und – Vergehen! – Das Alte – muss weichen – dem Kommenden!" Dann war er still, lange, nur die Brust hob und senkte sich röchelnd. Ich versuchte ihn zu erfrischen, gab ihm zu trinken, aber nur widerstrebend nahm er wenige Schlucke. Dann plötzlich richtete er sich etwas auf, fasste meine Hand und drückte sie: „Amico, carissimo mio – dich hab' ich geliebt – zu dir habe ich – Vertrauen – deshalb bitte ich dich, erfülle meinen Wunsch – geh' zu ihr – sag' ihr alles! – Und – lass mich – nicht im Jenseits – ungerächt – umherirren. – Töte den Hund – schrecklicher, furchtbarer – wie er mich getötet hat! – Buona notte, carissimo mio!" Er schloss die Augen, Blut färbte die Lippen, dann kam das Ende.

Die Polizeisoldaten kehrten zurück. Wie bisher, so war der Mörder ihnen auch dieses Mal entwischt, und die Dunkelheit hatte seine Flucht begünstigt. Auch die Hunde waren kein Hindernis seiner Flucht. Die Tiere kannten ihn und waren deshalb an ihm vorbeigeschossen, ohne ihn zu stellen. Ich antwortete kaum – ich war betäubt – und zeigte nur auf den toten Freund. – Gedrückt, erschüttert schlichen die Soldaten auf ihre Posten.

Die Nachricht von Marios Tode hatte alarmierend auf den anderen Pflanzungen gewirkt, und man wusste nur zu gut, dass solche Vorkommnisse leicht die Gefahr eines Aufstandes begünstigen konnten. Deshalb wurde überall fieberhaft an Verteidigungsmaßregeln gearbeitet, und die Beratungen und Zusammenkünfte wollten kein Ende nehmen. Jede Pflanzung hätte natürlich für sich einen besonders starken Schutz gewünscht und aus diesem Grunde meine 150 Mann starke Polizeitruppe allein beansprucht. Das war unmöglich, und ich bestimmte deshalb, dass jede der unter meinem Schutze liegenden Pflanzungen, je nach der numerischen Stärke ihrer Kuliarbeiter, eine kleine bewaffnete Macht bekam. So erhielt demnach die Pflanzung Kaloendang unter dem Befehl des Leutnant van Trassen 50 Mann, die Pflanzung Medan unter dem Befehl des Unterleutnant Tritschler 25 Mann, die Pflanzung Soeka-Radja unter dem Befehl des Leutnant Lebour 25 Mann, während ich auf meiner Pflanzung unter meinem direkten Befehl 50 Mann zurückbehielt. Damit war eine gerechte Verteilung erfolgt und wenn es trotzdem verschiedene unzufriedene Geister für nötig hielten, zu murren, so beschwichtigte ich sie damit, dass wir uns gegenseitig auf schnellstem Wege zu Hilfe eilen, oder dass jede Pflanzung sich außerdem eine Schutztruppe von zuverlässigen Malaien und Javanen bilden könnte.

Die genannten Pflanzungen, die unter meinem Schutze standen, waren telefonisch miteinander (glücklicherweise ohne ein Amt) verbunden, so dass eine Verständigung schnell erfolgen konnte. Leider war die Verbindung nicht sehr zuverlässig, weil die Drähte, die zum Teil durch den Busch gelegt waren, von den Tieren des Waldes, meistens von den Affen, beschädigt oder gar zerrissen wurden. In solchen Fällen mussten wir uns dann Eilboten (Läufer) zusenden.

Der Chinesenkuli ist für den Tabakpflanzer der unentbehrlichste Arbeiter. Der Eingeborene, der Malaie oder Javane, liebt die schwere Arbeit nicht und leistet sie auch körperlich nicht. Wohl gibt es starke, muskulöse Gestalten darunter, doch ist ihr Körperbau im Allgemeinen klein und zart. Der Kuli ist aber ein nie ermüdender Arbeiter, der sich vor keiner Arbeit scheut und fast Unmögliches leistet, wenn er auf Gewinn hoffen darf. Für die Behandlung dieser Leute sind aber die hauptsächlichsten Bedingungen: Eine gerechte Belehrung, die klar und für den Mann verständlich ist, keinen Widerspruch dulden, auch wenn der einmal gegebene Befehl sich als nicht richtig erweist, niemals aus Laune oder Mutwillen oder Herrschsucht strafen, andererseits niemals eine Strafe aus Wohlwollen oder Gefühlsduselei unterlassen, wenn sie wirklich verdient ist, und unter keinen Umständen dulden, dass der Kuli von Seiten der Aufseher despotisch behandelt wird. Der Kuli soll nicht nur vor dem Europäer Furcht und Respekt haben, sondern auch bei ihm Vertrauen und Schutz finden.

Damit bin ich bei meinen Leuten immer gut ausgekommen, aber auch, weil ich strenge Befehle erlassen hatte, dass den Leuten ihre Altäre und Opferungen, für die sie verkehrswidrig oft die Hauptwege wählten, nicht zerstört oder beseitigt würden. Ich stand von jeher auf dem Standpunkt, dass niemand ein Recht hat, über religiöse Anschauungen anderer Menschen zu spotten, und was anderen heilig ist, soll ihm als anständigem Menschen zum mindesten Respekt einflößen. Man soll – wie der alte Fritz sagte – jeden nach seiner Façon selig werden lassen!

Tabak

EHE ich nun in meiner Erzählung fortfahre, will ich in kurzen Umrissen den Tabakbau schildern.

Die Anlage einer Tabakpflanzung in Sumatra ist nicht so einfach, wie es sich vielleicht ein Europäer in seinem Heimatlande denkt; der Kolonist hat erst eine Reihe schwerer Hindernisse zu überwinden, ehe er wirklich daran denken kann, seinen Tabak zu bauen. Zunächst muss man einen Landkontrakt besitzen, und diesen wieder kann man nur von dem Herrn des Landes, dem Sultan oder Radscha, erhalten. Wenn auch diese Herren oft gerne bereit sind, einen solchen zu erteilen, weil dadurch ihre Einkünfte sich um ein Bedeutendes vermehren – der Pflanzer muss dem Radscha jährlich eine ziemlich hohe Pacht oder Apanage zahlen – so muss darauf die Genehmigung zur Erteilung des Landkontraktes erst von der niederländisch-indischen Regierung eingeholt werden. Beides sind schon allein Bedingungen, die bei der Weitläufigkeit und Langsamkeit, mit der solche Dinge behandelt werden, einen normalen Menschen mit der Zeit verrückt machen können. Dann muss darauf geachtet werden, dass die Pflanzung möglichst an verkehrsreichen oder verkehrsmöglichen Land- oder Wasserstraßen liegt, damit die Kosten des Transportes der Baumaterialien und der Ernte nicht zu hohe sind.

Wenn nun diese Bedingungen erfüllt sind, so muss der Kolonist an die schwierigste herangehen – er muss sich Geld und Geld und nochmals Geld als Betriebskapital besorgen. Da die dazu erforderliche Summe sehr hohe Beträge erreicht, ist er natürlich nicht imstande, auf eigene Kosten das Unternehmen ins Leben zu rufen, und er gründet deshalb eine Aktiengesellschaft, deren Sitz meistens in Europa liegt. Ein holländisches Gesetz sagt aber, dass der verantwortliche Unternehmer einer Pflanzung in Holland oder in den holländischen Kolonien seinen Wohnsitz haben muss. Deshalb wieder sind die Aktiengesellschaften gezwungen, wenn sie nicht in Holland beheimatet sind, dem Kolonisten alle Vollmachten zu übertragen. Wohl geht dann das Unternehmen auf seinen Namen, die Regierung sieht in ihm den Besitzer, von dem sie Steuern fordert und der bei Gesetzesübertretungen haftbar ist, aber in Wirklichkeit ist der sogenannte Plantagenbesitzer nur ein Beamter, Manager und im besten Fall ein Aktionär der Gesellschaft.

Die Größe der Landkontrakte ist sehr verschieden. Es gibt große „Herrschaften" und kleine Besitze. Die Pflanzung „Tenang" war nach deutschen Begriffen ungefähr 2000 Morgen groß, gehörte also schon zu den bedeutenderen Unternehmen. Und die Landkontrakte (Verpachtungen) geschehen immer nur auf 99 Jahre, falls nicht inzwischen durch Zahlungsstockungen oder Betriebseinstellungen die Unternehmen ausgelöst sind. In jedem Falle fällt dann das Land wieder zurück an den Sultan oder Radscha, und dieser darf – wenn sich neue Unternehmer finden – denselben Landkontrakt weitergeben.

Zunächst muss bei Beginn ein Teil des Urbusches urbar gemacht werden. Das heißt: Es muss vermessen, dann abgeholzt und Wassergräben müssen gezogen werden, damit das Gelände Luft und Sonne erhält, die Sümpfe abfließen können und der Boden abtrocknet. Sodann werden die Riesenberge des abgeholzten Waldes verbrannt. Das Anlegen des Feuers muss außerordentlich vorsichtig gehandhabt werden. Es ist dabei auf die Windrichtung zu achten, damit nicht die Flammen in den Busch schlagen und furchtbare Waldbrände entstehen. Man denke sich aber solche angelegten Brände, die einen Flächeninhalt von hundert Morgen beherrschen und wo das knisternde, knackende und schwelende Holz turmhoch liegt! Ein Flammenmeer und ungeheure Rauchwolken hüllen das Ganze ein, und ein Funkenregen sprüht schier bis in die brennende, glühende Sonne. Und in den Flammen und dem Qualm klettern, über haushoch übereinander liegende, brennende Zweige und Bäume, die nackten Gestalten der Chinesenkulis, die immer weiter das gewaltige Feuer schüren und vom Feuer nicht erfasste Äste in die Flammen stoßen. – Es ist ein grässlich schönes und erhabenes Schauspiel, bei dem wohl einem Neuling der Atem vor Furcht und Sorge ausgehen kann.

Solche Brände dauern oft zwei bis drei Tage, aber das zurückgebliebene Holz, stärkere Bäume und uralte Waldriesen schwelen meistens fünf bis sechs Wochen, bis sie auseinanderfallen. Die glattesten Stämme und das beste Holz werden natürlich vorher ausgesucht, zusammengetragen, um später zu Brettern zersägt, für den Bau der Häuser gebraucht zu werden.

Die zurückgebliebene Asche wird wie Dünger behandelt und in den ohnehin schon fruchtbaren Boden gestampft oder gegraben. – Die Wurzeln der abgeholzten Bäume werden herausgewühlt und beseitigt, größere Wurzeln aber behackt und von den Arbeitselefanten an Ketten aus dem Boden gezogen.

Das nun so gewonnene Neuland, welches immer nur für jede Neupflanzung etwa hundert Morgen beträgt, wird nun in 500 kleine Felder geteilt, die an 1000 Kulis nummernweise verteilt werden. Es kommen somit auf jedes Feld zwei Arbeiter (ein Kuli und ein Helfer). Gepflügt kann das Land infolge des verwurzelten Bodens nicht werden, deshalb müssen die Kulis die harte Arbeit des Umgrabens mit Spaten und Hacken besorgen.

Der Pflanzer liefert dann den Kulis für die Felder in Mist- und Frühbeeten gezogene, kleine Tabakpflänzchen, die der Kuli mit rührender Sorgfalt dreiviertel bis einen Meter weit auseinander pflanzt. Und nun beginnt für den Kuli eine Zeit der Sorge und Furcht. Liefert der Kuli bei der Ernte große stattliche Bäume und Blätter, so kann er nicht nur seine Schulden damit bei dem Pflanzer bezahlen, sondern er erhält von diesem oft noch ein kleines Vermögen. (Ich habe einzelnen Kulis oft schon 3000 Dollars auszahlen müssen.) Ist die Ernte aber schlecht, so gerät solch ein armer Kerl noch tiefer in Schulden, sieht keine Möglichkeit, jemals, wenigstens auf Jahre hinaus, den Vertrag mit dem Pflanzer zu lösen, um nach der Heimat zurückkehren zu können. Dann kommt die Zeit, wo auf den meisten Pflanzungen die Kulis zu fliehen versuchen.

Der Kuli erhält nur für Schwerarbeiten, die er bis zur Übergabe eines eigenen Feldes verrichtet, vom Pflanzer einen Lohn; dann aber auf seine Ernte hin, den Lohn als Vorschuss. Die Tabakpflanzen, die der Kuli bei der Ernte an den Pflanzer liefert, werden ihm je nach der Güte von diesem abgekauft. Das heißt, der Preis dafür wird seinem Konto gutgeschrieben und nach der Ernte mit den Vorschüssen verrechnet. Der überschießende Teil wird ihm bar ausgezahlt, während er mit dem fehlenden Teil für das Konto des kommenden Jahres belastet wird. Eine Missernte kann für ihn also die traurige Folge haben, dass er auch im nächsten Jahre, selbst bei einer guten Ernte, keinen Gewinn hat. Ist die nächste Ernte aber wiederum schlecht, so ist das für ihn eine Katastrophe, weil sein Vertrag dann weiterläuft, und zwar so lange, bis die letzten Schulden bezahlt sind. Er muss dann immer weiter auf das kommende Jahr hoffen, wird dadurch mürrisch, unzufrieden und ein schlechter Arbeiter. Der Ansporn fehlt, die Aussicht auf Gewinn, und er wird wie ein abgetriebenes Arbeitstier gleichgültig. Oft habe ich versucht, eine Änderung der Bestimmungen und Verträge zu erwirken, um solch einem schuldlos in Schulden geratenen Kerl zu helfen, aber die anderen Pflanzer hätten mich umgebracht, wenn ich meine Ideen durchgesetzt hätte.

Die Tabakpflanze beansprucht einen humusreichen, bündigen und an assimilierbaren Nährstoffen reichen Boden. Das Klima, der Samen und die Behandlung haben auf die Güte des Blattes einen ungemein großen Einfluss. Das Pflänzchen will Sonne, will Regen, es wird krank von zu viel Sonne, von zu viel Regen. Der Boden muss warm und feucht sein, er soll aber auch weich und trocken sein. Kurz, es verlangt die peinlichste Pflege und sorgfältigste Behandlung. Und der Kuli gibt ihm alles, mit rührender Liebe und Aufmerksamkeit. Es kommt oft vor, dass er bei seinen Pflanzen selbst die Nächte zubringt, bei ihnen bleibt, wie eine liebevolle Mutter bei ihrem Kinde, er will sie wachsen sehen und sich ihrer Gesundheit erfreuen. Tausend Pläne schwirren durch seinen Kopf, er hofft durch den Ertrag reich zu werden, will mit dem Vermögen in China einen Handel beginnen, die Geldsäcke schwellen an, er trägt golddurchwirkte, seidene Kleider, baut sich ein herrliches Haus, hält sich viele Diener, viele Frauen und wird so vornehm, dass er sogar eine große Hornbrille auf der Nase sitzen hat. Ha, die werden staunen zu Hause! Und alle diese goldenen Zukunftsträume baut er auf das Gedeihen seiner Pflanzen.

Allmählich wächst und gedeiht das Pflänzchen, der Kuli entfernt die hässlichen Fuß- oder Sandblätter, die dem Liebling nur die Kraft und den Saft nehmen. Nun plustert die Pflanze sich auf in strotzender Gesundheit, wächst riesengroß, breite, schöne, klebrige und gummiartige Blätter tragend. Bald ist sie höher wie ihr Pfleger, herrliche Blüten, die wie rote Beeren, wie Trauben in der Luft schaukeln, treibend. Doch der Kuli liebt nicht die Blüten, er will nur breite, weiche Blätter. Roh bricht er die blütentragende Spitze ab, und empört über so viel Undankbarkeit legt sich die Pflanze in die Breite.

Aber die Sonne brennt wie Feuer und trocknet den Saft, die Kraft. Schlaff hängen die Blätter, nach Regen jammernd. Der Kuli ist verzweifelt, er fleht den Himmel an, betet, opfert die besten Leckerbissen dem Bösen, dem Seitan, der ihn verfolgt und sein Unglück will. Nichts hilft. Kein Regen, keine Wolken am blauen Firmament. Nur die Sonne brennt und glüht, wie ein Höllenfeuer. Da – erwischt er einen fremden Hund und schlachtet ihn. Das Blut fängt er in Schalen auf und im Bogen schüttet er es aus nach allen Himmelsrichtungen, laut betend. Nun hat er wieder Hoffnung! Und wirklich, ein Gewitter zieht auf, dunkel, schwefelgelb färben sich die aufziehenden Wolken. Blitze zucken, Donner rollen, die Natur ist in Aufruhr! Dicke Tropfen fallen, ein Sturm heult auf, und die ächzenden Pflanzen biegen sich fast zum Boden. Prasselnd folgt Schlag auf Schlag, – und ein Wolkenbruch überflutet die Pflanzung.

Wasser! Wasser! – Die Gräben füllen sich, können das Wasser nicht fassen, in rasender Schnelligkeit jagt die Flut dahin. Das flache Land ist ein See, die Pflanzen stecken tief darin und trinken, trinken, trinken die erfrischende Himmelsgabe, das weiche, warme Nass. – Aber kein Ende! – Ungeheure Fluten stürzen aus den Wolken, stunden-, tage-, nächtelang. Äste, Bäume, tote Tiere treiben einher und gefährden die jungen bebenden Pflanzen. Der Kuli heult auf vor Furcht, vor

Schmerz, vor Entsetzen. Knietief steht er im Wasser und wehrt sie ab, die entsetzlichen Dinge, die da angeschwommen kommen und seine Ernte zu vernichten drohen. „Sonne! Sonne!" – fleht er betend, – laut brüllt er auf!

Wir sind in fieberhafter Tätigkeit. Die Gräben werden durchwatet, alle Hindernisse beseitigt, damit der Abzug des Wassers frei ist und die Fluten sich ergießen können in den Fluss, in die Bila.

Endlich, endlich ein Stillstand. Der Regen hört auf, der Himmel wird heller und die Hoffnung kommt. Die Wasser verlaufen sich, Land taucht auf, und die Pflanzen schütteln sich im leichten Winde. Dort ziehen die dunklen Wolken davon, erst blinzelnd, dann bricht die Sonne strahlend hervor. Ein Aufatmen geht durch Natur und Geschöpfe.

Langsam erholt sich die Pflanzung. Der Kuli ist eifrig bemüht, sein Feld von allen Schlacken zu reinigen, die niedergebeugten Pflanzen aufzurichten und geknickte zu heilen oder mit Tränen im Auge zu entfernen.

Die Ernte ist reif. Viele Blätter haben sich gelb, braun und dunkel gefärbt. Der Kuli und sein Helfer hauen mit langen, schweren Tabakmessern die Pflanzen dicht an der Wurzel ab. Auf lange Stäbe werden sie am Stiel festgebunden, und nun tragen die Kulis die Hoffnung in die Fermentierscheune. Dort steht der Assistent, prüft die Pflanzen, die Blätter und sagt dem zitternd aufhorchenden Kuli den Preis. Dann erhält dieser einen Zettel, eine Bescheinigung über die Lieferung, und auch der Assistent notiert in seinem Buch: „Feld 22 erste Lieferung – 15 Bäume" und den Preis. So geht es weiter, in Scharen kommen und gehen sie, holen ihre Erzeugnisse und sammeln die Lieferzettel.

In der Fermentierscheune sind die Frauen beschäftigt, die gelieferten Bäume an langen Stäben unter dem Dach der Halle zum Trocknen aufzuhängen, und bald ist der riesige Raum gefüllt, und wie eine Wolke decken die Pflanzen das Gebälk des Hauses. Die Seitenwände werden wie Luken geöffnet, um der Luft, der Sonne, dem Winde den Zutritt zu gewähren und das Trocknen zu erleichtern. Und so bleiben die Pflanzen hängen, bis auch die letzten grünen Blätter das braune schöne Kleid anlegen.

Dann werden sie abgehängt, die Stiele von den Blättern befreit, gesammelt und hinausgetragen. Die Blätter aber werden in Bündeln zusammengebunden und aufgestapelt. Riesige viereckige Haufen werden angelegt, die nur durch lange Bambusrohre unterbrochen sind. Diese Rohre, in die Mitte der Haufen gesteckt, enthalten einen langen Stab, an dem ein Thermometer befestigt ist. Täglich kontrolliert jetzt der Assistent den Gärungsprozess, der auf der Tätigkeit von Bakterien beruht. Bei dieser Gärung werden gewisse, dem Geruch und Geschmack nachteilige chemische Verbindungen zerstört und aromatisch riechende neu gebildet. Hat die sich darin entwickelte Hitze einen Grad von 55–60°C erreicht, so müssen die Haufen, um ein Verbrennen zu verhüten, umgestapelt werden. Die Dämpfe, die sich bei der Umstapelung entwickeln, sind oft so stark, dass die arbeitenden Frauen kaum zu erkennen sind.

Nach weiteren acht Tagen werden die Haufen wieder eingerissen, und das eigentliche Sortieren der Blätter nach Größe und Farbe beginnt. Jetzt sitzen die Kulis in den langen Gängen der Halle am Boden, vor sich im Kreise die verschiedenen Größen und Farben der Blätter durch Stäbchen abgegrenzt, und sortieren die ihnen vom Helferkuli zugetragenen Blätter. Und es ist wunderbar, welchen scharfen, ausgeprägten Farbensinn die Chinesen besitzen. Blitzschnell sortieren sie sieben bis neun verschiedene Farben, aus denen wir Europäer im besten Falle drei bis vier Farbenunterschiede machen würden. Ich muss offen bekennen, dass mir das einen großen Respekt eingeflößt hat.

Die verschiedenen Größen und Farben werden dann nummeriert und haufenweise besonders gestapelt. Die Blätter werden nun vom Kuli sorgsam gebündelt zu 25 Stück. Wieder lagern und gären die Haufen, werden umgestapelt, auseinander- und zusammengelegt, um der Luft den Zutritt zu gewähren, bis sie dann endlich auseinandergenommen und in Zentnerballen verpackt nach Europa versandt werden. Damit erreicht die Ernte ihr Ende.

Sumatra. Tabakpflanzung in Tenang

Sumatra. Aufstapeln von geernteten Tabakblättern

Phot. Otto Haeckel, Berlin

Eine böse, lustige Geschichte

ICH hatte mich eines Nachmittags früher als gewöhnlich nach Hause begeben und lag nach einem erfrischenden Bade lang ausgestreckt auf einem Faulenzer meiner Veranda, schlürfte behaglich meinen Tee und ließ mir auch die Zigarre gut schmecken. – Von meinem Lager aus konnte ich den Hauptweg und den geöffneten Elefantenstall überblicken, sowie überhaupt alles, was auf dem Hauptwege bis zur Landungsbrücke kreucht und fleucht.

Jetzt schritt klotzig, massiv, mein riesiger Arbeitselefant aus dem Stall und schaukelte mit dem Rüssel einen Wassereimer hin und her. Langsam stampfte er auf dem Hauptwege, klappte mit den großen Ohren und nahm die Richtung nach dem Wasser. Bobili, so hieß der gewaltige Dickhäuter, tat seinen Heimdienst, das heißt, er sorgte dafür, dass die Wassertonne der Elefanten im Stalle gefüllt war. Auf diesen Dienst war er eifersüchtig und tutete entsetzlich vor Wut, wenn der Treiber sich unterstand, ihn dabei nicht zu Rate zu ziehen und womöglich die Arbeit allein zu verrichten. Das Wasserholen war sein Amt, und wehe, wer es wagte, ihn daran zu hindern.

So trottete denn mein Riesenspielzeug mit seinem Eimer nach dem Flusse, tauchte ihn dort hinein und schritt phlegmatisch, wie ein schwer denkender Philosoph, mit dem gefüllten Eimer wieder zurück, den Hauptweg entlang, dem Stalle zu. Im Stalle goss er brav und vorsichtig den Eimer in die leere Tonne, blies vor Freude darüber laut in die Luft, klappte mit den Ohren und schritt nun wieder mit dem leeren Eimer nach dem Flusse.

Aber Bobili hatte einen Feind, der ihm selbst dieses doch wirklich harmlose Vergnügen nicht gönnte. Mein Foxterrier Fritz kam plötzlich angelaufen, stellte sich mitten auf den Weg und knurrte und bellte wütend den herrenlosen Bobili an. Als ordnungsliebender Hund konnte er vielleicht auch nicht verstehen, dass man solch ein massiges Ungeheuer frei spazieren laufen ließ, und wollte daher dem Elefanten klarmachen, was sich schickt. Kurz, er bellte ihn an und zeigte dem Riesentier die winzigen Zähnchen. Bobili blieb vor Erstaunen stehen, sah sich den frechen Hund an, schaukelte den leeren Eimer, schaukelte die großen Ohren – und wedelte mit dem kleinen, süßen Schwänzchen. Dann hob er das letztere und – patsch – klatsch, fiel ein furchtbares Etwas zu Boden. Dann wandte er sich und trottete weiter. Fritz war heftig erschrocken und prallte zuerst zurück vor Entsetzen, als aber Bobili in genügender Entfernung war, plagte ihn doch die Neugierde, den zurückgelassenen „Klatsch" zu untersuchen, und vorsichtig schnuppernd näherte er sich dem rauchenden Haufen. „Himmeldonnerwetter!", zeterte Fritz, und Schimpfworte wie: Saukerl, Groschenferkel! waren noch liebliche Ausdrücke, die er dem Dickhäuter nachbellte. „Na, komm du mir zurück", dachte Fritz wütend, nachdem er sich genügend aufgeregt hatte. „Dir will ich den Standpunkt klarmachen!" Und so stellte er sich laut schimpfend und knurrend am Wege auf und wartete auf Bobilis Rückkehr.

Bobili war aber am Flusse, sah einige Augenblicke mit philosophischer Ruhe dem Spiel der Fische zu, füllte dann kopfschüttelnd seinen Eimer und marschierte langsam, majestätisch zurück.

Kaum war der Unglückliche in der Nähe meines Hauses, als Fritz mit beispielloser Kühnheit sich ihm entgegenstellte, ihn anbellte und so gemein ausschimpfte, dass vor Schreck dem armen Bobili fast der Eimer aus dem Rüssel gefallen wäre. Vorsichtig blieb er deshalb lieber stehen, stellte den Eimer hin und hörte, den Rüssel geduldig hin und her schaukelnd, die Strafpredigt an. Schon wollte er antworten auf die Gemeinheiten, denn langsam rollte er den Rüssel auf und öffnete das riesige Maul, doch dann besann er sich eines Bessern, pustete nur und steckte den Rüssel in den Eimer. So blieb er ziemlich lange stehen, und Fritz war außer sich über diese neue Elefantenfrechheit. Er schimpfte und gebärdete sich wie toll geworden. Mittlerweile hatte sich Bobili Mut getrunken, so schien es wenigstens, denn der Eimer war leer. Und als er nun endlich den nassen Rüssel hob, stellte ihn Fritz von neuem zur Rede. –

Bobili tat ihm aber nicht den Gefallen zu antworten, sondern zielte nur, als Fritz sich erdreistete, immer näher auf ihn loszustürmen. Und plötzlich – welche neue unerhörte Dreistigkeit – pustete der Elefant gewaltige Wassermengen auf den armen Foxterrier. Laut aufheulend vor Schreck und pudelnass wich er zurück und jagte quietschend davon, sich in Sicherheit bringend. Er schimpfte und schüttelte sich, aber Bobili war Sieger geblieben. Na, und das wusste er auch, denn breitbeinig stellte er sich mitten auf den Weg, hob den jetzt leeren Rüssel hoch und blies den Hohenfriedberger Marsch. Alle Hundekreaturen sollten es wissen, dass er, der Bobili, ein Sieger war!

Dann nahm er den leeren Eimer und trottete wieder zurück zum Fluss, um ihn zu füllen.

Fritz wagte es aber nie wieder, seinen Weg zu kreuzen.

Gift

Ein Bote von Negri-Lama war gekommen. Er brachte für mich einen Brief von – Naja! Nur zögernd nahm ich ihn in Empfang. Lange Zeit konnte ich mich nicht entschließen, den Brief zu öffnen, aber endlich siegte doch die Neugierde, und ich riss den Umschlag auf:

Touwan besar!

Pakraß war bei mir. Er ist wild, dass Sarinen dem Tounkoe gehört und schwört Euch die grimmigste Rache. Hütet Euch vor ihm. Heute sah ich wieder Pakraß, er ging an meinem Hause vorüber und plauderte – mit Ali, Eurem Diener. Ali ist falsch, ich warne Euch vor ihm! Ich bin in Sorge um Euch und werde Euch schreiben, wenn ich mehr weiß!

Naja.

Ich sah sinnend auf die Zeilen und las sie immer wieder, bis ich sie auswendig wusste. Dann zerriss ich den Brief, zündete die Fetzen an und sah zu, wie sie verbrannten. Ich sah nach den Dienern, Ali war nicht darunter. „Wo ist Ali?", fragte ich. – „Tida tau!", erwiderte Sakir.

„Du weißt es nicht?" Prüfend musterte ich die Leute der Reihe nach. – „Tida!"

„Bakar?", fragte ich den nächsten Diener, „weißt du auch nicht wo Ali steckt?"

Der Javane schüttelte den Kopf. „Tida apa!"

Jetzt wandte ich mich an die chinesischen Boys, die beide verlegene Gesichter machten und scheu meinem prüfenden Blick auswichen. „Nun, Ko und Ti, habt ihr mir nichts zu berichten?"

„Ali ist heute früh fortgegangen, Touwan besar!", sagte Ko zögernd.

„Fortgegangen? – Ohne Pass? – Wohin?" – „Tida tau!"

„Vielleicht nach Negri-Lama!", meinte Ti vorsichtig.

„So, so? – Hm! – Was will denn Ali in Negri-Lama?"

„Vielleicht will er sich was kaufen?", riet plötzlich eifrig Ko. „Er sagte, dass er sich einen Sarong (Rock) kaufen wollte."

„Den kann er sich doch ebenso im Kedeh – hier – kaufen!", inquirierte ich ruhig weiter. „Deshalb braucht er doch nicht heimlich den Dienst zu verlassen und ohne Pass nach Negri-Lama zu laufen? Er muss doch Furcht haben, von den Polizeisoldaten des Radscha aufgegriffen zu werden!"

„Saya, Touwan besar. Das hab' ich dem Ali auch gesagt!", sprach plötzlich Bakar dazwischen.

Ich lachte heimlich. „Du hast ihm das gesagt, Bakar?"

„Saya, Touwan besar! Ich riet ihm, hier zu bleiben!"

„Bakar! Dann hast du mir vorhin die Unwahrheit gesagt. Du behauptetest doch, dass du nicht weißt, wo Ali steckt!"

Bakar sah verlegen zu Boden.

„Pfui, Bakar, von dir altem Kerl hätte ich doch erwartet, dass du mir treu bist und immer die Wahrheit sprichst!"

Der Javane stürzte in die Knie und umklammerte meine Füße. „O, o – Touwan besar!", rief er verzweifelt; „ich liebe den Touwan besar!"

„Und doch belügst du mich, Bakar?"

„Ali drohte mir, Touwan besar! Er sagte, dass er mich umbringen wolle, wenn ich ihn verrate!"

„Verrate? Dann muss doch Ali was Schlechtes vorhaben, wenn er fürchtet, dass du darüber sprichst?"

„Saya, Touwan besar, daran habe ich auch gedacht!"

„Und trotzdem hast du mir nichts berichten wollen? Pfui, Bakar!"

„O, o – Touwan besar! Ich hatte nur Furcht vor Ali!"

„Saya, saya! – Touwan besar!", riefen die anderen dazwischen, „wir haben alle Furcht vor Ali gehabt!"

„So habt ihr alle davon gewusst?"

Sie nickten lebhaft mit den Köpfen. „Saya, saya, Touwan besar!"

Ich dachte nach und sah die Leute streng an. Nach einer Weile sagte ich: „Dankt eurem Gott, dass er euch noch rechtzeitig die Zungen gelöst hat. Wäre ich später dahinter gekommen, so hätte ich euch der Reihe nach aufhängen lassen! Habt ihr verstanden?"

„Saya, Touwan besar! Saya!", erwiderten sie zitternd.

„Nun geht, aber ich befehle euch, zu schweigen, auch Ali gegenüber! Tut, als wüsste ich von nichts und als ob ihr nichts verraten hättet."

„Saya, saya, Touwan besar! Wir sprechen nicht!"

„Gut", nickte ich, „wenn ihr aber weiter etwas Unrechtes an Ali bemerkt, so berichtet darüber! Habt ihr verstanden?"

„Saya, Touwan besar!" Gerade waren die vier Diener im Begriff, hinauszugehen, als die Tür der Speiseveranda sich öffnete und Ali eintrat. Erstaunt blickte ich auf. „Was willst du?", fragte ich.

„Makan! Touwan besar!" (Essen), meldete er, sich tief verneigend.

Ich stand auf, nickte und schritt langsam in die Speiseveranda. Dort war der Tisch gedeckt, mein Stuhl bequem gerückt, und die Diener standen nun in ihren sauberen, weißen Anzügen und harrten meiner Befehle. – Ich setzte mich, winkte ihnen zu und befahl, zu servieren.

Mein Koch erschien, verneigte sich tief und meldete das Menü: „Touwan besar! – Fleischbrühe! – Europäische Gemüse mit gebackenem Fisch – Hühnerschnitzel à la Bismarck (mit Ei) und gedämpften Reis – Kompott – Ananas und Pisang (Bananen) – Schweizer Sahnentorte und Kokosmilch – Geweichter Schiffszwieback mit Holländer Käse! Getränke:" – er wies auf die Flaschen auf dem Tisch – „Weißwein – Rotwein – Münchener Bier!" Dann verneigte er sich wieder, und dreimal mit dem Kopfe nickend, meldete er weiter: „Touwan besar! In der Wohnveranda befehlen Touwan besar: Tee, Kaffee,

Kakao, – Zuckerstangen, Schwedischen Punsch, Maraskino, Absinth, Whisky Splitt, – deutsche Zigarren, türkischen Shag, russische Zigaretten und" – jetzt schnaufte der dicke Kerl vom vielen Reden – „und französischen Schnupftabak!"

Ich lachte: „Bist ein Unikum, Loebi! – Aber zwei Hauptsachen hast du doch vergessen!"

Erschreckt starrte der Schwarze mich an.

„Wo ist mein Sekt?", donnerte ich los.

„Allah und die Propheten!", rief er bestürzt, lief blitzschnell hinaus und kam gleich darauf pustend vor Aufregung mit einer Flasche zurück, die er höchst eigenhändig öffnete und auf den Tisch stellte.

„Und dann, – wo ist für Fräulein Klara gedeckt? – Wo ist ihr Holzteller – die Kokosmilch für sie?"

„Allah und die Propheten!", weinte er fast. – „Auch das hab' ich vergessen!" Er gab einem Diener den Wink, der schnell einen Holzteller mit Milch füllte und ihn auf die entgegengesetzte Seite des Tisches stellte und davor einen breiten Stuhl rückte.

„Du siehst", sagte ich lachend, „du bist doch noch nicht vollkommen!"

„Ach", stöhnte Loebi, „und ich bin in Amsterdam, in Paris, in Nizza, in Rom gewesen, habe Fürsten und andere hohe Herren bedient – und –"

„Und", fiel ich ein, „habe immer noch nicht ausgelernt! – Was musst du für ein Esel sein?"

„Ja", nickte er betrübt, verneigte sich tief, nickte dreimal mit dem Kopfe und schlich dann die Treppe hinab nach den Wirtschaftsgebäuden, in seine geliebte Küche. Dort gab es heute Prügel, das wusste ich. Wenn Loebi wütend war, oder sich über etwas geärgert hatte, dann ließ er seinen Zorn an den Küchenjungen aus. Und richtig – es klatschte schon – und einer heulte.

Bakar reichte mir auf einem Servierbrett die Suppe, und ich schöpfte mir auf. Früher besorgte das Naja so niedlich oder Sarinen! Und jetzt saß ich allein und machte das – so klotzig – so ungeschickt! Ich aß leise, geräuschlos, wie in Europa führte ich den Löffel zum Munde. Hier aber soll man tüchtig schmatzen, schlürfen, um zu zeigen, wie gut es schmeckt. Der leere Teller wurde mir von Bakar abgenommen und Ali setzte einen anderen Teller dafür vor und servierte den gebackenen Fisch mit Gemüse. Heimlich streifte mein Blick sein Gesicht. Es erschien mir unbewegt, gleichgültig. Da plötzlich streifte sein Auge auch mich, lauernd – heimtückisch. „Aha", dachte ich, „na warte, mein Junge!" Ruhig nahm ich die besten Teile aus dem Fisch und legte sie mir auf den Teller. Ali beobachtete mich scharf – ich merkte das. Dann sagte ich freundlich: „Nun Ali? Möchtest du auch essen? Hast du Hunger?"

„Tida, Touwan besar! Ich habe keinen Hunger!" Er sagte das kurz, ruckweise, aber doch devot. Ich spießte mit der Gabel das schönste Stück auf und reichte es ihm. „Da, iss! Du sollst mein Kostmeister sein!"

Unbewegt griffen seine Finger danach, er zog es von der Gabel und steckte es in den Mund.

Nun aß ich ruhig, und wenn auch mein Misstrauen nicht verflogen, so wusste ich, dass ich für einen Mord noch nicht reif genug war.

Ich pfiff! Und die Schlange bewegte sich unter dem Gebälk des Hauses. Langsam kam sie angekrochen, fauchte die Hunde an, die unter meinem Tische lagen und nun erschreckt aufsprangen, und zog sich auf den für sie bestimmten Platz auf dem Stuhl in die Höhe. Kerzengerade richtete sie sich auf, überblickte, den Kopf hin und her rudernd, die Tafel, spielte mit der Zunge und stierte mich an.

„Na, Klara" willst du nicht speisen?" Ich berührte dabei ihren Teller. Sie fauchte und fuhr nach meiner Hand, als befürchtete sie, dass ich ihr den Teller rauben wolle. „Aber, Klärchen", sagte ich vorwurfsvoll, „du bist ja heute so unliebenswürdig? Hast du vielleicht, wie Ali, auch keinen Hunger?" – Ich bog mich über den Tisch und tätschelte ihren Kopf. Jetzt wurde sie ruhig, tauchte den Rachen in die Schale und soff mit Wohlbehagen. Und es wurde still zwischen uns beiden. – Wir aßen beide mit Genuss. –

Nachdem ich gesättigt war, erhob ich mich und ging wieder zurück in die Wohnveranda und streckte mich aufatmend und behaglich auf dem Faulenzer. Die Diener brachten die angekündigten Getränke, und ich rührte in einer Tasse Kaffee, die mir Ali gereicht hatte. Ich versüßte mir das Leben und nahm einige Stücke Zucker dazu. In Gedanken rührte ich und ließ den Zucker sich auflösen. Da, merkwürdig, stieg mir aus der Tasse ein scharfer, bitterer Mandelgeruch in die Nase. Ich erschrak, ließ aber mein Erschrecken die Diener nicht merken, sondern streifte mit einem flüchtigen Blick Ali, der mir die Tasse gereicht hatte. Alis braunes Gesicht erschien mir grau geworden, seine Augen starrten funkelnd auf mich. –

„Ali", sagte ich freundlich, „komm mal her!" Der hübsche, starke Bursche trat zu mir und kreuzte die Arme.

„Ali!", fuhr ich fort, „ich habe dich vorhin zu meinem Kostmeister ernannt, das heißt, dass du von jetzt ab alle Speisen und Getränke, die Mohammed dir erlaubt und die ich selbst genießen will, zuerst essen und trinken sollst!"

„Saya, Touwan besar!", erwiderte er zögernd.

„Gut, so trinke diese Tasse Kaffee zuerst!" – Ich hielt ihm die Tasse entgegen.

„Saya, Touwan besar!" Tief verneigte er sich, fast warf er sich zu Boden. „Herr – doch ich kann keinen Kaffee trinken, böse Träume plagen mich danach!"

„Mögen sie dich plagen, Ali! Doch diese Tasse musst du trinken. Ich befehle es dir!", fügte ich streng hinzu. Verzweifelt richtete der Bursche sich auf und blickte suchend umher.

„Fortlaufen darfst du jetzt nicht! Du weißt, die Polizeisoldaten stehen wachend vor der Tür, deshalb würde solch ein Versuch dir schlecht bekommen. – Nun, trinke!"

„Tida, Touwan besar! Fortlaufen wollte ich nicht, aber ich fürchte mich, Kaffee zu trinken."

„Du trinkst doch aber sonst täglich viele Male Kaffee! Warum denn diesen Kaffee nicht?"

Er sah keinen Ausweg und griff verzweifelt nach der Tasse.

„Halt", sagte ich, als er sie mir aus der Hand nehmen wollte, „nein ich selbst will dir die Tasse zum Munde führen."

„Touwan besar", erwiderte er mit scheuem Blick, „ich kann so nicht trinken!"

„Es wird schon gehen, versuche es nur. Siehst du, du könntest ungeschickt sein, sie plötzlich zu Boden fallen lassen oder den kostbaren Inhalt verschütten. Ali, ich kenne das – und kenne deine Ausflüchte. Nun?"

Er warf sich jetzt zu Boden, rang verzweifelt die Hände, umklammerte bittend meine Füße und schrie wie besessen: „Tida! – Tida! – Ich kann nicht!"

Ich sprang auf, stellte die Tasse vorsichtig auf den Tisch. Dann sagte ich: „Ali, jetzt bekenne die Wahrheit! Bekenne, warum du den Kaffee nicht trinken willst?"

Der Javane schwieg und wand sich verzweifelt am Boden.

„Weil du deinen Herrn damit vergiften wolltest!"

„Touwan! – Allah hilf mir – ich bin unschuldig!" Er umklammerte meine Beine, küsste meine Schuhe. „Ich bin unschuldig!"

„So ist Pakraß der Schuldige?"

Wie eine Feder schnellte er hoch. „Pakraß?"

„Du warst heute in Negri-Lama und hast mit ihm gesprochen. War er es, der dich verlockte, mich zu töten?"

Sprachlos starrte er mich an, dann sagte er gebrochen und zerknirscht: „Ich sagte ihm: ‚Der Touwan besar ist wie Allah, der Touwan besar weiß alles!' Er aber antwortete: ‚Der Touwan ist ein Mensch wie wir!' Ich habe ihm geglaubt, und nun habe ich doch recht behalten!"

„Und weil du dem Pakraß geglaubt hast, versuchtest du, mich zu vergiften?"

Der Javane nickte verzweifelt. „Pakraß gab mir das Pulver von der Mandelblüte!"

„Also Pakraß gab es dir?"

„Saya, Touwan besar! Und wenn Ihr tot seid, Herr, dann wird er kommen, die Kulis anführen, die anderen Touwans töten, die Soldaten gefangen nehmen und alle Häuser verbrennen!"

„So, und diesen lieblichen Plan hat er heute dir erzählt?"

„Ja, Touwan besar. – – – – – – Heute!"

Ich rief die Polizeisoldaten. Doto kam angelaufen. „Doto", wandte ich mich an ihn, „nimm Ali und lege ihn in Ketten!"

„Touwan besar!", schrie verzweifelt der Javane, „Gnade! – Gnade! – Erbarmen!"

Doto salutierte: „Saya, Touwan Kommandant!" Dann legte er seine Hand auf Alis Schulter und riss ihn hoch: „Komm!"

Wieder brüllte Ali verzweifelt auf, aber der Sergeant schnürte blitzschnell seine Arme zusammen und stieß ihn dann vor sich her, der Station zu.

Die anderen Diener standen ängstlich zitternd an der Türe und wagten kaum zu atmen.

Ich trat an meinen Schreibtisch, entwarf kurz einen Bericht, skizzierte den Tatbestand und goss den vergifteten Kaffee in ein Fläschchen, als Beweismittel. Nachdem ich so der Pflicht genügt hatte, wandte ich mich an die Diener. „So wird es jedem gehen, der mich zu hintergehen versucht! Merkt euch das!"

„Saya, Touwan besar!", antworteten sie verängstigt und warfen sich zu Boden.

Ich winkte nun, dass sie sich erheben sollten, dann legte ich mich wieder auf den Ruhestuhl und starrte in Gedanken hinaus in den wundervollen, jetzt vom Mondlicht hell beleuchteten Tropenwald.

Parade

Etwa acht Tage später war Parade. Schon am frühen Morgen standen die Polizeisoldaten in Reih und Glied vor ihren Offizieren, übten Griffe und Stellungen, andere putzten ihre Waffen oder saßen vor der Station zusammen, nähten, flickten und wuschen die Waffenröcke, Turbane und flochten ihre langen Bärte.

Es war ein ungewöhnliches Leben und Lärmen auf der Pflanzung, weil ich zur Parade alle Abteilungen, auch solche, die auf den Nachbarpflanzungen verteilt und stationiert waren, zusammengezogen hatte. Daher waren gegen 150 Mann Polizeisoldaten und 4 Offiziere versammelt, die nun in der Parade und in einer kurzen, anschließenden Gefechtsübung zeigen sollten, dass straffe Disziplin und militärischer Schneid in den Abteilungen zu finden seien.

Auch der Gouverneur, der Resident und der Kontrolleur hatten ihre Anwesenheit in Aussicht gestellt, doch in letzter Stunde, infolge anderer dienstlicher Abhaltungen absagen lassen. Dafür waren im Auftrage des Gouverneurs dessen Adjutant, ein Oberst mit drei jüngeren Offizieren eingetroffen, um der Besichtigung beizuwohnen. Die

Aufregung unter meinen Leuten und Offizieren war besonders groß, weil der Oberst als tapferer und sehr strenger Haudegen bekannt war und aus diesem Grunde auch sehr gefürchtet wurde. Seinen scharfen Augen entging nichts, und selbst kleine Fehler pflegte er wie „unerhörte Vorkommnisse" zu tadeln.

Militärisch war der Oberst durchaus nicht etwa mein Vorgesetzter, trotzdem ich als Polizeikommandant nur den militärischen Rang eines Kapitäns bekleidete, sondern ich unterstand einzig und allein den Befehlen des Gouverneurs, des Residenten und teilweise auch des Kontrolleurs, aber er war der Adjutant des Gouverneurs und hatte demzufolge auch das Ohr desselben. Wie leicht konnte ein schlechtgefärbter Bericht des Obersten die Unzufriedenheit des Gouverneurs gegen mich wachrufen. Und das wäre mir doch für alle Mühe höchst unangenehm gewesen.

Gegenwärtig saßen die holländischen Offiziere mit mir am Frühstückstisch in der Speiseveranda und ließen sich Loebis Kochkünste wohlschmecken. Auch den Getränken wurde fleißig zugesprochen, und bald waren wir alle in recht animierter Stimmung. Lustige Reden flogen hin und her, Witze wurden erzählt und ein Jägerlatein verzapft, dass uns die Haare vor Lachen zu Berge standen. Aber schließlich, wie alles Gute, hatte auch das lustige Frühstück ein Ende. Mein Adjutant erschien und meldete, dass das Rrrrg'ment angetreten sei. Wir sprangen auf, schnallten uns die Säbel um, fuchtelten mit den Reitpeitschen durch die Luft und traten zum Dienst bereit hinaus. Draußen standen die gesattelten Pferde, die wir mit Hilfe der Diener bestiegen; dann ritt ich der Front zu und übernahm die Führung meiner Gäste.

Auf dem Hauptwege, nicht weit von meinem Hause, standen meine Truppen in Doppellinie ausgerichtet, die Offiziere waren eingetreten und Leutnant van Trassen hatte bis zu meiner Ankunft den Befehl übernommen. – Kaum erblickte er mich von weitem, als er den Säbel hob, worauf die Mannschaften mit einem Ruck wie die Kerzen standen, die Gewehre mit wunderbarem Tempo hochrissen, schulterten und – unter sechsfachem Trommelwirbel präsentierten. Es klappte prachtvoll, und mir altem Soldaten lachte das Herz vor Freude. Das war mein Werk, deutschen Drill hatte ich hier den braunen Kindern der Sonne beigebracht. Ha! und wie sie aussahen! Schmuck und sauber, wie ein Garde-Regiment!

An der Spitze der Tambourmajor mit seinem vergoldeten Bambusstab und den Quasten in den holländischen Farben. Ein großer Bengale mit langgeflochtenem, schwarzen Bart, den Stab wie ein Zepter haltend. Hinter ihm sechs Trommler, die einen tadellosen Wirbel schlugen, und dann meine Soldaten mit ihren leuchtenden roten Turbanen, ihren blauen deutschen Infanterieuniformen, hellleuchtenden Nummern, gelbledernen Gürteln und Patronentaschen und den blitzblank geputzten Messingbeschlägen. Wahrlich ein Anblick, dass ich vor innerer Freude jauchzte und ganz stolz mich an meine Gäste wandte.

„Dunnerlichting!", schmunzelte der Oberst, „Kapitän, da haben Sie was geschaffen! Den Deutschen kann's keiner nachmachen! Keiner in der Welt! Das kommt mir gerade so vor, als wenn ich in Potsdam 'ne Parade seh'!" –

Ich nahm den Rapport von Leutnant van Trassen entgegen und ritt dann mit meinen Gästen die Front ab. Bronzegesichter stierten uns an, die Köpfe ruckten dann wieder zurück, wie auf eine Sehne gespannt, starr standen die Kerle – aus Stein gehauen!

Jetzt ritt ich zurück, in die Mitte, vor die Front. Die Gäste ritten weit zur Seite, um die Übungen besser beobachten zu können und nicht im Wege zu sein. Ich zog den Säbel, schwang ihn über meinem Kopfe und schrie in malaiischer Sprache:

„Rrrr'gment! Achtet auf mein Kommando!"

Eine Bewegung ging durch die Reihen. Die Offiziere salutierten, die Fahne senkte und hob sich. Die Trommeln wirbelten. Die Mannschaft stand jetzt Gewehr bei Fuß.

„Stillgestanden! Richt't euch! Das Gewehr – über!" – Klapp! Klapp! Klapp! – Die ganze Reihe der leuchtenden Turbane, drei gleichmäßige Griffe.

„Rrrr'gment soll chargieren!" Die Körper machten eine halbe Wendung, und gleichmäßig kamen die rechten Beine heraus.

„Geladen!" – Hundertfünfzig Gewehrschlösser rasselten auf und zu.

„Legt an!" Die Gewehre blitzten in der Luft.

„Feuer!" Eine ratternde Salve trachte. Und viele Affen, die hoch in den Bäumen dem interessanten Schauspiel beiwohnten, blökten, schrien verängstigt auf und jagten wie toll geworden, von Baum zu Baum springend, tief in den Busch zurück.

„Gewehr in – Ruh'!" Die Gewehrschlösser knackten. „Gewehr – ab!" Ein Ruck, und sie standen wieder ohne Bewegung. Und wieder tönte mein Kommando: „Das Gewehr – über! In Sektionen zweimal links schwenkt Rrrr'gment – marsch!" Der Tambourmajor senkte den Stab, die Trommeln wirbelten und die Reihen marschierten vorbei. Ich ritt mit meinem Adjutanten hinter den Trommlern und führte meine Truppe den Gästen vor, den Säbel zum Gruß senkend. Staub wirbelte auf, die Sonne brannte wie Feuer, aber gleichmäßig und exakt klappten die Schritte.

Zweimal führte ich meine Soldaten vorbei, bewundert und salutiert von den holländischen Offizieren. Dann folgten eine kurze Gesichtsübung, und endlich die Kritik, zu der auch die Gäste angeritten kamen.

Darauf ergriff der Oberst das Wort, dankte für das Gesehene und lobte die vorbildliche Disziplin. Mir aber schüttelte er immer wieder freudestrahlend die Hand, klopfte mir die Schulter und behauptete von neuem: „Nur in Potsdam hab' ich so Schönes gesehen! Ihr Deutschen – weiß der Teufel, wie ihr es macht!" –

Nachdem er auch die Pflanzer-Offiziere durch liebenswürdige Ansprachen sich zu Freunden gemacht, ließ er sich die Feldwebel-Marschälle und Unteroffiziere vorstellen und überreichte ihnen im Auftrage des Gouverneurs Denkmünzen, die er den freudestrahlenden schwarzen Kerlen persönlich an die Brust heftete. Auch ich und meine Offiziere sollten hohe Auszeichnungen erhalten, die aber, weil wir in Vergessenheit gerieten, niemals in unseren Besitz gekommen sind. Schade, ich hätte mich doch gefreut, für meine Mühe Anerkennung durch ein äußeres Zeichen zu finden. Eine Genugtuung und Freude erlebte ich aber doch, denn nachdem ich in üblicher Weise die Herrscherin der Kolonien, J.M. die Königin Wilhelmine, mit einem von allen Seiten stürmisch aufgenommenen „Hoch!" bedacht hatte und der Jubel darüber abgeflaut war, brachte der Oberst, mit einer Verneigung gegen mich, ein donnerndes Hoch auf den Deutschen Kaiser, auf die glänzende deutsche Armee und auf die ritterlichen deutschen

Männer aus. Die Trommeln wirbelten, die Fahne senkte sich, die Soldaten präsentierten die Gewehre und die Offiziere salutierten mich als den Vertreter eines großen Volkes. Tief gerührt dankte ich und schüttelte dem alten wackeren Offizier die Hand. Eine bessere und vornehmere Auszeichnung hätte mir nicht zuteilwerden können.

Die Mannschaften rückten nun unter Trommelwirbel ab, bezogen ihre Quartiere, und wir Offiziere gingen nun auch plaudernd und vergnügt meinem Hause zu, um nach dem anstrengenden Dienst Erfrischung und Erholung zu finden.

Es war eine glänzende Tafel, mit der Loebi, mein Koch, uns empfing. Unzählige Speisen und Leckerbissen hatte er aufgefahren, und die besten Weine, Drinks und muntersten Reden würzten das Mahl. Kurz, wir blieben ununterbrochen 48 Stunden zusammen, die Drinks nahmen kein Ende, ebenso wenig unser Lachen und unsere Scherze.

Nur etwas wollte mir nicht gefallen, und in banger Sorge flog oft mein Blick hinaus in den Garten und nach der Richtung, wo auf der Pflanzung die Kulihäuser standen. Kein Kuli ließ sich sehen. Und gerade die Kulis, die sonst keine unserer Festlichkeiten vorübergehen ließen, ohne uns durch ein wundervolles Feuerwerk zu erfreuen, waren heute nicht erschienen und standen auch nicht wie sonst unter den Neugierigen, die draußen herumlungerten. Das war ein Zeichen, welches mich stark bedrückte. Oft sprach ich mit meinen Assistenten, die anwesend waren, darüber, aber sie sowohl als auch die Chinesentändels (Aufseher), die den Arbeits-Rapport brachten, hatten keine Erklärung dafür. Dennoch teilten sie meine Sorge nicht. –

Nun – ich musste den Dingen ihren Lauf lassen.

Die auf den Nachbarpflanzungen stationierten Abteilungen der Polizeisoldaten waren mit ihren Offizieren schon am nächsten Morgen abgerückt, und endlich reiste auch der Oberst mit seinem Stabe auf meinem Steamer die Bila abwärts nach Djawi-Djawi. Eigentlich hatte er beabsichtigt, noch vorher den Radscha in Negri-Lama zu besuchen, aber es hatte ihm bei mir so gut gefallen, dass er länger blieb, als sein Dienst ihm erlaubte. Deshalb war keine Zeit für weitere Besuche mehr übrig.

„Na und dann, Käpt'n", meinte er schmunzelnd, „ich bin froh, wenn ich mir den ewig grinsenden Kannibalen nicht anzusehen brauche.

Der Kerl reizt mich immer zum Widerspruch, oder mir kribbelt es in den Fingern, ihm seine fürchterlich langen Nägel abzubrechen!"

So sehr ich mich über den verlängerten Besuch gefreut hatte, war ich andererseits doch froh, als es endlich ans Abschiednehmen ging und die Sirene meiner Launch zum Schlusse wie besessen jauchzte und heulte. Ich stand mit meinen Assistenten auf der Landungsbrücke und salutierte, die Ehrenkompagnie präsentierte das Gewehr, die Trommel wirbelte, und am Raa des Schiffes flatterte im frischen Seewind die holländische Kriegsflagge.

Der Oberst und seine Offiziere legten grüßend die Hände an die Helme und dann anerkennend auf das Herz, und so blieben sie stehen, bis der Dampfer meinen Blicken entschwunden war.

Ich wandte mich um und schritt mit meinen Assistenten leise plaudernd meinem Hause zu. Dort verweilten wir noch lange beisammen in ernsten Gesprächen und Beratungen, die das Wohl der Pflanzung betrafen.

Vorbereitungen zum Kampf

AM frühesten Morgen des anderen Tages ritt ich, begleitet von acht Polizeisoldaten, auf die Felder der Pflanzung. Es waren unruhige Zeiten, und in solchen pflegt man besonders vorsichtig zu sein. Deshalb gingen wir Europäer nicht mehr ohne Polizeischutz in die Pflanzung, auch bewaffneten wir uns schwerer als gewöhnlich.

Nachdem die Ernte vorüber war, beschäftigte ich die Kulis mit Erdarbeiten und zwar mit dem Ziehen und Ausheben von Gräben in der Neupflanzung, während sich die freien Malaien und die vertraglich gebundenen Javanen mit dem Niederlegen des Urwaldes und des Busches betätigten. Und so standen denn in langen Reihen die Kulis in den mit Wasser angefüllten Gräben, klatschten ihre schweren Hacken und Spaten in den Dreck und holten Moder, Erde und Wurzeln heraus oder verbreiterten die Grenzen des Grabens. Es war eine heillos schwierige Arbeit, weil das sich immer neu ansammelnde Wasser ein großes Hindernis bot. Die Javanen, die sonst diese Arbeiten verrichteten, schafften lange nicht das, was die nun auf Akkord arbeitenden Kulis fertig brachten. Es sind fleißige und tüchtige Arbeiter.

Des schlechten Terrains wegen war ich mit meinen Soldaten vom Pferde gestiegen, und wir kletterten über Wurzeln, niedergelegte Bäume, durch Morast, Lachen und Sümpfe zu den arbeitenden Kulis. Der Tändel kam mir entgegen, nahm seinen Tellerhut ab und verneigte sich tief. „Tabé Touwan besar!", sagte er devot.

Ich nickte. „Tabé Wou! Wieviel Mann arbeiten hier, Wou?"

„Sa rebu tujou! Touwan besar! (Hundertsieben). Säng hat zweihundert drüben und Hou siebenundachtzig Mann!"

Langsam turnte ich bis an die Gräben, maß die Breite und übersah mit rechnenden Blicken die Arbeiten. Die Kerle arbeiteten fleißig. Tiefes Schweigen und böse Augen empfingen mich. Ein Kuli, ein riesiger, starker Kerl, legte die Hacke fort, als ich zu ihm trat, und starrte mich ungeniert an.

„Bist du müde?", fragte ich den Mann.

„Tida! Nein!", erwiderte er kurz.

„Nicht? Warum arbeitest du dann nicht?"

„Weil ich keine Lust habe!" Keck und unverschämt war der Ton.

Mir stieg das Blut in den Kopf, aber ich beherrschte mich. Ruhig fragte ich weiter: „Und warum hast du keine Lust?"

Der Tändel fuhr dazwischen und überschüttete den Kuli mit einem Schwall zorniger, chinesischer Worte. Schließlich drohte er ihm sogar mit seinem Stock.

Jener antwortete ebenso heftig, wahrscheinlich mit Worten, die den Tändel schwer reizen mussten, denn dieser war vor Wut ganz außer sich und wollte nach ihm schlagen.

Ich wehrte den Hieb ab und gebot dem Tändel, sich ruhig zu verhalten. Dann wandte ich mich wieder an den Kuli, der trotzig mich anstierte. „Warum hast du keine Lust zu arbeiten?"

Der Mann rollte sich verlegen den Zopf um den halbnackten Schädel, wischte sich mit einem schmutzigen Lappen das Wasser und den Schmutz aus dem Gesicht, sah wieder zurück nach seinem Arbeitsplatz, aber antwortete nicht.

„Hast du die Sprache verlorene?"

Er schielte mit seinen Schlitzaugen nach meinen Soldaten, die hinter mir standen. Endlich murmelte er halb für sich: „Weil ich eine schlechte Ernte hatte!"

Nun, das war mir begreiflich, denn ich wusste aus Erfahrung, welche hochgespannten Hoffnungen die Leute auf ihre Ernteerfolge setzten. Deshalb fragte ich weniger streng: „Hast du so wenig verdient? – Wieviel hast du erhalten nach, der Abrechnung?"

„Dilapan ringit!" (8 Dollars), erwiderte er finster.

„Das ist wenig", nickte ich. „Aber ich glaube, andere haben noch weniger verdient! Du bist noch jung und wirst noch viele gute Ernten in späteren Jahren haben.

Sein Gesicht heiterte sich ein wenig auf: „Ich glaube, Herr, aber ich kann nicht solange warten. Pakraß sagte – –" Erschrocken stockte er. Ich horchte auf. „Pakraß? – Was sagte Pakraß? – –"

„Ich weiß nicht", wehrte er erschrocken und blickte wie Hilfe suchend nach einem riesigen Arbeitsgenossen, der unweit von uns hantierte. Der schien ihn auch zu verstehen, denn der Mann warf eilig seine Hacke hin und kam angelaufen.

„Was willst du?", fragte ich ihn erstaunt.

„Tam ist noch ein Sinke (Neuling), Herr! Ich wollte für ihn sprechen."

„So? Ich habe dich aber nicht gerufen! Geh' also wieder an deine Arbeit!"

„Tam hat mich gerufen, Herr! Ihr wollt nur immer, dass wir arbeiten und niemals ruhen, Touwan besar!" Ganz respektlos sprudelte er die Worte, kreuzte die Arme und sah mir böse in die Augen.

„Wenn du unverschämt wirst, lasse ich dich einsperren! Hast du verstanden?", schrie ich jetzt zornig.

„Pah – wie lange?", höhnte er, „noch ein paar Tage, dann bekommen wir Geld – viele Hunderte Dollars – und wir sind frei!"

Wieder horchte ich auf und sah ein, dass ich den Bogen nur ganz vorsichtig spannen durfte, um die Leute zum Ausplaudern zu bringen, deshalb bedeutete ich auch den Soldaten, die infolge des unbotmäßigen Verhaltens der Kulis, mich schützend, weit vorgetreten waren, sich wieder zurückzuziehen. Dann fragte ich ruhig: „Wo willst du denn die vielen Hundert Dollars verdienen, Sing? So heißt du doch, nicht wahr?"

„Saya, – ich heiße Sing!"

Ich nickte. „Gut, Sing. Wo also willst du das viele Geld verdienen?"

Er grinste mich frech an: „Wo, Herr? Herr, auf dem Kabong! Aber nicht verdienen durch schwere Arbeit, sondern Geschenke bekommen wir, viele! Geld und Seide – und viel Reis – und Opium – und Fische – und Fleisch. Alle Hunde dürfen wir schlachten und essen, auch Büffel und Hühner! O –" er berauschte sich förmlich an den Aussichten – „– wir werden alle große, reiche Herren werden, viele Frauen uns kaufen können und Diener haben."

„Und das alles bekommt ihr hier geschenkt?"

„Saya, Touwan besar! Wir wissen es alle genau!"

„Und wer hat euch solche Märchen erzählt, Singt?"

„Das werde ich nicht sagen!"

„Ich kann dich aber dazu zwingen! Weißt du das? Aber ich will es nicht tun, Sing, weil ihr dumm wie die Schafe seid, und ich deshalb euer Unglück nicht will. Pakraß hat euch nur noch mehr Dummheiten beigebtacht!"

Der Kuli zuckte erschreckt zusammen, als er den Namen des gefürchteten Mannes hörte. „Pakraß? – O, o!"

„Pakraß", fuhr ich fort, „ist kein Kuli, kein Chinese, sondern ein schwarzer wilder Mann, der euch verachtet!"

„Tida, tida, Touwan besar!"

„Er will euch alle sterben lassen!"

„Tida, tida! Wir werden nicht sterben, aber die weißen Männer und die schwarzen Soldaten, die ihnen helfen, müssen alle sterben!"

Ich lachte grimmig auf. „Nun, Sing, ich habe dich gewarnt. – Und ich habe dich gewarnt, damit du den anderen es sagst. Hast du mich verstanden, Sing?"

„Saya, Touwan besar!" Fast ängstlich wurde er jetzt und – warf sich in die Knie. „Wenn Pakraß uns belügt, werden wir ihn in Stücke reißen!"

„Pakraß belügt euch!", rief ich laut, so dass auch die anderen Kulis es hören mussten. „Und wenn ihr ihn fangt und mir lebendig bringt, so werde ich euch alle belohnen!"

Wie eine Granate war mein Versprechen unter die Leute gefahren, sie stoben auseinander, warfen das Arbeitsgerät beiseite und kamen angelaufen. Heftig durcheinander geschrien, umbrauste mich eine Flut chinesischer und malaiischer Fragen und Worte.

„Ruhig, Leute!", donnerte ich dazwischen. „Geht an eure Arbeit! Und wenn Feierabend ist, dürft ihr drei Kulis in eurem Auftrage zu mir schicken. Ich werde mit ihnen sprechen und euch sagen lassen, wie ihr euch verhalten müsst, damit ich euch nicht für euren Ungehorsam zu bestrafen brauche. Auch werde ich dann bestimmen, wie hoch die Belohnung sein soll, die ihr erhaltet, wenn ihr den Räuber Pakraß mir lebendig bringt!"

Einige murrten, sie wurden aber überschrien von den anderen. „Saya, saya, Touwan besar!", schrien sie durcheinander, liefen dann aber wieder zurück an die Arbeit.

Ich freute mich über meinen Erfolg und schritt mit meinen Begleitern weiter zu der nächsten Abteilung. Dort traf ich mit dem Oberaufseher (Tändel besar) zusammen, der die arbeitenden Chinesen besuchte und deren Arbeiten kontrollierte. Hinter ihm stand der Tändel der Abteilung, der ausführlich berichtete. Li-a-Tai kam mir sofort entgegen, als er mich erblickte, zog den Hut und wartete auf meine Anrede.

„Ah, Li-a-Tai", sagte ich erfreut, „gut, dass ich Euch treffe." Und nun erzählte ich dem aufhorchenden Oberaufseher das Vorkommnis. Er schüttelte nachdenklich den Kopf. „Touwan besar, die Leute gefallen mir nicht mehr, sie sind aufsässig und unzufrieden. Alle Versprechungen und Belohnungen werden nichts nützen, ein Stärkerer ist am Werke. Ich hätte gewünscht, der Touwan besar hätte den Bienatang (Elenden) gleich niedergeschossen. Dann wäre Ruhe auf der Pflanzung."

„Ihr habt schon recht", erwiderte ich, „aber Ihr wisst ebenso gut wie ich, dass Pakraß sich allen meinen Verfolgungen zu entziehen weiß. Es ist vielleicht eine Möglichkeit, ihn von den Kulis gefangen nehmen zu lassen, wenn er zu ihnen kommt, sie organisiert und aufhetzt?"

„Vielleicht!", sagte nachdenklich der Chinese, „aber ich glaube nicht, dass die Kulis ihn fangen werden. Pakraß hat viele Anhänger unter ihnen. Doch, wenn Touwan besar befehlen wollen, dann möchte ich heute beim Empfang der Kulis dabei sein?"

„Ja, Li-a-Tai, ich wünsche Eure Anwesenheit! Sagt auch dem Touwan Sanné, dass er kommen möge."

„Saya, Touwan besar!" „Wie ist die Stimmung unter den Aufsehern, Li-a-Tai?"

„Sie alle sind dem Touwan besar treu!" Er wollte noch weiter sprechen, unterbrach sich aber plötzlich und blickte interessiert nach einem Kuli, der mitten in der Arbeit jetzt weit im Bogen seine Hacke fortwarf, höhnisch lachend auf uns zeigte und laut und vernehmlich auf seine Arbeitsgenossen einredete.

„Schong!", schrie wütend der Oberaufseher. „Mari sama saya! Ma, sikitt lakaß!", fuhr er zornig fort, als der Kuli sehr langsam, immer höhnisch lachend und zu den anderen weiter sprechend, sich anschickte, dem Befehl nachzukommen.

Der Mann hatte wieder seine Hacke aufgehoben und kam nun langsam angegangen.

„Ich werde dich lehren schneller zu laufen!" Der Oberaufseher war nun außer sich vor Wut und Zorn. Und als trotzdem der Kerl sich nicht beeilte, sondern wie absichtlich noch langsamer ankam, lief er ihm entgegen und schlug ihm die Faust in den Nacken. „Du Hundesohn, du falscher Schakal, du schmutzige Stinkratte, kannst du nicht gehorchen?"

Seelenruhig ließ der Kuli alles über sich ergehen, stellte sich breitbeinig auf, stützte sich auf seine Hacke, und stierte den Oberausscher spöttisch an.

„Warum antwortest du nicht?", schrie erbost der Oberaufseher. „Du hast doch dort bei der Arbeit unnütze Reden führen können?"

„Deshalb will ich hier nicht unnütz sprechen, Tändel besar! Ihr seid ein Herr, Tändel besar, wir sind Orang-Kulis!"

Jetzt wurde der Oberaufseher sprachlos. Solche Frechheit war ihm noch nicht vorgekommen. Erst hielt er dem Mann zornbebend die Faust vor das Gesicht, dann aber wandte er sich an mich, und auf den Kerl deutend, sagte er: „Touwan besar, – der Mann muss eingesperrt werden, er ist ein Rädelsführer, ein Totschläger! Er will Euch ermorden, die anderen anführen. Soeben hat er es den anderen zugerufen, ich habe es gehört!"

Ich gab den Soldaten einen Wink, die sofort auf den Kerl zusprangen und ihn fesseln wollten. Der aber wich behände zurück, hob drohend die Hacke und schrie: „Ich schlage euch die Schädel ein! Lasst mich zufrieden!"

Die Soldaten aber, die schon lange eine Wut auf die aufsässigen Kerle hatten und die ich deshalb nur mit Mühe zurückgehalten hatte, ließen sich nicht abschrecken, sondern drangen auf ihn ein.

Nun schlug der Mann verzweifelt mit der Hacke um sich, doch die Soldaten umkreisten ihn, wie der Tiger seine Beute, und plötzlich hatten sie ihn angesprungen, blitzschnell zu Boden gerissen und seine muskulösen Arme auf dem Rücken gefesselt. „A–rri–ati!", brüllten sie triumphierend.

Der Kuli erhob sich gefesselt vom Boden, richtete sich hoch auf und schrie schäumend, heiser vor Wut: „Wartet, es kommt der Tag, die Stunde des Mondes, die Nacht, wo Blut wie Wasser fließen wird!"

Inzwischen hatten sich mehrere Kulis zusammengerottet.

Jetzt kamen zwei, drei, vier Kerle mit ihren furchtbaren Hacken dem Mann zu Hilfe. Aber acht Gewehrläufe starrten ihnen entgegen. „Hütet euch!", schrie ich ihnen zu. Drei Kulis blieben stehen und ließen die Hacken fallen, der vierte jedoch war den anderen weit voraus und stürmte mit erhobener Hacke zähnefletschend auf uns ein. Da krachten zwei Schüsse, der Kerl überschlug sich und blieb mit blutender Stirn tödlich verwundet liegen.

Es war, als ob der Blitz unter die Leute niedergefahren wäre, sie duckten sich vor Schreck und Angst in ihre Gräben und blickten zitternd zu uns hinüber. „Wagt nicht, die Ordnung zu brechen!", schrie der Oberaufseher in chinesischer Sprache ihnen zu. „Es geht euch wie diesen Hunden!" Dann schritt er furchtlos auf die drei zurückgebliebenen Angreifer zu, schlug sie mit seinem Stock und trieb sie den Soldaten zu, die sie fesselten.

Dann wurden die vier Übeltäter abgeführt und der Verwundete fortgeschafft.

Der Eindruck, den diese kraftvoll unterdrückte kleine Auflehnung hervorrief, war doch ein großer, und wie ein Lauffeuer hatte sich das Geschehnis über die ganze Pflanzung verbreitet. Es war verwunderlich, woher die Mandoren (Aufseher) mit ihren Javanenabteilungen, die weitab von dem Tatorte lagen, ebenso die Assistenten, die mir kaum eine halbe Stunde später an ganz entfernten Stellen begegneten, schon davon wussten und Fragen stellten. Aber die Lehre, die ich den aufrührerischen Arbeitern gegeben hatte, schien gut gewirkt zu haben, denn überall, an allen Arbeitsstellen wurde bei meinem Erscheinen besonders fleißig gearbeitet und die Leute benahmen sich ängstlich, gehorsam und unterwürfig.

Damit will ich aber nicht gesagt haben, dass ich von nun an sorgloser in die Zukunft sah, im Gegenteil, ich wusste aus Erfahrung, wie gerade solche blutigen Machtproben dem aufrührerischen Geiste der Kulis neue Nahrung gaben. Ich hatte also alle Ursache, mich auf schwerere Exzesse vorzubereiten und musste dementsprechend meine Vorsichts- beziehungsweise Verteidigungsmaßregeln treffen.

Mir war deshalb die heutige Zusammenkunft der Assistenten und des Oberaufsehers in meinem Hause sehr willkommen. Doch hatte ich die Einladungen dazu noch insofern erweitert, als ich auch die chinesischen Tändels und japanischen Mandoren befohlen hatte, um auch deren Geist zu sondieren. Und so waren denn alle, auf deren Meinungen ich Wert legte, am Abend bei mir versammelt, um Kriegsrat zu halten.

Wie das bei solchen Gelegenheiten üblich ist, hatte ich meine Angestellten auch bewirtet und für mich, die Assistenten und den Oberaufseher in der Speiseveranda decken lassen, während die Aufseher im Dienerhause speisten. Nach dem Mahle kamen dann meine Gäste auf der Wohnveranda zusammen, die Europäer sich bequem in den Streckstühlen rekelnd, die chinesischen und javanischen Aufseher bescheiden sich an der Tür aufstellend, gewärtig unserer Ansprachen.

Jetzt meldete mir der Diener die Ankunft der Sondergesandten der Kulis, und ich befahl sie vorzuführen. Und bald sah ich die Leute durch das Spalier der vor meinem Hause aufgestellten Soldaten dem Hause zuschreiten. Es waren drei muskulöse, starke Kerle, die von ihren Gefährten für diese Beratung gewählt waren. Mit Tam und Sing hatte ich schon vorher Bekanntschaft gemacht, während mir der dritte nur vom Sehen bekannt war. Ich weidete mich ordentlich an dem Anblick dieser kräftigen Arbeiter und berechnete im Stillen, was solche Leute leisten können. Nun standen sie am Eingang etwas zaghaft in weißen, sauberen Leinwandkleidern, sauber gewaschen, die Zöpfe sorgsam geflochten und um den Hals gelegt, und scheu auf die Umgebung blickend, erwarteten sie meine Anrede. Ich winkte den Leuten, näher zu kommen, und sich nun tief und unterwürfig verneigend, traten sie bis in die Mitte der Veranda, wo sie Halt machten.

„Nun ihr Leute", eröffnete ich die Ansprache, „ihr seid pünktlich erschienen, wie ich befohlen habe."

„Saya, Touwan besar!", antwortete Sing.

„Gut", nickte ich freundlich, „ihr habt heute erfahren, wohin es führt, wenn ihr ungehorsam seid. Schong ist jetzt tot, er musste getötet werden, weil er sich gegen seinen Herrn auflehnte. Ich werde niemals dulden, dass euch ein Unrecht geschehe. Alle eure gerechten Forderungen habe ich stets erfüllt, eure Feiertage heilig gehalten, und euch sogar an besonders hohen Festen arbeitsfrei gegeben. Ist das so, ihr Leute?"

„Saya, Touwan besar! Touwan besar hat das alles getan, das ist wahr!"

„Also! Seit einiger Zeit seid ihr aber undankbar gegen mich und habt die Wohltaten, die ich euch erwiesen, ganz vergessen. Ihr seid faul, ungehorsam, aufrührerisch und verspottet mich, die anderen Touwans, den Tändel besar und die Aufseher."

Gedrückt und verlegen blickten die Leute zu Boden.

„Ist das von euch recht?"

„Tida, Touwan besar!", quetschte Tam ängstlich heraus.

„Und warum tut ihr das, was nicht recht ist?"

„Wir wissen es nicht!", stotterte zagend der sonst so mutige Sing. „Vielleicht, Touwan besar, weil – weil –"

„Nun? – Weil –", ermunterte ich ihn, „– weil?"

Hilflos sah sich Sing um, dann stotterte er weiter – – „Weil – weil – wir vielleicht – eine schlechte Ernte haben!"

„Ja, Leute", rief ich, „darunter leiden wir doch alle. Das ist doch kein Grund, auch noch obendrein ungehorsam gegen uns zu sein! Sollen wir euch dafür immer strafen? Wir tun das nicht gerne, es schmerzt uns sogar, wenn wir es tun müssen!"

„Saya, saya, saya, Touwan besar!"

„Also sagt mir nun die Wahrheit, weshalb ihr euch so verändert habt? Sing, du hast mir heute erzählt, dass Pakraß euch Dinge versprochen habe, die er euch nicht schenken kann. Habt ihr ihm geglaubt, und seid ihr deshalb ungehorsam? Ist es wahr, dass er von euch verlangt, ihr sollt mich, die Touwans und die Aufseher töten?"

Die Chinesen nickten heftig. „Saya, Touwan besar! – Das hat er von uns verlangt. – Er will uns selbst anführen und alles hier niederbrennen!"

„So so, das hat er von euch verlangt! Und ihr habt ihm geglaubt?"

„Nicht alle haben ihm geglaubt, Touwan besar!", erwiderte Sing zagend, „aber doch sehr viele!"

„Du bist auch unter denen, die ihm geglaubt haben, Sing? Und du auch, Tam?"

„Saya, wir haben ihm geglaubt! Wenn er lügt, werden wir ihn in Stücke zerreißen!"

„Nun erzähle mir, Sing, wie viele Kulis ihm glauben und wie viele ihm nicht glauben? Du kannst doch zählen und rechnen, kennst Ziffern und Zahlen, deshalb meine ich, du bist am besten in der Lage, mir zu verraten, wieviel Büffelköpfe und wieviel Schlauköpfe ich unter meinen chinesischen Arbeitern habe?"

Sing spielte verlegen mit seinem Zopfe, sah mich dann an, blickte zurück zu den Tändels und endlich hilfesuchend auf den Tändel besar.

„Saya, saya –", gluckste er ratlos.

Der Tändel besar legte sich ins Mittel, und stellte ihm dieselbe Frage in chinesischer Sprache.

Jetzt verstand der Kuli, nickte heftig mit dem Kopfe und erwiderte hastig: „Siebenhundertzweiundzwanzig glauben ihm, Touwan besar und vierhundertzehn glauben ihm nicht! Ja, das weiß ich!"

„Und – wo liegen, die ihm glauben, in welchem Kongsi?", fragte ich vorsichtig, während mein Hauptassistent und der Oberaufseher sich heimlich Notizen machten.

Dem Kuli wurde es schwül, und ratlos wischte er sich mit dem Ärmel seiner Jacke die Schweißtropfen von Stirn und Nacken. „Saya, – saya –" Er stieß Tam und den anderen Kuli an, flüsterte ihnen einige chinesische Worte zu und wartete auf Antwort. Doch diese schüttelten nur die Köpfe, erwiderten aber nichts.

„Soll ich noch lange auf deine Antwort warten, Sing? Du wirst doch wissen, in welches Kongsi Pakraß immer hinkommt, um euch Geschenke zu versprechen? Sieh mal, das Kongsi I liegt beim Touwan Sanné, und das Kongsi II liegt beim Tändel besar, und das Kongsi III liegt beim Touwan van Trassen. Und alle Kongsis sind voneinander immer eine halbe Stunde entfernt. In welches Kongsi kommt nun immer der schwarze Pakraß?"

„Pakraß kommt immer aus dem Busch! Touwan besar!", stotterte verlegen Sing.

„Also kommt er immer in dein Kongsi, Sing? In das Kongsi des Touwan van Trassen?" – „Saya, Touwan besar!"
„Und wann kommt der schwarze Pakraß euch besuchen?" – „In der Nacht, Touwan besar!" Ich nickte befriedigt. „So, so", sagte ich, „also immer in der Nacht!" – „Saya, – in der Nacht!"
„Kommt er euch auch heute Nacht besuchen?"
Sing schüttelte den Kopf. „Tida, heute nicht. Er will morgen kommen! – Vielleicht –", setzte er ängstlich und mit einem Seitenblick auf seine Genossen hinzu.
„Sing!", rief ich streng, „jetzt lügst du!" – „Tida! – Tida! – Touwan besar!"
„Also – er kommt heute? Nicht wahr, Sing?"
„Nein, tida!", schrie er jetzt eifriger, „heute nicht! Heute schlafen alle Kulis, heute kommt er nicht. Tida, Touwan besar, heute kommt er nicht!"
Ich lachte heimlich über sein ungeschicktes Abwehren und wusste nun mit ziemlicher Sicherheit, dass Pakraß gerade heute Nacht die Kulis in Kongsi III mit seinem Besuche beehren würde. „Ja, Sing, wenn du mir nicht die Wahrheit sagen willst, dann hat unsere Unterredung überhaupt keinen Zweck mehr. Schade, und ich hatte euch noch so viel Schönes mitteilen wollen, und auch über die Belohnung wollte ich mit dir sprechen – aber wenn du nicht willst – und glaubst, ich müsste alle deine Lügen als Wahrheit hinnehmen – na, mir kann's recht sein! Zwingen und Gewalt anwenden will ich nicht!"
Der Kerl trat verlegen hin und her, endlich druckste er mit schlauem Seitenblick auf seine Kameraden: „Wir könnten vielleicht – über die Belohnung sprechen, Touwan besar?"
Auch Tam wurde lebhafter und meinte: „Der große Touwan könnte armen Kuli glücklich machen – sprechen und – sagen – wieviel ringit (mexikanische Dollar) armer Kuli erhält, – wenn – wenn –"
„Tam, – du meinst – du sollst eine Belohnung bekommen, wenn du die Wahrheit sagst?"
„Saya, Touwan besar!", grinste Tam.
„Also habt ihr bis jetzt mich, euren Herrn, nur angelogen?"
„Tida", erwiderte er erschrocken, „Tam lügt nicht! – Tam spricht immer die Wahrheit!"

„Immer die Wahrheit? Nun Tam, sieh mal deinen Tändel an, wie der dich auslacht!"

Tam blickte verlegen auf den Tändel Wou, der ihm drohte. Erschrocken wandte er sich wieder ab und blickte mich wieder zögernd an.

„Saya – Touwan besar! Tam spricht die Wahrheit, wenn er belohnt wird."

„Aha!" lachte ich, und auch die Assistenten und Aufseher lachten laut auf. „Wenn du mir die Wahrheit sagst und genau die Stelle zeigst, wo ich den schwarzen Pakraß fangen kann, dann schenke ich dir und Sing – auch deinem Genossen, dem Hong – jedem 20 blanke Dollar!" (Bargeld zum Unterschied vom Plantagengeld, das nur Kartenanweisungen sind.)

„O, o", – schrien die drei Kerle erstaunt. – „O, dann! – –" Die Augen funkelten ihnen förmlich vor Verlangen.

„Touwan besar!", sagte schnell Tam. „Touwan besar, geben dem armen Tam 50 Dollar, blanke, ganz allein, und er wird alles vertaten!"

„Und ich –? Und ich –", fragten wütend Sing und Hong. „Du willst haben alles allein für dich – du Aasgeier?" – Wir lachten alle über den schlauen Tam.

Der aber ließ sich nicht verblüffen, sondern wehrte energisch die Genossen ab: „Ist doch für Touwan besar nicht so viel, als wenn er jedem 20 ringit gibt. – Spart Touwan besar – 10 blanke Dollar!"

„Hast Recht, Tam! – Bist ein Gemütsmensch!", lachte ich. „Aber weißt du, Tam, den Gefallen will ich dir nicht tun. Gerne will ich dir, dem Sing und dem Hong auch 25 blanke Dollar geben, wenn ihr mir verratet, wo ich den schwarzen Pakraß fangen kann? Doch ich hänge euch alle drei auf, wenn ihr mich auf eine falsche Fährte führt! – Habt ihr drei verstanden?" –

Die Kulis verneigten sich tief: „Saya, Touwan besar!"

„Nun tretet ab und beratet euch! In fünf Minuten werdet ihr wohl so weit sein. Pascholl!"

Wieder verneigten sich die Abgesandten: „Saya, Touwan besar!" Dann zogen sie sich bis an die Tür zurück, wo sie leise, aber sehr lebhaft miteinander in chinesischen Kehllauten stritten.

Währenddessen sprach ich flüchtig mit den Tändeln, den Mandoren und den Assistenten. Wir alle waren aufs höchste gespannt, wie die drei

Kulis sich verhalten würden. Ganz einfach war das für die Leute nicht, weil ein Verrat für sie äußerst schlimme Folgen haben konnte. Pakraß hatte sehr viele Anhänger, die rücksichtslos selbst den eigenen Vater in Stücke reißen würden, wenn er den Führer und den Anschlag verraten sollte. Andererseits fingen diese drei Leute, die zu seiner Partei gehörten, an zu zweifeln. Sie glaubten nicht mehr unbedingt an einen Erfolg, hatten auch Bedenken, ob Pakraß seine märchenhaften Versprechungen würde erfüllen können. Und zuletzt wollten sie auf ihre Art aus der Sache ein sicheres Geschäft für sich retten. Fünfundzwanzig harte Silberdollar waren für die Leute ein ganz märchenhafter Reichtum. Die Verlockung, schon aus diesem Grunde, war deshalb sehr groß.

Nach einer Weile machte sich Sing bemerkbar, dass sie so weit wären und er sprechen wolle. Ich winkte ihm, vorzutreten.

„Saya, Touwan besar!", sagte er, trat dicht zu mir, warf sich ganz unterwürfig zu Boden und begann: „Großer Touwan, verzeiht uns armen Kulis. Wir sind so arm, so bedrückt und verzweifelt. Nun kommt ein schwarzer Mann, der hier ein Obpaß war – und den wir immer sehr gefürchtet haben. Dieser Mann – kommt zu uns armen, beschmutzten Kulis, – die so viel Unglück gehabt haben – in der Ernte – und ein Jahr gearbeitet haben – ohne die Dollars zu verdienen, mit denen wir wollten – nach China zurück. Dieser Mann kommt – und gibt uns die Hand –, verspricht uns – viel Geld und viel Geschenke – mitzunehmen nach China. – Saya – nach China! – Wir wollen dort Handel treiben – und viel, viel reich werden. Kommt dieser Mann – und ist freundlich zu armen Kulis.

„Saya, sehr freundlich zu armen Kulis!", echoten die beiden anderen.

„Saya, sehr freundlich zu armen Kulis!", wiederholte auch Sing und fuhr fort, die Hände am Boden ringend: „Dieser Mann – will aber nur, dass armer Kuli sich führen lässt – von ihm, um ihm – zu helfen. Saya, um ihm zu helfen, alles – für armen Kuli zu erobern."

„Saya, – ihm zu helfen, alles – für armen Kuli zu erobern!", wiederholten halb schluchzend Tam und Hong.

„Spitzbuben!", lachte mein Hauptassistent grimmig.

Sing nickte jammernd: „Für armen Kuli! – Saya! Aber, wir haben gesehen – die vielen, vielen Soldaten mit Fahnen und Trommeln – mit Gewehren – und mit Peitschen – und mit Säbel und mit den Pistolen.

Hu! – Mit so viel Schüsse in die Luft. – Hu! – Wenn die treffen die arme, arme Kuli – durch Leib, durch Kopf. – Hu!" –

„Hu! Hu! – Hu!", riefen Tam und Hong.

„Saya! – Hu!", jammerte Sing. „Und da haben wir – heut' – jetzt besprochen uns – besser ist leben – ohne Löcher in die Bauch – und – und – und jeder – von uns drei – zu nehmen – 30 Silberdollar von dem guten, großen Touwan!"

„Ah, ihr Halunken!", rief ich erstaunt.

„Und wenn Touwan besar geben armen Kulis jedem 35 Dollar – dann haben der große Touwan den schwarzen Pakraß morgen in Ketten gefangen! – Wir sagen dann alles, was wir wissen, dem Touwan besar!"

„Alles, alles!", beteuerten mit gekreuzten Armen, sich tief verneigend, die beiden anderen.

Nach kurzem Überlegen und flüchtiger Rücksprache mit den Assistenten und dem Oberaufseher erwiderte ich: „Gut, ihr Halunken! Ich will euch jedem 35 Dollar geben, wenn ich durch eure Hilfe den schwarzen Hund fange. Aber hütet euch, mich zu belügen!"

„O, o, – wir werden die Wahrheit sagen!"

Ich warf jedem einen Dollar zu, den sie behände auffingen. „Das ist das Handgeld! – Nun sprecht!"

Gierig musterten sie das hübsche Geldstück, dann sagte Tam, mit einem scheuen Seitenblick auf die Tändels: „Touwan besar, Pakraß – kommt morgen Abend – fünf Stunden nach dem Tage, nach der Sonne – in – Kongsi I bei Touwan Sanné!"

„Ha, in mein Kongsi?" Mein Hauptassistent sprang auf und trat zu Tam. „In mein Kongsi? Um elf Uhr nachts?"

Tam nickte. „Saya, Touwan, fünf Stunden nach dem Tage. Und er kommt nicht allein. Mit zwei Männer, Kulis entlaufene, die schlechte Ernte hatten – auf Kaloendang – mit zwei Orang-Kuli kommt er morgen."

„Nicht heute? – Morgen?", fragte ich dazwischen.

Sing wehrte ganz erschrocken. „Tida, Touwan besar! Nicht heute! – Nicht heute!"

„Morgen kommt er, nicht heute!", schrie Hong wie besessen. „Nicht heute hingehen, nicht heute!"

Nun wurde ich misstrauisch und wechselte mit meinen Assistenten bedeutungsvolle Blicke. „Gut", sagte ich laut, „also heute nicht! Dann – werde ich – morgen – in Kongsi III von Touwan van Trassen versuchen – ihn zu fangen –"

„Tida! Tida!", schrien die drei entsetzt.

„Und heute – in Kongsi I von Touwan Sanné!"

Ganz verstört warfen sich plötzlich die Kulis zu Boden. „Tida! – Morgen – zu Touwan Sanné! – Heute nicht! – Heute nicht!"

Ich trat an das Geländer der Veranda, winkte und rief die Polizeisoldaten. „Mari sama saya!"

Doto und vier Soldaten kamen angelaufen und standen gleich darauf am Eingang der Veranda.

„Doto", sagte ich, „nimm dort die drei Kulis gefangen!"

„Touwan besar?", schrien die Abgesandten und sprangen erschreckt in die Höhe.

„Diam! Ruhe!", donnerte ich. „Sperre die drei ein und bewache sie gut, dass mir keiner entschlüpft. Du haftest mir dafür!" Dann trat ich an die Kulis. „Ich werde sehen, ob ihr mich angelogen habt.

Solange bleibt ihr meine Gefangenen! Ich weiß nun, dass der schwarze Pakraß heute, nicht morgen, wie ihr schreit, bei den Kulis im Kongsi des Touwan Sanné ist, und morgen bei Touwan van Trassen! – Ihr – habt mich anlügen wollen – und das Umgekehrte behauptet."

„Tam ist schuld!", stöhnte verzweifelt Sing.

„Tida, er hat mich beredet, Touwan besar!", schrie Tam und zitterte wie Espenlaub.

„Und ich bin unschuldig!", jammerte Hong.

Auf einen Wink traten jetzt die Soldaten an die Kulis, fesselten ihnen die Hände und zogen sie dann die Treppe hinab. Ihr Jammern, heftiges Schimpfen auf Tam, auf Sing, war noch lange zu hören, bis endlich die Türe der Polizeistation hinter ihnen ins Schloss fiel.

Es war, als ob sich ein Gewitter gelegt und Ruhe eingetreten wäre. – Keiner sprach ein Wort. – Die Aufseher flüsterten leise miteinander, und wir anderen tranken schweigend die Erfrischungen, mit denen der Tisch besetzt war. Jeder wusste, dass wir heute in der pechschwarzen, rabendunkeln Nacht noch neuen Gefahren entgegengehen müssten, denn keiner unterschätzte den furchtbaren Gegner. Den Ausgang kannte nur Gott allein.

Ich blickte hinaus. Draußen schlürften die eintönigen Schritte der Wachen, und hin und wieder tauchten patrouillierende Posten auf, ein bärtiges Gesicht blickte an der offenen Treppe zu meinem Hause in die Veranda, und dann verschwand der hohe, rote Turban, und ein fernes Waffenklirren verlor sich in der Dunkelheit. Dazu eine drückende Schwüle, dick war die Luft von balsamischen Düften. Vom Busch her in weiter Ferne der Schrei eines Hirsches, eines Nachtvogels, das leise Zirpen einer Grille. – Ich hatte meine Gäste vergessen – der Kopf steckte mir voll Sorgen, eine leichte Beklommenheit befiel mich. Ich atmete und trank jetzt eine feine Brise, die mich umfächelte – und hatte Sehnsucht – nach dem Lindenbaum meiner Heimat – nach dem Druck einer Mutterhand. Doch ich überwand, biss die Zähne zusammen, brachte den Ton des sehnenden Herzens zum Schweigen und reckte mich hoch, jetzt wieder ganz Mann!

Und so beherrscht, wandte ich mich und musterte sicher und fest meine Gäste. Noch immer standen die Aufseher zusammen, flüsterten und wechselten ihre Meinungen und Gedanken über das Erlebte und Bevorstehende. Nur die Assistenten und der chinesische Oberaufseher rauchten, tranken schweigend; blickten starr vor sich nieder und – brüteten vielleicht ähnliches Gedanken, wie ich sie hatte.

Nun begann ich zu sprechen. Der Ton war heiser, dann aber hart, wie klingender Stahl. „Ich will niemanden zwingen, auch will ich nicht befehlen, mich heute Nacht zu begleiten. Ich verspreche, niemandem böse zu sein, wenn er Rücksicht auf sich und sein Leben nehmen will, aber dennoch muss ich fragen: Wer will mitgehen, wer will mir helfen?"

Da sprangen die Assistenten von ihren Sitzen auf, streckten mir die Hände entgegen und riefen: „Wir alle! Wir, so wie du uns hier siehst! Wir kämpfen, und wenn es sein muss, so sterben wir für dich!"

Bewegt schlug ich in die Hände und schüttelte sie in warmer Dankbarkeit. Der Oberaufseher, die Aufseher standen vor mir, tief und ehrerbietig sich verneigend: „Auch wir, Herr! – Befehlt über unser Leben!"

Stumm, aber mit festem Druck reichte ich auch den Leuten die Hand, die sie küssten, nickte ihnen zu, und dann rief ich hinaus: „Sodikromo!" Und mein Ruf traf das Ohrs des Postens, durch seinen Mund das Ohr der Wache und pflanzte sich weiter.

„Saya, Touwan Kommandant!", klang rau die Antwort, und der Marschall tauchte aus der Dunkelheit auf. Jetzt stieg er die Treppe hinauf. Fein klirrten die Ketten am Bandolier, knarrten die Riemen und Ledertaschen seiner Ausrüstung. Er salutierte: „Touwan Kommandant!"

„Sodi? Wieviel Mann hast du zu meiner Verfügung" – „Für Morgen, Herr?" – „Nein, für heute Nacht!"

„Ich habe nur dreißig Mann auf der Wache, Touwan Kommandant! Die anderen sind auf Posten gezogen und verstreut auf der Pflanzung!"

„Und wieviel kannst du davon entbehren?"

„Eigentlich keinen, Herr! Es sind die Ablösungen. Auch habe ich sieben Gefangene auf der Wache."

„Sodi", sagte ich scharf, „wir wollen heute Nacht Pakraß fangen!"

„Ah! Touwan Kommandant! Ah!" Es war der Aufschrei eines nach Rache lechzenden Mannes. „Wo?"

„Ich habe seine Fährte, Sodi!"

„Ah!" Wieder dieser furchtbare Schrei. Dann stürzte er vor mir nieder: „Herr! Ich will mit, ich muss mit!" Er sprang auf und reckte sich hoch, seine Hände ballten sich zu Fäusten: „Mit diesen Händen will ich ihn erwürgen! Lasst ihn mir! Lasst ihn mir!" Er keuchte, die Worte voll Gift, voll Hass, voll Mordgier!

Ich nickte: „Gut, Sodi, so bleibt Doto hier!"

„Ja, Doto bleibt! Touwan besar, nur lasst den Teufel mir!"

„Und wieviel Mann können uns begleiten!" – „Fünfzehn Mann, Herr!"

Wieder nickte ich nur. Dann zeigte ich auf meine Beamten. „Die Touwans kommen mit, auch der Tändel besar, die Tändel und die Mandoren. Wir sind dann mit den Soldaten – 26 Mann! Glaubst du, Sodi, dass wir damit das große Kongsi I des Touwan Sanné umstellen können?"

„Saya, – Touwan Kommandant! –"

„Bedenke aber, dass ich selbst hineingehen werde und deshalb zehn Mann für meinen Schutz bedarf?"

Jetzt dachte Sodi nach und spielte mit seiner Peitsche. Endlich erwiderte er: „Saya, – es wird gehen! Aber Herr, es ist ganz dunkel heute. Wir dürfen keine Fackeln brennen. Der Hund würde gewarnt sein?"

„Hast recht, Sodi, das war auch meine Ansicht. Wir müssen mit gelöschten Fackeln marschieren. Schwer heute, aber wir bleiben auf dem Hauptwege!"

„Saya, saya, Touwan besar! Es wird und muss gelingen!" Und dann schrie er wild, ohne Disziplin, voll Gier: „A–rrri–ati!" Wie ein Racheschwur, erschütternd klang der Schrei.

„So rüste alles! Gib auch den Touwans und den Aufsehern Waffen – und", ich wandte mich an die anderen, „lasst uns aufbrechen."

Sodikromo setzte die Pfeife an den Mund und ein schriller Ton zerschnitt die Stille. Wie ein Panther, leicht, gewandt und geschmeidig glitt er die Treppe hinab und eilte in langen Sprüngen nach der Station, wo gleich darauf Lichter aufflammten, Waffen klirrten, Rufe und Stimmen herüber tönten.

Auch wir im Hause rüsteten uns. Bald kamen Soldaten, die Gewehre für die Aufseher und die Europäer brachten und sie auch sonst bewaffneten. Ich selbst nahm meine Büchse, Dolch, Revolver und Hirschfänger, kurz alles, was für den Kampf unentbehrlich schien. Dann noch ein Trunk, ein Händeschütteln, und wir traten hinaus in die Nacht!

Ein tollkühner Angriff

DRAUSSEN standen die Soldaten mit Sodikromo und erwarteten uns. Schweigend nahmen sie uns in die Mitte, löschten die Fackeln, und nun schritten wir – wie blind – in die Dunkelheit.

Wir kannten ihn ja alle, den Hauptweg der Pflanzung, hatten ihn selbst gebaut und unzählige Male beschritten. Wir kannten jede Kruste, jede Senkung, jedes Loch, jede schadhafte Stelle, wussten die Richtung, und doch, in der Dunkelheit schien er uns fremd, unbekannt, und oft strauchelte der Fuß. Aber einer fühlte den anderen, einer suchte die Stütze beim anderen, und einer hielt auch den anderen. Unterschiede hatten aufgehört, den Rang und das Ansehen deckte die Nacht mit der furchtbaren, grausigen Finsternis. Ich schritt am Arm eines Tändels, eines Mannes, der sonst nur in kniender Stellung zu mir sprach, oder Arm in Arm mit einem Soldaten, dessen Zukunft, dessen Leben ich in der Hand hielt. Hier in der Dunkelheit war ich hilflos, heruntergestiegen von dem Piedestal eines Machthabers, und schwächer als die anderen. „Licht! Licht!", schrie es in mir. Ich knirschte mit den Zähnen vor Ärger, vor Ohnmacht! „Licht! Licht! Wo ist das Licht, ich will das Licht, damit ich wieder stark werde."

Nachdem wir schweigend so vorwärtsgestolpert waren und etwa eine Stunde hinter uns hatten, blitzten die ersten Lichter auf. Sie kamen von dunklen Massen, aus noch dunkleren Schatten, die Häuser waren. Wir atmeten auf, der Weg, die Last des Schreitens, war überstanden. Nun näherten wir uns der eigentlichen Pflanzung, schritten freier an der Fermentierscheune und dem Kedeh (chinesisches Kaufhaus) vorüber und weiter, jetzt die offene Straße vermeidend, dem Kongsi zu.

Das Kongsi I beherbergte fünfhundert Chinesenkulis. Es war – wie alle Gebäude – eine aus Holz gebaute und mit getrockneten Palmenblättern gedeckte große Halle. Längs an den Wänden zogen sich halbhohe Holzpritschen hin, auf denen die Kulis ruhten und unter denen sie ihre verschlossenen Kisten stehen hatten, in welchen jeder seine Habseligkeiten verwahrte.

In der freien geräumigen Mitte der Halle standen einige große Tische und primitive Stühle oder als Sitzgelegenheit dienende Kisten. Sonst war nichts in dem fürchterlich stinkenden Raume, was fesseln konnte oder als Schmuck diente. Und doch, etwas will ich noch erwähnen, was eigentlich in keiner Chinesenwohnung fehlt: – den Altar! Dicht am Eingange stand er, der Altar der Chinesen. Ein hohes Tischgestell, mit Perlenketten und hübsch gestickten Golddecken bekleidet. Auf ihm standen die heiligen Schüsseln, in denen dem Seitan (dem Bösen) Speisen angeboten werden. Nur isst der Seitan nie von ihnen, und der Fromme oder Hilfsbedürftige muss dann nach einigen Tagen für ihn die Speisen verzehren. An der Wand über dem Altar befindet sich das Riesenbild des allgütigen Gottes, eines alten, freundlichen Herrn in goldgestickter Kleidung und mit langem, schneeweißem Bart, den er liebevoll streichelt und mit der Hand glättet. Rechts und links von dem immer verzeihenden guten Gott stehen das Gute und das Böse, die dem lieben Gott die guten und die bösen Taten der Menschen zuflüstern. Das Gute entschuldigt alles, aber der Seitan, das Böse, hetzt und verleumdet den Menschen. Deshalb wird auch ihm geopfert, um ihn zu bestechen, während man das Gute und den lieben Gott nicht zu fürchten braucht. Alles Ungemach im Leben kommt also nur von dem Bösen, der seine Freude daran hat und mit allen Mitteln dem lieben Gott Strafen abzubetteln weiß.

Wir hatten das Riesenhaus umstellt und ich machte mich mit Sodikromo bereit, in Begleitung von zehn Soldaten das Gebäude zu betreten. Draußen hatte das Kommando mein Hauptassistent Sanné übernommen. Alle warteten mit den scharf geladenen Gewehren im Arme auf die Entwicklung der Dinge. Die Assistenten und die Tändels übernahmen die Bewachung der Nord- und Ostseite; Sanné mit den Mandoren und dem Rest der Soldaten die Süd- und Westseite. Mein Buchhalter, ein noch im Lande wenig erfahrener Europäer, dem ich deshalb kein eigenes Kommando anvertrauen konnte, hatte sich meiner Begleitung angeschlossen, und so lagen wir auf der Lauer, um im geeigneten Momente hervorzubrechen.

Ein fürchterliches Stimmendurcheinander drang aus dem Hause, oft unterbrochen durch Schreie und Rufe. Wie das Toben und Brüllen einer Brandung klang das für uns, die Fernstehenden, aber endlich wurde es ruhiger, und es schien, als ob ein einzelner sich Gehör verschafft hätte und eine Ansprache hielte. Schon glaubte ich, dass jetzt der richtige Augenblick gekommen sei, denn ich nahm an, Pakraß habe das Wort ergriffen. Ich stand im Begriff, dem Marschall, der vor Ungeduld zitterte, das Zeichen zum Eindringen zu geben, da huschten plötzlich drei große dunkle Schatten an mir vorüber und eilten, sich duckend, in das Haus. Beim Öffnen der Tür fiel ein Lichtschein auf die späten Ankömmlinge, und wir erkannten jetzt den Gesuchten mit zwei fremden Kulis.

Tosender Lärm, Lachen und freudige Aufschreie empfingen den gefürchteten Räuber, und es dauerte lange, bis allmählich der Sturm im Hause sich legte. Noch wartete ich, und nur durch leise Zurufe gab ich längs der Postenkette Sanné die Nachricht von der Ankunft des Pakraß. Sodikromo war kaum noch zu halten und er grollte mir, dass ich, wie er glaubte, die beste Zeit verstreichen ließe. Schließlich, als mir durch Späher mitgeteilt wurde, dass Pakraß im Hause zu den um ihn versammelten Kulis sprach, gab ich meinen Leuten ein Zeichen, und wir rückten leise, vereinzelt und jede Deckung benutzend, auf das Haus zu. Da verlegte uns plötzlich ein Kuli den Weg. Es war uns klar, der Mann war hinausgeschickt, um Wache zu halten, dass kein Unberufener oder gar Polizeisoldaten die Versammelten überraschten. Blitzschnell, ehe der Kuli sich von seinem Schreck erholen und schreien konnte, war er überwältigt, zu Boden gerissen und geknebelt. Wir ließen ihn so liegen und stürmten weiter vor. Jetzt war ich an der Tür, holte Atem und wartete, bis meine Begleitung vollzählig beisammen, dann riss ich den Hirschfänger aus der Scheide und den Revolver aus dem Gürtel und Sodikromo schob mit einem kräftigen Druck die Türe auf. Als erster trat ich ein, gefolgt von meinen Soldaten. Eine furchtbare, dumpfe, stickige Luft schlug mir entgegen und benahm mir für Augenblicke den Atem, aber angesichts der großen Gefahr, der ich entgegenschritt, überwand ich schnell eine Übelkeit.

Pakraß stand auf dem Tisch und sprach eifrig auf die ihn umdrängenden Kulis ein. Als aber von uns so plötzlich die Türe aufgerissen wurde und sie meinen Eintritt gewahrten, stoben sie mit einem Schreckensschrei auseinander und flüchteten zur Seite. Er schien der einzige zu sein, der die Situation überschaute. Sein schwarzes, teuflisches Gesicht verzog sich, und mit einem Hohngelächter empfing er mich, einen Revolver auf mich richtend. „Der Christenhund!", brüllte er grässlich auf, aber da krachte auch schon mein Schuss, und getroffen taumelte er und stürzte vom Tisch auf den Boden. Sodikromo, die Soldaten und ich sprangen vor, an den Tisch, um den Räuber zu fesseln, falls er nur verwundet sein sollte, doch dreißig oder mehr Kulis verstellten uns den Weg und drohten mit den in der Eile aufgerafften schweren Tabaksmessern uns niederzuschlagen. Die Soldaten wichen zurück, rissen die Gewehre von den Schultern und legten an. So standen wir uns für Augenblicke gegenüber, furchtlos uns messend.

„Diam! – Ruhe, ihr Leute!", schrie ich mit Donnerstimme in den tosenden Lärm. Und die Angstrufe der geflüchteten Kulis verstummten. Nur die bewaffneten Kulis standen wie Säulen uns gegenüber.

Ich trat vor bis dicht vor die vordersten Rädelsführer. „Die Waffen nieder!", brüllte ich ihnen ins Gesicht. „Willst du gehorchen, – du Hund?" Meine Hand hob den Revolver. „Nieder mit den Messern!" Die Aufsässigen aber hatten sich von meiner Kühnheit nicht überrumpeln lassen und machten wieder erneute Versuche, sich auf uns zu stürzen. Da krachte mein Schuss – und der Vorderste überschlug sich mit zerschossener Stirne und stürzte zu Boden. Feige wichen jetzt die anderen zurück. Doch ich schritt ihnen nach und verfolgte sie, bis erst einzelne, dann auch der Rest die Messer zu Boden fallen ließen.

Und immer noch standen die Soldaten mit den Gewehren im Anschlag, deren Mündungen alle meine Bewegungen begleiteten. Es war ein grausiger, furchtbarer Augenblick, den ich nie vergessen werde. Ein Wink von mir – und in den zusammengedrängten Massen würden viele mit dem Tode ringen. Alle, alle wichen zurück und sprangen und flüchteten vor Furcht auf die Pritschen, drängten sich schreiend an die Wände, ja, versuchten sogar diese zu durchschlagen. Der ganze Mut war zusammengebrochen. Hilflos, angstvoll starrten mich tausend Augen an, bis die Meuterer verzweifelt sich zu Boden warfen und mit erhobenen Armen um Gnade, um Erbarmen flehten. –

Die qualmenden Lampen verpesteten noch mehr die Luft und warfen trübe, rötliche Lichtkegel auf die am Boden liegenden Leute. Doch ihn, den ich suchte, den Räuber, den Anführer, den Mörder Pakraß, ihn fand ich nicht! Umsonst durchsuchte der lechzende Marschall jeden Winkel, umsonst setzte er sich mit den draußen Stehenden in Verbindung, umsonst erwürgte er fast die Rädelsführer, von ihnen verlangend, das Versteck zu verraten. Er war verschwunden, als wenn die Erde ihn verschluckt hätte.

Die Messer wurden gesammelt und hinausgetragen. Fackeln flammten auf, eine strahlende Helle verbreitend. Jeder Winkel wurde nochmals durchleuchtet – aber vergebens. Pakraß war entflohen! Wie das möglich war, ist mir bis heute ein Rätsel geblieben.

Die Hauptrādelsführer ließ ich fesseln, mit den Zöpfen zusammenbinden und abführen. Den anderen, zitternden Kulis hielt der Oberaufseher eine lange, fürchterliche Strafpredigt in chinesischer Sprache. Leider verstand ich nur wenig davon, doch muss sie der Wirkung nach, die sie auf die Leute machte, aus den grässlichsten Drohungen bestanden haben, denn ein Heulen und Wehklagen brach an und nahm kein Ende.

Wenn auch der Hauptzweck, den Pakraß zu fangen, mit der Expedition verfehlt war, so hoffte ich doch, dass den Rädelsführern das Handwerk gelegt war. Zum mindesten war an eine unmittelbare Gefahr nicht zu denken, denn die Kulis würden sich nach den heutigen Erfahrungen wohl kaum so leicht wieder aufhetzen lassen. Trotzdem nahm ich mir vor, recht vorsichtig zu sein und die peinlichsten Sicherheitsmaßregeln anzuordnen. Jetzt lagen sie alle in tiefster Erniedrigung am

Boden, und die schmutzigen gelben und braunen Körper zuckten vor Furcht und Sorge, aber wie lange, dann würden sie sich wieder erheben, sich recken und heimlich hinter mir die Fäuste ballen und sich von der Gewinnsucht zu Torheiten verleiten lassen. Deshalb Vorsicht, und nur sich selbst vertrauen.

Ich schritt nach einer Weile, gefolgt von meinen Soldaten, dem Buchhalter und dem chinesischen Oberaufseher, hinaus. Die Postenkette wurde eingezogen, einige Mann zur Bewachung zurückgelassen, und dann bewegten wir uns alle dem naheliegenden Hause des Hauptassistenten Sanné zu. Dort angelangt, nahm ich zunächst ein amtliches Protokoll über die Vorgänge auf, vernahm die Zeugen, ergänzte das Geschehene durch einen eigenen verantwortlichen Bericht und ließ sämtliche Männer meiner Gefolgschaft das Schriftstück unterzeichnen.

Diese Vorsichtsmaßregel ist deshalb wichtig, weil ein Pflanzer nicht unbedingt Herr über Sein und Nichtsein seiner Untergebenen nach dem Gesetze ist. Gewaltakte der Europäer werden im Gegenteil strenger geahndet, als man im Allgemeinen annimmt. Das Gesetz schützt jeden Arbeiter in den Kolonien, gleichgültig, welcher Rasse er angehört. Und es müssen wichtige Gründe vorliegen, wenn dem Pflanzer erlaubt ist, einen Menschen wie einen tollen Hund niederzuknallen.

Ganz besonders der Kuli genießt einen doppelten Schutz; denn auch die chinesische Regierung hat dafür in jeder Kolonie eine Amtsperson eingesetzt, die verpflichtet ist, streng die Interessen des Kulis zu wahren. Diese Amtsperson führt den merkwürdigen Titel „Leutnant der Chinesen". Warum er sich einen militärischen Grad beilegt, ist mir immer unklar geblieben, denn seiner Amtsführung würde eher der Titel „Konsulatsbeamter" oder „Kommissar" naheliegen, niemals aber der gewählte.

Diese Amtsperson also ist berechtigt, öfters die Pflanzungen, auf denen Kulis beschäftigt sind, zu besuchen, die Lohnlisten zu kontrollieren und überhaupt an Ort und Stelle sich von dem Wohlbefinden der Leute zu überzeugen. Natürlich ist diese Überwachung dem Pflanzer außerordentlich ärgerlich, zumal der Chinese jede Kleinigkeit sofort zur Anzeige bringt und ziemlich heftig und unverschämt von den holländischen Behörden Bestrafung fordert. Wenn auch eine

Bestrafung nicht immer erfolgt, so sind die Behörden doch gezwungen, jeden Fall gewissenhaft nachzuprüfen, was natürlich einen Aufwand von Zeit und Arbeit erfordert.

Mit mir stand dieser „Kuli", wie ich ihn nannte, auf ziemlich gutem Fuße, aber nicht etwa meiner schönen Augen wegen, sondern weil ich, wie er, eine Amtsperson und sogar Polizeikommandant war. Er kannte meine derbe, rücksichtslose Energie und wusste, dass ich mir seine Anzapfungen auch nicht um einen Deut gefallen ließe. Aber auch anderer Dinge wegen gab er sich Mühe, sich angenehm zu machen. Alle seine Anzeigen wurden vom Residenten oder vom Kontrolleur mir zur Begutachtung, zur Einleitung von Nachforschungen oder auch zur Vollziehung einer Strafe vorgelegt, und ich scheute mich gar nicht, oft die erbärmliche Belanglosigkeit solcher Anzeigen zu kritisieren oder den Behörden anzuempfehlen, die Wische in den Papierkorb zu werfen. Irgendwie hatte er davon Kenntnis erhalten und fürchtete mich seitdem umso mehr; er versuchte durch Geschenke oder besondere Artigkeiten meine Freundschaft zu erwerben, um so von mir eine bessere Beurteilung seiner Amtsgeschäfte zu erlangen.

Also dieses „Kulis" wegen musste ich das Protokoll besonders vorsichtig abfassen, um nicht in Abhängigkeit zu geraten. Nachdem wir noch über unser Abenteuer Meinungen ausgetauscht hatten, machte ich mich mit meinen Soldaten bereit, den Rückweg in mein Haus anzutreten. Die Assistenten, der Oberaufseher, die Tändels und Mandoren blieben zurück auf der Pflanzung und so marschierte ich mit meinen Soldaten allein. Jetzt wurden Fackeln angezündet, die hell uns voranleuchteten und die mir das unsichere Gefühl, das mich auf dem Hinwege bedrückte, nahmen. Jede Vertraulichkeit mit meinen Soldaten wie auf dem Hinwege vermied ich in der strahlenden Helle. – Sodikromo, der Marschall, ging tief in Gedanken versunken schweigend dahin, und auch die Soldaten schienen keine Lust zu bezeugen, sich zu unterhalten. Die Stille der Tropennacht umgab uns, und nur das Knistern der brennenden Fackeln und das leise Klirren der Waffenbrachten eine Abwechslung. Weit, ganz ferne, bellte ein Hund kurze Laute. Dann wieder Stille. Nichts störte den Schlaf der Erde.

Langsam zog sich der Weg den Busch entlang meinem Hause zu. Rechts und links der schwarze, dunkle, unheimliche Urwald mit seinen Geheimnissen, mit seinen Gefahren, mit seiner Undurchdringlichkeit. Ein Schauer überfällt auch den ältesten Pflanzer, wenn er sich darin in dunkler Nacht allein weiß. – Leise knackte das Unterholz, schleichende Schritte, Fauchen, der erschreckte Schrei eines im Schlaf gestörten Äffchens, die glühenden Augen und das kurze Bellen einer Hyäne, und wieder und wieder die angstvolle Stille.

Da krachte ein Schuss! Ein dunkler Schatten tauchte unter. Blitzschnell ergriffen wir die Gewehre und eine Salve folgte der Richtung. Das rollende Knattern trommelte im Ohr. Dann Stille! Sodikromo zitterte vor ohnmächtiger Wut: „Bienatang! Satan!", brüllte er der Salve nach. Seine Brust keuchte und knirschend grollte er: „Touwan Kommandant – Pakraß!"

Ich nickte nur, ein feiner Stich im Oberarm, unwillkürlich fasste ich danach, und etwas Klebriges, Warmes feuchtete mir die Hand. Ein Soldat beleuchtete mit der Fackel die Stelle. Blut! Ich war getroffen. Schnell riss ich den Ärmel auf, er war voll Blut. Sodikromo beugte sich über die Wunde, sie war klein, unansehnlich, ein Streifschuss! Von den Fetzen des Ärmels legte ich mit Hilfe des Marschalls einen Verband an, dann marschierten wir weiter. Nach kurzer Wanderung trafen wir den ersten Posten. Er salutierte, ich dankte, dann schritten wir schweigend vorbei. Die Lichter meines Hauses strahlten wie ferne Sterne, wurden größer und größer, und endlich, endlich standen wir davor. Ein kurzer Gruß – die Soldaten salutierten und schlugen an die Waffen, dann wandte ich mich und schritt die Treppe meines Hauses hinauf.

Die Diener kamen mir entgegengelaufen, verneigten sich, grüßten. Ich dankte, stumm mit dem Kopfe nickend, und warf mich todmüde auf einen Streckstuhl. „Scherut! – Api!"

Ein Diener reichte Zigarren, ein anderer das Feuer. Ich tauchte, blies den Rauch in Wolken von mir. Endlich fragte ich: „Sakir? – Hast du was zu melden?"

„Saya, saya – Touwan besar!" – „Sprich!" – „Bouta war hier." – „Bouta? – Der Javane?" – „Saya, Touwan besar! – Sein Sohn ist krank, will sterben. – Er weinte und schrie nach Hilfe."

„Wie alt ist der Knabe, Sakir?"

„Vielleicht sechs Jahre, Touwan besar! Er ist vom Baum gestürzt – hat sich vielleicht das – Herz gebrochen."

„Unsinn, Sakir, dann wäre er tot. – Aber geh', hole den Medizinkasten – ich will hin."

„Jetzt, heute – in der Nacht, Touwan besar?" Besorgt sah er mich an und musterte erschreckt meinen Verband. „Touwan besar ist selbst krank – voll Blut – und müde."

Ich lachte trübe. „Nichts von Bedeutung, Sakir! Ein Streifschuss nur! Bring' mir eine andere Jacke und den Medizinkasten – schnell! Das Kind kann sterben!"

Sakir eilte in die anderen Zimmer und kam bald mit dem Verlangten. Mit Hilfe der Diener zog ich die Jacke über den Verband, über die leise schmerzende, tickende Wunde. Ich winkte den Dienern, sie folgten mir, Sakir mit dem Kasten, und ich schritt wieder die Treppe hinab, in die endlose, finstere Nacht.

Hinter dem Elefantenstall stand das Häuschen des Wärters Bouta. Ein winziger Raum, eine qualmende Lampe, einige primitive Sitzgelegenheiten – Stühle kann ich sie nicht nennen, – in der Mitte der Betelkasten, vor dem Bouta saß. In der Ecke auf einem Lager von Palmblättern, über die eine alte, zerrissene Decke gebreitet war, lag der kranke Knabe, stöhnend, unruhig, mit geschlossenen Augen.

Bouta sprang auf, kam mir entgegen und warf sich vor mir zu Boden. „Herr, Hilfe! Sadi will sterben!" Er jammerte und weinte.

Ich trat an das Lager. Der Knabe schlug die Augen auf, starrte mich wimmernd an. „Sadi", fragte ich besorgt, „wo hast du – Schmerzen?" –

„Rücken, Schulter – und hier!" Er zeigte nach dem Herzen. „O, Touwan – so große Schmerzen!"

„Armer Sadi", sagte ich. „Und glaubst du, Sadi, dass ich dir helfen kann?"

„Saya, – ich glaube an den Touwan!"

Es lag in der Antwort eine felsenfeste Zuversicht, die mich erschütterte. Ich fühlte leise und sanft den kleinen Körper ab und legte die flache Hand auf die schmerzenden Stellen.

Sadi seufzte befriedigt. „O, o, – danke, Touwan!"

Der Puls schlug unregelmäßig, und oft zuckte der Körper, vom Fieber geschüttelt. Ich konstatierte eine Erschütterung des Rückgrates, gebrochen schien nichts zu sein.

„Wieder Hand auflegen, Touwan, bitte!"

Sofort erfüllte ich den Wunsch des Kindes. „O, o, o, – gleich fort Schmerzen. – Ganz fort!" Und nun lächelte Sadi beglückt.

Dann entnahm ich dem Kasten einige Medikamente, rieb die schmerzenden Stellen und massierte besonders weich und sanft das Rückgrat. Ich fühlte unter den Händen die Wohltat, die der Kranke empfand.

„Kleiner Sadi", fragte ich gütig, „geht es dir besser?"

„O, o, – jetzt ist Sadi glücklich, – hat keine Schmerzen. Nur – Furcht hat Sadi – so große Furcht!" Und jetzt stöhnte er wieder.

„Wovor hast du Furcht, Sadi?" – „Dass Touwan – fortgehen – Sadi verlassen!"

„Soll ich bei dir bleiben. Sadi?" – Er nickte und sah mich mit brennenden Augen an. „Wenn Touwan hier, – wird Sadi gesund!"

Ich dachte an meinen kleinen Diener, den mir der Tiger zerrissen hatte, der mich erheiterte, wenn ich voll Sorgen war, der immer lachte und glücklich war, wenn er bei mir sein durfte. „Sadi", sagte ich im Verfolg meiner Gedanken, „willst du immer bei mir bleiben? – Willst du mein Diener werden?"

„Saya, saya – immer bei Touwan bleiben! Immer, immer!" Glückstrahlend sah er mich an, dass ich liebevoll ihn streicheln musste.

„Kleiner Kerl!", sagte ich gerührt.

Er hielt mit seinen kleinen braunen Händen meine Hand fest umklammert, dann schlossen sich die großen dunklen Augensterne, er schlief. Ruhig, regelmäßig war sein Atmen und glücklich der Ausdruck seines Gesichtchens.

An der Tür des schmutzigen Raumes saßen am Boden meine Diener. Der Vater lag auf einem zerrissenen Teppich und betete, und ich hockte am Lager des Kranken, der meine Hand umklammert hielt, und zählte die Atemzüge. So erwartete ich den Morgen!

Dobi und Toekan-ayar

ANSCHLIESSEND an die Wirtschaftsgebäude stand ein winziges kleines Häuschen. Ganz versteckt lag es im Palmenhain, und der flüchtige Besucher der Plantage achtete kaum darauf, und doch gehörte das Häuschen zu den wichtigsten Bestandteilen eines groß angelegten Haushaltes. Es war das Waschhaus des Herrenhauses. Und dort kommandierte und wusch vom frühen Morgen bis zum späten Abend Sito, der Dobi.

Das Wort Dobi ist eine malaiische Übersetzung für Waschmann. Und Toekan-ayar heißt wörtlich übersetzt „Wasserträger". –

Also Sito führte im Waschhaus das Regiment und bewältigte täglich eine unglaubliche Menge Wäsche, die er ballenweise zugetragen bekam, und nur wenige Stunden später wieder sauber gewaschen, gebügelt und zusammengelegt im Herrenhause ablieferte.

Sito war ein freier Malaie, ein stattlicher schwarzbrauner Bursche von vielleicht zwanzig Jahren. Stets ging er in tadelloser, weißer Kleidung, unter dem Gürtel ein feuerrotes Schamtuch und um den schwarzen Schädel ein weißes Kopftuch geschlungen. Er benahm sich immer äußerst würdig und wusste, was er sich und seinem Amte schuldig war. Von seiner Waschkunst ungeheuer überzeugt, prahlte er gern mit seinen Leistungen und mit der Verantwortlichkeit, die ihm übertragen sei.

Zu seiner Hilfe hatte er zwei Wäscher, malaiische Knaben, die ständig an dem großen Waschbottich standen und unter seiner Aufsicht mit ihm vom frühen Morgen bis zum späten Abend die Wäsche schwemmten, wuschen und sich die Finger daran wund rieben. Sito war ein sehr strenger Prinzipal und litt kaum, dass die Knaben eine Ruhepause eintreten ließen, wenn sie ihre Mahlzeiten einnehmen wollten. Ewig schimpfte und räsonierte er an den Knaben herum oder hielt ihnen in der anderen Zeit Moralpredigten, die nie ein Ende nahmen. Seine Weltweisheit und seine Erfahrungen gab er dabei in aufdringlichster Weise zum Besten und kam sich wie der liebe Herrgott vor, wenn die Bengels ihn wie ein Weltwunder anstarrten.

Zum Waschen gehört nicht nur Seife, sondern vor allen Dingen – Wasser! Die vielen Kessel auf dem Herd waren damit wohl immer bis zum Rande gefüllt, aber es musste doch schließlich auch einmal fortgegossen werden, denn die viele schmutzige Wäsche, die darin brodelte und kochte, verwandelte das schöne klare Wasser bald zu einer furchtbaren Jauche. – Und Sito sorgte schon dafür, dass die Brühe nicht Blasen trieb. Fleißig und aufmerksam musste sie öfters entfernt und durch klares Wasser ersetzt werden. Deshalb wurde viel, sehr viel Wasser gebraucht, sonst – meinte der Dobi – kocht sich der Dreck in der Wäsche fest, und sie kann nie sauber werden.

Auch das Wassertragen war ein besonderes Amt und durfte bei Mord und Totschlag nicht von Unberufenen ausgeübt werden. Toekan-ayar (Wasserträger) werden ist außerdem nicht so einfach, wie sich das anhört. Wasserleitungen gab es nicht, und deshalb musste das Wasser – weil auch keine Brunnen vorhanden waren – aus dem Flusse geholt werden. Das ständige Wassertragen erforderte eine große Kraft, und nur starke Männer konnten sich dauernd damit beschäftigen. Nun, Tara war ein solch starker Mann und schleppte spielend ungeheure Mengen dieser Flüssigkeit herbei. Aber er brachte nicht etwa nur dem Dobi das Gewünschte, sondern befleißigte sich vorzugsweise, sein Wasser in die Küche zu tragen, um sich die Zufriedenheit des Koches zu erhalten. Loebi, der Koch, war dem Tara deshalb sehr zugetan und erfreute ihn wieder mit verschiedenen Leckerbissen, die von des Reichen Tische fielen. Und der Toekan-ayar wusste das, hatte immer Hunger, und da bekanntlich eine Hand die andere wäscht, tat er dem Koch jeden Gefallen und schleppte Wasser herbei, dass die Tonnen platzten.

Sito, der Dobi, war wütend. Die Tonnen waren leer, und seit langer Zeit zum ersten Male trieb die Jauche in den Waschkesseln schmutzig dunkle Blasen! Es war zum Verzweifeln! Kein Tara ließ sich sehen und kein Tropfen Wasser war vorhanden. Er spuckte vor Ärger. Aber schließlich, damit konnte er auch keinen Ersatz schaffen, und geschafft musste die edle Flüssigkeit werden, sonst konnte mit der Wäsche das größte Unglück passieren. Kurz entschlossen drückte der Dobi einem seiner Knaben den Eimer in die Hand und befahl, nach der Küche zu laufen und von dort Wasser zu holen. Froh, auf diese Weise einmal aus der Gewalt des Dobi zu kommen, eilte der Knabe hinaus – und kam nicht wieder. Sito wurde unruhig, die Wäsche kochte, die Brühe schäumte und er schäumte endlich mit. Der Bengel kam nicht wieder! Jetzt schrie er den anderen Jungen an, befahl ihm nach der Küche zu laufen und den Säumigen schleunigst zur Rückkehr zu bewegen und drohte endlich noch, dass er beide an den Beinen aufhängen würde, wenn sie nicht wie ein Blitz zurückkommen sollten.

Der andere Junge lief seelenvergnügt davon. In die Küche, wo Loebi auch gern manchmal den Jungen einen guten Bissen zusteckte, gingen sie alle gar zu gerne, darin stimmten sie mit Taras Anschauungen total überein. Sito wartete, wartete, die Wäsche platzte bald, er musste sie herausschleudern, damit sie ihm nicht verbrannte. Dicke Dampfwolken schlugen ihm ins Gesicht, er prustete und blies und verbrannte sich vor Ärger die Finger. Der Bengel kam nicht mit dem Wasser. „Allah und die Propheten!", wetterte er. „Hundebrut!" Er kratzte sich den Schädel vor Verzweiflung, spuckte auf die verbrannten Finger, die ihn schmerzten, lief an die Tür, blickte hinaus nach den „stinkenden Mardern", wie er die Knaben liebevoll nannte, und brüllte laut ihre Namen. Umsonst. Die Kanaillen waren verschwunden, als wenn die Erde sie verschlungen hätte.

Schimpfend und außer sich vor Wut sah er um sich, aber er hatte niemanden mehr, den er den Bengels nachschicken konnte. „Au!" Die verbrannten Finger schmerzten wieder, und er musste darauf spucken, damit der Schmerz nachließ. Und er spuckte, spuckte und schimpfte! Aber die Bengels kamen nicht. Mit einem fürchterlichen Fluch schwur er, dass er beide mit Haut und Haaren lebendig ausfressen wollte, dann nahm er einen Stock und lief nun selbst spornstreichs hinaus, durch den Hain nach der Küche.

In der Küche standen die Wassertonnen bis zum Überlaufen gefüllt. Loebi, der Koch, hantierte mit dem Kochlöffel herum und rührte in den Kasserollen und brodelnden Töpfen auf dem Herde. Hin und wieder warf er einen freundlichen Blick auf Tara, der mollig ausgestreckt in der Ecke auf einer Matte lag und unzählige Belohnungen, die er von Loebi erhalten hatte, mit lautem Schmatzen vertilgte.

Da plötzlich kam ein Junge aus dem Waschhaus angelaufen und wollte aus der Wassertonne sich den mitgebrachten Eimer füllen.

„Apaitu?", schrie Loebi. „Willst du wohl mein Wasser hier lassen! Ich werfe dich in die Pfanne und lasse dich schmoren wie ein Spanferkel! Hast du verstanden?"

„Wir haben kein Wasser", sagte der Junge kleinlaut. „Und Tara hat kein frisches gebracht. Und da sagte der Dobi –"

„Halt's Maul von dem Dobi!", rief ärgerlich der Koch. „Meine Wäsche bekomme ich in Ewigkeit nicht wieder! Faultiere seid ihr alle, und nicht mal Wasser zum Waschen habt ihr!"

„Tara hat kein Wasser gebracht", wiederholte der Knabe.

„Tara liegt dort im Winkel, sag's ihm selbst!" Und schnell gab er dabei einem Küchenjungen ein paar Ohrfeigen.

Ängstlich lief der Wäscherknabe zu Tara, der sich nicht im Geringsten in seinen Genüssen stören ließ. „Tara! – Wir haben kein Wasser", sagte er halb vorwurfsvoll.

„So?", schmatzte der Toekan-ayar. „Nun, dann müsst ihr warten, bis es mir passt, euch welches zu bringen. Der Dobi hat mir nichts zu befehlen, der Dobi ist kein Touwan wie Loebi! Loebi ist ein Herr und ist in Amsterdam bei der Königin gewesen! Aber der Dobi ist ein Büffel!"

Was verstand der Bengel von Amsterdam und von einer Königin, der staunte nur über die Namen. Doch dem Koch schmeichelte es, dass Tara ihn mit einem Touwan verglich und sein Lob ausposaunte.

Tara ist ein ganz braver, guter Mann – und witsch – warf er ihm noch ein Hühnerbein in die Schüssel. Tara schwamm in Wonne.

Auch der Wäscherknabe sah verlangend den Koch an – und hungrige Menschen sind Köchen ein Gräuel. Deshalb erbarmte sich Loebi und gab auch dem Jungen eine Schüssel mit Reis und goss zwei Löffel schöne gelbe Curry-Sauce darüber. Dem Knaben gingen die Augen über vor Freude, er setzte sich neben Tara auf den Boden und schmatzte bald wie dieser.

Wieder nach einer kleinen Weile kam der zweite Knabe aus dem Dobihause, um seinen Kameraden und das Wasser zu holen. Der aber erblickte sofort seinen Freund, lief zu ihm und Tara.

„Du sollst zum Dobi kommen!"

„Bai! Schön!", antwortete der andere kauend.

„Hat Zeit!", lachte Tara.

„Ja, aber – Sito ist böse! – Sehr böse sogar!"

Der Koch spitzte die Ohren: „Was? – Böse ist er? Recht so, er soll böse sein. – Hier! Iss auch du!" Loebi freute sich diebisch, dem Dobi einen Possen zu spielen und gab den Knaben reichliche Portionen. Heißhungrig machten sie sich darüber her.

Und so saß das Kleeblatt ganz vergnügt zusammen und ließ den Dobi seine dreckige Wäsche ohne Wasser kochen.

Da plötzlich raste der Dobi wutschnaubend an und stürzte in die Küche. Sofort kam der Loebi mit einem großen Kochlöffel ihm entgegen und wehrte ihm den Eintritt. „Apa lu ma-u? Was willst du?", schrie er ihn an. – Dabei fuchtelte er mit seinem Löffel herum.

„Du stinkiger Schweinebraten!", schäumte der Dobi, als er so respektlos sich behandelt sah. „Ich suche den Tara und meine Jungen!"

„Ohne meine Erlaubnis darfst du in meiner Küche niemanden suchen – du Seifenschaum! – Hast du verstanden?"

Tara erhob sich aus seinem Winkel, gab den Knaben ein Zeichen hier sitzen zu bleiben und trat grinsend zu Sito.

„Was willst du denn von mir?", fragte er gönnerhaft.

Wütend schrie der Dobi auf: „Wasser! Du Faultier!"

„Du hast mir nichts zu befehlen! Bist kein Touwan! Aber Loebi ist ein Touwan, er war in Amsterdam und bat die Königin gesehen!" – Wie einen Trumpf spielte er das aus.

„Ja, ich bin mehr wie du, du schimmlige Wäsche! Nun mach', dass du aus meiner Küche kommst! Hier bin ich der Touwan!" Grinsend sagte das der Koch und fuchtelte mit dem Löffel herum.

„Was?" Der Dobi war sprachlos vor Wut, sonst hätte er den beiden auch schon lange gedient. So aber starrte er sie an, als ob sie verrückt geworden seien.

„Na warte, du Wasserratte", keuchte er endlich. „Dich will ich lehren, deine Pflicht zu tun!" Und er schlug mit seinem Stock Tara auf den Rücken.

Aber blitzschnell hatte der kräftige Mann den kleineren Sito am Kragen gefasst, hochgehoben und im Bogen hinausgeworfen. Dort fiel er mit einem Klatsch in eine sumpfige Pfütze, die über ihm zusammenschlug.

Der Koch und der Toekan-ayar lachten aus vollem Halse und amüsierten sich köstlich, wie Sito schnaubend vor Wut sich von dem Schmutz zu befreien suchte, um dann schnell fortzulaufen.

Loebi umarmte den Tara vor Lachen, lobte ihn und versprach ihm die besten Bissen. Aber dann schlug dem Tara doch das Gewissen, er nahm seine Stange mit den beiden Eimern, hing sie sich über die Schultern und wanderte nach dem Flusse, um dem Dobi das verlangte Wasser zu bringen.

Die beiden Knaben hatten mittlerweile ihre Schüsseln blitzblank ausgeleckt und waren aus der Hintertür davongelaufen. Jeder trug jetzt einen Eimer, mit dem sie nach dem Flusse eilten und Wasser schöpften. Früher als der Dobi kamen sie nach dem Waschhaus zurück und taten so, als ob sie schon lange an der Arbeit ständen.

Und der Dobi kam, beschmutzt, hinkend und kochend vor Wut. Als er aber die beiden Attentäter friedlich und fleißig am Waschfass sah und an der Tür die gefüllten Eimer erblickte, da verrauschte sein Zorn, und er stierte die beiden fassungslos an.

„Wo seid ihr Spitzbuben gewesen?" schrie er auf.

Die arbeiteten fleißig weiter. „Bei Tara, in der Küche – aber wir bekamen kein Wasser!" Das stimmte, das hatte der Dobi selbst umsonst versucht. – „Und dann?" – inquirierte er weiter.

„Dann sind wir selbst nach dem Flusse gegangen und haben die Eimer gefüllt!" –

Auch das stimmte, die beiden Eimer standen da, gefüllt mit Wasser. Schade, und er hatte sich darauf gefreut, die Bengels zu prügeln, schon für die Schmach, die ihm Tara angetan. Seinen Zorn wollte er loswerden, so aber musste er ihn unterdrücken, verschlucken. Grollend warf er den Stock in die, Ecke und begab sich wieder an die Arbeit. Dem Tara aber schwur er Rache.

Als aber bald darauf Tara kam und seine Eimer in die Tonne leerte, sagte der Dobi kein Wort, sondern tat, als ob er ihn nicht sehe. Tara streifte ihn nur ärgerlich mit einem Blick. Den Schlag hatte er nicht vergessen, und gelegentlich wollte er ihn heimzahlen.

WEIT in den Fluss hinein waren schmale Stege gebaut, auf deren Enden kleine Schilfhäuschen, richtige Zellen, aufgeführt waren, die über dem Wasser des Flusses schwebten und für Bade- und andere Zwecke dienten. Ein Mensch hatte gerade darin Platz, und die Eingeborenen pflegten, wenn sie baden wollten, sich dort von der letzten Hülle zu befreien. Dann zogen sie das Wasser mit einem Eimer, der an einen langen Strick gebunden war, aus dem Flusse herauf und gossen es über den Körper. Durch die Dielenritzen floss das Wasser wieder in den Fluss zurück. Das nannten die Leute baden, war aber eigentlich nichts anderes als eine Erfrischung. – Auch für besondere Zwecke war das Häuschen gebaut, und man konnte darin friedlich und bequem dem Spiel der Wellen und der Fische zuschauen, und bei unerträglicher Hitze auch ein Nickerchen machen.

Um dem Bedürfnis Rechnung zu tragen, waren, wie eingangs erwähnt, mehrere solche Badezellenhäuschen mit Sitzgelegenheit gebaut, die von dem Personal und den Soldaten stark besucht wurden. Deshalb war es weiter nicht verwunderlich, wenn ein neuer Besucher die Zelle „besetzt" vorfand. Nur ein Steg wurde nicht betreten, weil er wacklig und baufällig war und die Leute fürchteten, bei der Gelegenheit zusammenzubrechen und in das Wasser zu fallen.

Aber gerade aus diesem Grunde – weil es niemand wagte – hatte sich der Dobi die Zelle für seine Besuche ausgesucht. Täglich einige Male pflegte der Waschmann dort seine Ruhe zu suchen und dabei das niedliche Spiel der Fische zu verfolgen. Und darauf baute der Toekan-ayar seinen Racheplan. Dass der Dobi gewagt hatte, ihn, den Toekan-ayar, zu schlagen, war ungeheuerlich, es dünkte ihn wie ein schweres Verbrechen, und deshalb musste er ständig daran denken, und das Verlangen, sich zu rächen, verfolgte ihn Tag und Nacht.

Als nun wieder eines Tages der Dobi in würdiger Ruhe in sein geliebtes, wackeliges Zellchen wanderte und die Tür geschlossen hatte, schlich sich der Toekan-ayar heimlich heran und lockerte vorsichtig am Ufer die Pflöcke, an denen das lange Laufbrett befestigt war. Und nicht lange darauf, gerade als der Dobi ganz besonders interessiert dem Spiel der Fischchen zusah, gab es einen fürchterlichen Krach, und Brücke, Zelle, Dobi verschwanden in den Fluten.

Der Attentäter hatte sich schleunigst aus dem Staube gemacht, und der arme Dobi sich nur mit Mühe aus den Trümmern gerettet. Nun schwamm er um Hilfe schreiend an das Ufer zurück, wo er von den Polizeisoldaten, die die Geschichte mit angesehen hatten, mit brüllendem Gelächter empfangen wurde. Pustend und spuckend kroch er durch den Schlamm an das Ufer, schüttelte sich wie ein Pudel und lief dann pfeilschnell nach seinem Hause.

Allerdings soll es da den beiden Wäscherknaben nicht sonderlich gut gegangen sein, er hielt diese für die Anstifter, und die armen Knaben sollen tagelang geheult haben.

Der Toekan-ayar hatte aber seine Rache genommen und freute sich diebisch darüber.

Im Zeichen des Aufstandes

Mit Tagesanbruch war ich in den Sattel gestiegen und mit einigen Polizeisoldaten in die Felder geritten. Dort kam mir der Oberaufseher entgegen und meldete mir, dass etwa 200 Kulis einen Sprecher gewählt hätten, der mir eine Botschaft zu überbringen habe.

Ich willigte ein und befahl den Mann vorzuführen. Der chinesische Oberaufseher grüßte und eilte zu den Leuten. Ich ritt währenddessen durch die Pflanzung und stieg am Hause des Hauptassistenten Sanné vom Pferde. Sanné war zu Hause, er trat heraus und begrüßte mich herzlich. Dann gingen wir in das Büro der Pflanzung, das seinem Hause angegliedert war. Dort schüttelte ich dem Buchhalter die Hand, ließ mir die Eingänge vorlegen, sah flüchtig die Lohnlisten durch und besprach noch sonst für die laufenden Arbeiten Wichtiges.

Die gefangen genommenen Kulis hatte ich heute durch Soldaten nach Asahan transportieren lassen, wo sie von dem Kontrolleur vernommen werden sollten. In dessen Macht stand es dann, die Leute leicht zu bestrafen oder sie für schwerere Strafen an das Zuchtpolizeigericht nach Batavia weiter transportieren zu lassen. Die Sprecher Tam, Sing und Hong hatte ich sofort am nächsten Morgen nach unserem Angriff freigelassen. Lediglich um einem Verrat vorzubeugen, wurden sie in Schutzhaft genommen. Sie waren glücklich, als sie wieder frei waren, die versprochene Belohnung noch dazu erhielten, und schwuren hoch und heilig, nur noch für den Touwan besar leben und sterben zu wollen. Wenn das im großen Ganzen auch nur Redensarten waren, so hoffte ich dennoch, dass die Leute, zur Vernunft gekommen, ihren Einfluss benutzen würden, um auch die anderen Kulis wieder auf den rechten Weg zurückzuführen.

Mittlerweile war der chinesische Oberaufseher mit dem Sprecher draußen erschienen, sie wurden mir gemeldet, und ich befahl den Soldaten, sie durchzulassen.

Der Tändel besar trat zuerst ein und winkte dann einem großen, stattlichen Kuli, der scheu ihm folgte. Ich kannte den Mann, er war einer meiner besten Arbeiter, dabei ungemein zuverlässig und vernünftig. Der Mann hatte gut in der Ernte abgeschnitten, das heißt, er hatte den besten Tabak geliefert und viel Geld verdient. Nach dem Kulivertrag konnte er frei sein und mit seinem kleinen Vermögen abreisen, aber Te-Hock, so hieß der Mann, bat mich, sein Geld in Verwahrung zu nehmen und mit ihm einen neuen Jahresvertrag abzuschließen. Dadurch war ich näher mit ihm in Berührung gekommen, und ich freute mich jetzt, dass man ihn als Sprecher gewählt hatte.

Te-Hock verneigte sich tief vor mir und den anderen Europäern.

„Nun, Te-Hock", begann ich die Unterredung, „du hast mir eine Botschaft zu überbringen. Sprich!"

„Touwan besar", erwiderte er ernst und schlicht, „ich habe nicht viel zu sprechen, sondern soll nur dem Touwan besar von Mund zu Mund einen Beschluss mitteilen." Er sprach erst stockend, dann aber frei und männlich, ohne Scheu. Das ganze Auftreten dieses einfachen Arbeiters hatte etwas Achtunggebietendes, Solides und machte natürlich den besten Eindruck. Dann fuhr er fort: „Touwan besar, es gibt Kulis, die gut verdient haben und auch Kulis, die schlecht verdient haben. Die Kulis, die gut verdient haben, sind zufrieden hier und möchten bleiben, die aber schlecht verdient haben, hören auf die Stimme des Pakraß, sind unzufrieden und möchten mit Gewalt eine Besserung. Ich bin dem Touwan besar treu und habe den bösen Stimmen entgegengearbeitet und habe auch einen Erfolg gehabt. Ich habe den Kulis gesagt, dass der Touwan besar uns einen ganzen Ochsen und vier ganze Schweine zu den Feiertagen geschenkt hat, dass der Touwan besar unsere Feiertage und unsere Religion geachtet hat, da der Touwan besar uns arbeitsfrei für die Feiertage gelassen hat, dass der Touwan besar unsere Krankheiten geheilt hat und nur gestraft hat, wenn wir es verdient haben. Niemals hat der Touwan besar den armen Kuli peitschen lassen, wie es auf den Pflanzungen in Asahan und anderen Pflanzungen geschieht. Immer hat der Touwan besar freundlich mit uns gesprochen, wenn wir fleißig und ordentlich waren und uns Hoffnung gemacht, wenn wir verzweifeln wollten. – Das hab' ich alles gesagt, Touwan besar!"

Der Oberaufseher nickte dem Mann freundlich zu, und dieser fuhr dann nach kleiner Weile fort: „Das hab' ich alles den Kulis gesagt, Touwan besar! Und viele sind dann von dem Pakraß abgefallen und sind zu mir gekommen, und es waren doch viele drunter, die eine schlechte Ernte hatten und in tiefer Schuld beim Touwan besar geblieben sind, und sie sind doch zu mir gekommen. Ich habe 218 Kulis hinter mir, die mich gewählt haben, heute zum Touwan besar zu gehen und dem Touwan besar zu sagen, dass wir alle beschlossen haben, gegen die Pakraßleute zu kämpfen!"

„Bravo!", riefen die Assistenten begeistert.

„Saya, Touwan besar! Wir alle 218 Kulis werden für den Touwan besar, den Tändel besar, für die Touwans und für die Tändels kämpfen! Wir wollen nicht, dass Blut fließt, und ein so schlechter Mann wie Pakraß Lügen erzählt und die Kulis aufhetzt!"

Ich war tief erschüttert und legte dem treuen Burschen die Hand auf die Schulter. „Bravo!", sagte auch ich, „euer Beschluss hat mir eine Freude gemacht, und ich will es euch gedenken, wenn wieder Ruhe und Ordnung auf der Pflanzung zurückgekehrt sind. Auch dir, Te-Hock, danke ich besonders für deine gute Gesinnung, für deine Mühe und für deinen Fleiß!" Ich drückte ihm fest die Hand, doch unterwürfig beugte er sich darüber und küsste sie.

Auch der Oberaufseher umfasste ihn und sprach in seiner Heimatsprache herzliche Worte der Anerkennung. Dann verneigte sich der

Kuli vor den Assistenten, die ihm die Hand reichten, und ging mit dem chinesischen Oberaufseher langsam hinaus.

Und ich blickte ihm nach, wie er draußen durch die Posten schritt, freundlich war sein Gruß, und doch reckte sich seine kräftige hübsche Gestalt, ernsten Willen verratend. „Der gebotene Führer!", dachte ich.

Nachdem der Kuli uns verlassen hatte, nahm ich das Frühstück bei Sanné und wir schritten dann gemeinsam in die Arbeitsfelder. Ich war voll Hoffnung und in bester Laune, sorglos ließ ich meine Waffen bei Sanné, befahl auch den Soldaten zurückzubleiben, und so gingen wir beiden Europäer ohne jeden Schutz, nur mit einem Stock bewaffnet, durch die Pflanzung.

Am chinesischen Kedeh (Kaufhaus) machte ich Halt, erwiderte durch Zuruf den unterwürfigen Gruß des Verkäufers und fragte nach neuen Wareneingängen. Schließlich trat ich mit Sanné in den Laden des Chinesen. Es ist nur ein kleines Haus, das Kaufhaus der Pflanzung. Wie alle ihre Gebäude, ist auch dieses aus Holz und getrockneten Palmblättern gebaut. Der Laden, ein kleiner Raum mit einem Verkaufstisch, ist vollgestopft mit Waren aller Art. Man kann dort sehr gute Lebensmittel in Konserven, europäische Wurst, Früchte, Sahne, Gemüse, süße Speisen, Torten aus Leipzig, Berlin, Nürnberger Pfefferkuchen, dann Hülsenfrüchte, Bohnen, Erbsen, Schoten und dergleichen erhalten. Aber auch andere Dinge sind dort zu haben, z.B. sehr guter Moselwein, Rheinwein, Rotwein, Sekt, Liköre von Bols, Julius Bötzow-Bier aus Berlin, Münchener Bier (natürlich in Flaschen). Dann weiße, fertige Tropenkleider, Korkhüte, Stoffe, Schuhe, Strümpfe, Unterwäsche und unzählige Sachen, Waren und Sächelchen, die ich unmöglich alle aufführen kann. Der chinesische Kaufmann verkauft alles, er wird niemals sagen: „Den Artikel führe ich nicht!" Er führt einfach jeden Artikel und behauptet, wenn eine Ware fehlt, nur, dass der Artikel ausgegangen, doch neu bestellt sei. Deshalb ist es weiter auch nicht verwunderlich, wenn ich erwähne, dass ich in einem chinesischen Kaufhaus (einem winzigen Laden) sogar Schiller und Goethe und Bände unserer modernsten Dichter gefunden habe.

Die indischen Kaufleute, ob sie Chinesen, Franzosen oder Eingeborene, Engländer oder Holländer waren, sie kauften alle sehr gerne von Deutschland. Die deutsche Ware war solide, reell und billig und war deshalb berühmt in der ganzen Welt. Wir haben durch den unglückseligen Krieg ein ungeheures Absatzgebiet verloren, und die wenigsten Deutschen haben eine Ahnung, wie unglaublich mächtig und groß, wie angesehen ihr Vaterland war. Die deutsche Ware und der deutsche Staatsbürger wurden mit Hochachtung aufgenommen, denn man schätzte ebenso wie die Ware den Fleiß, die Anständigkeit, Ehrlichkeit und Zuverlässigkeit des Deutschen. Deshalb wurde er gern engagiert und fand leicht Stellen; denn der Kaufherr oder der Pflanzer konnten ihm unbedingt vertrauen. Das indische Sprichwort: „Du bist so ehrlich, wie ein Deutscher!" ist nicht aus bloßem Zufall entstanden, sondern es wurde von braven Deutschen redlich verdient.

Die chinesischen und malaiischen Kaufhäuser auf den Pflanzungen sind nicht selbständige Unternehmen, sondern sie sind Filialen von mächtigen Handelshäusern in Singapore, Penang, Hongkong und anderen großen Städten und Orten. Die Kundschaft besteht aus den Arbeitern der Pflanzung und den Europäern. Der Arbeiter erhält von dem Pflanzer nur Plantagengeld, das von den Kaufhäusern in Zahlung genommen und dann an der Kasse der Pflanzung gegen einen Scheck auf Singapore wieder eingetauscht wird. Das ist also ein bargeldloser Geldverkehr.

Auch dem gegenüberliegenden malaiischen Kaufhaus machte ich meinen Besuch. Im Gegensatz zum chinesischen Kaufhaus wurden in diesem kleinen, winzigen Laden mehr Landesprodukte feilgehalten. (Die hat der Chinese auch, aber nicht ausschließlich.) Z.B. Kaffee, Reis, Früchte, Gemüsearten, Zuckerrohr, indische Schnitzereien, Arbeitsgeräte, einige indische Waffen usw. Es ist nicht ganz richtig, wenn ich „malaiisches Kaufhaus" den Laden benenne. In Wirklichkeit ist der Laden auch nur eine Filiale großer indischer Handelshäuser des Festlandes, und nur die Verkäufer und der Filialvorsteher sind freie Malaien.

Die Handelsherren selbst bereisen und besuchen in höchst eigener Person oft die Ortschaften, in denen sie Filialen unterhalten, und es war deshalb keine Seltenheit, wenn solche Nabobs bei mir zu Tische saßen. Das Geschäft war auch durchaus lukrativ, denn 2–4000 Menschen, die eine jede Pflanzung aufweist, wollen unterhalten werden. Wir Pflanzer erhielten auch unglaubliche Mengen Geschenke von den indischen und chinesischen Handelsherren. Ganz besonders zu unseren christlichen Feiertagen wurden wir reich beschenkt. So erhielt ich z.B. oft 10–15 Kisten Münchener Bier – (die Kiste enthält 48 Flaschen), 5–6 Kisten Limonade oder Liköre, Wein, Sekt, Zigarren in Blechdosen, 3–4 Säcke Reis, Kaffee, Farin, Hühner usw. – unzählige Dinge für die Wirtschaft und das leibliche Wohl. Die Leute sind sehr für das Schenken und gehen von dem Gedanken aus, dass Geschenke die Freundschaft erhalten. Die Ausgabe oder der Ausfall dafür spielt keine Rolle, denn man kalkuliert diese Ausgaben in den Preis, oder es sind Reklameausgaben, die auf andere Art ihre Früchte tragen.

Nach dem Besuch der Kaufhäuser ging ich mit Sanné weiter durch die Anlagen. Wir passierten das Haus des Oberaufsehers, das im gleichen Stil wie die Assistentenhäuser gebaut ist. Dann folgte die große Fermentierscheune, der Lagerschuppen, das Postenhäuschen, einige malaiische Familienhäuser, das javanische Arbeiterhaus, die Häuschen der chinesischen und der javanischen Aufseher und endlich das aus dem vorigen Kapitel bekannte große Kongsi.

Jetzt zweigte sich der Weg. Rechts führte er weiter in die Felder der Neupflanzung. Links lief er aus auf einen kleinen freien Platz, an dem das Krankenhaus stand. Es war ein langgestrecktes, einstöckiges Gebäude mit großer offener Vorhalle, auf der in Streckstühlen die Rekonvaleszenten lagen. Vor dem Hause, in brütender Sonne, standen und lagerten vielleicht zwanzig bis dreißig erkrankte Arbeiter, Malaien, Javanen und Chinesen, die auf ärztliche Hilfe und Medizin warteten.

Infolge des großen Mangels an Ärzten haben oft vier bis fünf Pflanzungen nur einen Arzt gemeinsam, der aber der großen Entfernungen wegen nur alle acht oder vierzehn Tage erscheint und die Kranken besucht. In der Zwischenzeit wurde die Behandlung der Kranken von uns Pflanzern vorgenommen. Wir hatten alle deshalb ein Heilgehilfeneramen ablegen müssen, dem voran ein ziemlich anstrengender Kursus ging.

Uns assistierten fünf bis sechs chinesische Krankenwärter und Heilgehilfen, die sehr geschickt waren und sich vorzüglich für die Krankenpflege eigneten. Die Krankenbesuche auf meiner Pflanzung unterstanden dem Holländer van Trassen. Sobald wir in der Nähe waren, erhoben sich die Kranken und machten die kläglichsten

Gesichter. Ich trat mit Sanné an die Leute heran, und er fragte nach ihren Gebrechen. Die Krankenwärter eilten herbei und gaben über jeden Auskunft. Wirkliche Kranke wurden sofort in sorgsamste Pflege genommen, aber es gab unter ihnen eine Menge Drückeberger und Faulpelze, die nur aus Furcht vor der Arbeit alle möglichen Krankheiten heuchelten. Wir kannten unsere Pappenheimer ganz genau und ließen uns in dieser Beziehung nichts vormachen; anscheinend gingen wir auf ihre Klagen ein, verordneten ihnen die strengste Diät und alle zwei Stunden einen Löffel Rizinusöl, den sie sorgfältig auslecken mussten. Das war eine so furchtbare Kur, dass der Faulpelz sich schüttelte vor Entsetzen. Jedenfalls hatte sie außer anderer Wirkung die sehr vorteilhafte, dass die Leute mit solchen Scherzen uns verschonten. Auch jetzt hatte der chinesische Krankenwärter schon die Riesenflasche bei der Hand, ein Zeichen für uns, dass die Krankheiten der Patienten nicht gefährlich waren.

Im Krankenhause lagen die Kranken in sauberen Zimmern, in bequemen, breiten Betten, über denen eine Tafel mit der Angabe der Krankheit, die ärztliche Verordnung usw. angebracht war. Sie wurden daselbst auch nach den Vorschriften des Arztes beköstigt, äußerst sorgsam gepflegt und behandelt. Es waren im Krankenhause etwa 60 Betten vorhanden, die aber nicht alle belegt waren. Meistens standen 15–20 Betten leer. Bei Schwerkranken habe ich oft in der Krisis die Nacht hindurch gewacht, und es war für mich eine Belohnung, wenn es mir gelang, den Mann am Leben zu erhalten. –

Nach dem Besuch im Krankenhause schritten Sanné und ich den Feldern zu. Schon als die Arbeiter uns kommen sahen, wurde fleißiger gearbeitet. Zuerst kamen wir zu den Javanen. Der Mandor kam mir entgegen und berichtete über den Stand der Erdarbeiten und über die Zahl der Arbeiter. Ich grüßte die Leute mit einem freundlichen: „Tabé, Leute!" und sofort scholl mir entgegen: „Tabé, Touwan besar!" Nach einigen weiteren Fragen an den Mandor und kleinen Anordnungen verließen wir die Abteilung und begaben uns auf die Kulifelder. Auch dort war ich befriedigt, die Kulis arbeiteten fleißig und schienen nicht wie sonst mürrisch und verdrießlich zu sein. Ich hatte deshalb die berechtigte Hoffnung, dass die Leute zur Vernunft gekommen seien und ihnen mein Überfall vor drei Tagen ein Beweis meiner Wachsamkeit war. – Nun, wie sehr ich mich darin getäuscht hatte, wird die spätere Entwicklung zeigen.

Jedenfalls gingen Sanné und ich froher und zuversichtlicher von den Feldern zurück, und ich blieb noch lange im Hause Sannés, um mit diesem, den anderen Assistenten, dem chinesischen Oberaufseher und den Aufsehern die Verteidigung bei einem dennoch eintretenden Aufstand zu besprechen. – Erst am späten Abend ließ ich die Pferde satteln und ritt mit meinen Soldaten zurück.

Tenang. Wohnhaus des Hauptassistenten Sanné

Der Aufstand

In der Speiseveranda meines Hauses saß am Boden mein Diener Sakir mit gekreuzten Beinen vor einem niederen Tischchen mit großer Platte und drehte Zigaretten für den täglichen Bedarf. Vor sich hatte er einen Berg feingeschnittenen Tabaks und Papiers liegen.

Da sah er auf und erblickte den Diener Bakar, der in eiligen Sprüngen über den Hof rannte und die Treppe zur Veranda heraufsprang.

„Bakar? Bakar?", rief er erstaunt, „bist du ein toller Affe geworden?"

Außer Atem stürzte Bakar auf die Veranda. „Sakir! Sakir! – denke dir – Naja kommt!"

Jener schüttelte grinsend den Kopf: „Naja wird nicht kommen, Bakar, weil der Touwan es verboten hat."

„Sie kommt aber doch, Sakir! Sie kommt mit Meina! Ich habe beide gesehen, auf dem Flusse, im Boot!"

Langsam stand der Javane auf und schüttelte sich die Tabakreste von den Kleidern. „Ich verstehe nicht", sagte er verdrießlich, „der Touwan wird sehr zornig sein."

„Ja", meinte Bakar, „er wird zornig sein auf Naja – und wir werden Prügel bekommen."

Sakir zuckte die Schultern: „Pah! Das ist doch immer so. Wenn andere verdienen Prügel, bekommen wir die Prügel!" Er nahm die fertigen Zigaretten und verteilte sie in die überall herumstehenden Schalen und Vasen.

Ganz tiefsinnig blickte Bakar hinaus auf den Hof und seufzte halblaut: „Hm! Ich möchte auch ein Touwan sein und prügeln dürfen."

Sakir lachte laut auf: „Hahaha! – Du – ein Touwan? – Haha! Ach, ich muss furchtbar lachen! Hahaha!"

„Oho!", rief Bakar beleidigt, „ich würde schon! Und ich würde sehr streng sein und die Peitsche auf deinem faulen Rücken tanzen lassen!"

„Schwatz' nur, du Orang-Utan!", erwiderte Sakir erbost, „dich fürchte ich nicht! Du bist kein Touwan! Und weil du keiner bist, werde ich dir heute Schläge geben!"

Bakar grinste. „Pah! Ich glaube, ich werde nicht stillhalten, sondern tüchtig wiederschlagen."

Das liebevolle Gespräch hätte sich wohl in dieser Weise noch eine Weile fortgesponnen, wenn nicht plötzlich ihre Aufmerksamkeit auf zwei Frauen gerichtet worden wäre, die langsam über den Hof schritten und die Treppe zur Veranda hinaufstiegen.

„Naja!", flüsterte erschreckt Sakir dem Bakar zu.

„Jetzt glaubst du mir, wie? – Du Büffel!"

Wie immer geschmückt, trat Naja in die Veranda. Über ihr seidenes Kleid hatte sie ein großes Tuch geworfen, das sie jetzt nach ihrem Eintritt von den Schultern gleiten ließ. Hinter ihr folgte Meina, mit einer Tasche. Es hatte den Anschein, als ob sie überhaupt noch hierher gehöre und mit ihrer Zofe nur einen Spaziergang gemacht habe.

Die Diener waren sprachlos und starrten sie wie ein Wunder an.

„Tabé, Bakar! – Tabé Sakir!", sagte sie freundlich.

Auch Meina nickte den beiden zu und bot ihnen ein: „Tabé!"

Sakir und Bakar verneigten sich jetzt: „Tabé, Herrin! – Tabé Meina!" Sie waren beide noch ganz konsterniert.

„Adabei? – Wie geht es?", fragte Naja.

„Bei, gut, Herrin!", erwiderten die Diener.

Mit unbeirrbarer Sicherheit wandte sich die Nonja an ihre Zofe: „Trage die Tasche in mein Zimmer, Meina!"

Die Zofe verneigte sich und ging dann in Najas Zimmer.

Die Diener wussten nicht, wie sie sich verhalten sollten und verfolgten mit ihren Blicken verlegen jede ihrer Bewegungen.

Naja schien sich dafür nicht sonderlich zu interessieren, sie schritt, ohne auf die Diener weiter zu achten, an das Geländer der Wohnveranda, beugte sich darüber hinaus und rief nach der Polizeistation hinüber: „Sodikromo! – Sodikromo!"

Eine erstaunte Antwort kam von dort: „Saya?"

„Mari sama saya!"

„Saya!", erscholl die Erwiderung, und der Feldwebel kam angelaufen. Verwundert starrte auch er sie an und stieg die Treppe hinauf – „Herrin? – Ihr hier?"

„Frage nicht!", sagte sie hastig. „Antworte mir, Sodi! – Liebst du den Touwan besar?"

Der reckte sich: „Beim Barte des Propheten, wie den Heiligen selbst!"

„Gut!", nickte Naja befriedigt. „Sodi, ich bin gekommen, um den Touwan zu retten. Große Gefahr droht ihm!"

Der Marschall fasste nach der Waffe und riss die Augen auf: „Gefahr? Sagt mir, von welcher Seite?"

„Ruhig, Sodi!", besänftigte ihn die Japanerin. „Nicht hitzig sein! Pakraß war bei mir!"

Erregt fuhr der Soldat zusammen und schäumte vor Wut: „Pakraß? Ah! Blitze mögen ihn zermalmen!"

Wieder besänftigte ihn die Japanerin mit einer Handbewegung, dann fuhr sie nach einer kleinen Weile fort: „Ich weiß alles! Pakraß ist euch entwischt! Ich weiß auch, dass Pakraß den Touwan Bonardi erschossen hat! Ja, das weiß ich alles! Aber ich habe ihm freundlich zugesprochen, damit ich erfahre, was er Böses dem Touwan zufügen will. Und er hat es mir anvertraut – weil er glaubte, ich hasse den Touwan." Naja unterbrach sich und blickte scharf nach dem Hauptwege.

Auch der Marschall folgte mit den Augen ihrem Blicke. Als er aber nichts Auffälliges entdeckte, wurde er ungeduldig. „Herrin, so sprecht doch endlich! Ich zittere wie ein Weib vor Neugierde!"

„Ich kann nicht alles sagen, weil dazu jetzt keine Zeit ist, Sodi. Aber reite sofort mit noch zwei Soldaten dem Touwan besar entgegen. Es ist möglich, dass der Touwan schon jetzt aus dem Heimwege überfallen wird! Pakraß will mit einer großen Anzahl Kulis heute Nacht dieses Haus niederbrennen und den Touwan gefangen nehmen!"

Der Soldat schäumte: „Er soll kommen, dieser schleichende Tiger, er wird uns kampfbereit finden! Wir fürchten ihn nicht!"

Doch die Nonja drängte ihn mit Gebärden: „Gut, gut, Sodikromo, ich glaube dir schon, aber eile jetzt, ehe es zu spät wird!"

Im Begriff zu gehen, wandte der Marschall sich noch einmal an sie: „Herrin, darf ich dem Touwan sagen, wer ihn warnen lässt?"

„Ja, – ja!", nickte sie hastig. „Nur eilt und schützt den Touwan!"

Jetzt lief der Soldat der Station zu. „Nehmt Fackeln, Sodi! Es wird eine schwarze Nacht. Und reitet so schnell, wie ihr könnt!", schrie ihm Naja nach. „Saya, Herrin!", rief der Marschall zurück, dann winkte er zwei Soldaten zu, riss mit diesen selbst die Pferde aus dem Stalle, und bald jagten die drei Reiter im rasenden Lauf dem Hauptwege der Pflanzung zu.

Naja folgte ihnen mit brennenden Blicken, dann wandte sie sich aufatmend zurück. „Buddha hilf mir!", flehte sie leise. Sie eilte hastig an den Schreibtisch, zog ein Schubfach auf, entnahm demselben ein Bund Schlüssel, suchte darunter, drehte einen Schlüssel ab und reichte ihn Bakar. „Geh', Bakar, schließe mit diesem Schlüssel den großen Gewehrkasten auf, der in dem Zimmer des Touwan besar steht, und bringe mit Sakir vier Gewehre hierher!"

Die Diener starrten sie verwundert an. „Vier Gewehre, Herrin?"

„Fragt nicht, sondern gehorcht!", erwiderte sie ärgerlich. –

„Saya – Herrin!", antworteten die Beiden.

„Und weitere vier Gewehre stellt ihr auf die Speiseveranda an das Geländer! Habt ihr verstanden?" – „Saya, Herrin!"

„In dem Kasten liegen kleine Schachteln mit Patronen, auch diese bringt hierher!"

„Saya, Herrin!"

Die Diener eilten in die Zimmer, während Naja wieder an das Geländer trat und forschend den Hauptweg übersah.

Meina trat in die Veranda. Die Japanerin wandte sich: „Ah, Meina!"

Fragend sah die Zofe sie an: „Herrin?"

Trostlos und unruhig blickte Naja um sich: „Ach, Meina, ich bin sehr unglücklich und sehr traurig. Ich fürchte, dass ich zu spät komme!" Sie seufzte aus tiefstem Herzen auf.

„Allah wird den Touwan schützen, Herrin!"

„O, möge er, möge er!", jammerte Naja verzweifelt. – Nach einer Weile sagte sie stöhnend, in Gedanken versunken: „Weißt du, Meina, – dass ich allein – die Schuld trage?"

„O, Herrin?!", wehrte die Zofe.

Die Nonja nickte. „Doch, doch, Meina! – Wäre ich nicht so grausam gegen Sarinen gewesen, dann wäre der Touwan nicht in Gefahr gekommen. Aber das Böse ließ mich zornig werden, und da verlor ich die Besonnenheit. Der gewaltige, große Buddha gebe mir Kraft, den Touwan zu retten!"

Bakar und Sakir kamen zurück und brachten die Gewehre.

Hastig ging ihnen Naja entgegen. „Gut – Boys! Und die Patronen? Wo habt ihr die Schachteln mit Patronen?"

Sakir zog mehrere kleine Pappkartons aus der Tasche und legte sie auf den Tisch. „Hier, Herrin!"

Sie nickte. „Gut! Aber ihr habt nur vier Gewehre, wo sind die anderen vier Gewehre?"

„In der Speiseveranda – saya – Herrin!"

„Habt ihr sie geladen?" – „Saya, Herrin!"

„Nun so ladet – ladet auch diese Gewehre!"

Die Diener nahmen die Gewehre, öffneten die Kammern und schoben die Patronen hinein. Naja verfolgte aufmerksam die Handhabung, als wenn sie selbst den Umgang mit der Waffe lernen wollte. Dann sagte sie: „So! Nun stellt die vier Gewehre hier an das Geländer!"

Eifrig befolgten die Diener den Befehl. „Saya!"

Naja zeigte auf die vordere Balustrade. „Hier stellt zwei Gewehre hin! Und dort –" – sie zeigte auf die Seitenbalustrade – „auch zwei!"

Nachdem die Diener ihre Anordnungen ausgeführt hatten, nickte die Japanerin befriedigt: „Gut, Boys!" Sie musterte jetzt die beiden, sah ihnen scharf in die Gesichter. „Boys", fragte sie, „habt ihr euren Touwan lieb?"

Erstaunt und verlegen sahen die beiden die Nonja und dann sich selbst an. Endlich druckten sie: „Saya – Herrin!"

„Und würdet ihr für den Touwan kämpfen bis zum Tode?"

Erschrocken und verlegen blickten sie zu Boden. Dann meinte Bakar zögernd: „Wir sind keine Soldaten – Herrin!"

„Feiges Gesindel!", schrie die Japanerin empört. „Aber weißt du noch, Bakar, wie du krank warst? – Wie der Touwan dich selbst in der Nacht besuchte, bei dir saß und dich pflegte?"

„Saya – Herrin! Der Touwan ist gut!", erwiderte Bakar verlegen.

„Ja, gut!", höhnte Naja. „Der Touwan ist gut, wenn er euch hilft, wenn es euch selbst an Kopf und Kragen geht. Aber wenn der Touwan euch braucht, dann seid ihr keine Soldaten! Pih!" Verächtlich spie sie aus. Mit trippelnden Schritten lief sie nach der Vordertreppe.

Meina, die ihr mit Blicken folgte und nun nachlief, schrie ängstlich: „Herrin?!"

Naja wandte sich. „Bleib hier, Meina! Ich will allein ins Wachhaus, zu den Soldaten. Ich will wissen, ob der Touwan auch dort nur Kläffer hat!"

„Herrin, ich fürchte für Euch!", rief die Zofe ängstlich.

Doch Naja schritt aufrecht und stolz die Treppe hinab. „A–pah! – Sei ruhig, Meina!"

„Herrin, seid vorsichtig!", jammerte die Zofe.

Aber schon trippelte die Nonja in blendender Sonne durch den Garten.

„Sei ruhig, ganz ruhig, Meina!", winkte sie zurück.

Der Posten sah sie kommen und rief verwundert die Soldaten, die nun eilig aus dem Wachhaus kamen. Sie waren unsicher und wussten nicht, wie sie sich verhalten sollten. Nur zögernd erwies ihr der Posten die ihr früher zustehende Ehrenbezeugung. Aber Naja dankte so ruhig und selbstverständlich, dass auch die Soldaten sich militärisch aufrichteten und salutierten. Bald stand dieser blitzende und in allen Farben schillernde, schöne Schmetterling vor ihnen und klopfte energisch mit dem zierlichen Fächer die Hand.

„Doto!", wandte sie sich an den Sergeant, „Doto – und ihr anderen! Ich bin zurückgekehrt, weil dem Touwan große Gefahr droht. Sodikromo ist auf meinen Befehl dem Touwan besar entgegengeritten, um ihn zu warnen." Sie zeigte mit dem Fächer nach der Sonne. „Die Sonne neigt sich dem Untergang zu, es wird Abend, und dann folgt eine schwarze Nacht! Pakraß benutzt die Dunkelheit. Er will das Haus des Touwan Kommandant, den Hafen, eure Polizeistation überfallen, erobern und niederbrennen! Den Touwan besar und euch will er gefangen nehmen oder ermorden!"

Die Soldaten schäumten vor Wut und schlugen an die Waffen. "Herrin?", rief der Sergeant, "woher habt Ihr die schlechte Botschaft?" "Von ihm selbst, Doto! Er war bei mir in Negri-Lama. Deshalb bin ich selbst gekommen, damit ihr euch vorbereitet! Wisset, 300 Kulis gehorchen seinen Befehlen!"

"A – rrri – aati!", schrien die Soldaten durcheinander. Und der wilde Kriegsruf A – rrri – aati scholl schauerlich über die ganzen Anlagen, das Personal in Angst und Schrecken versetzend. Alle schrien voll Furcht auf, und die Hunde jagten wie toll geworden durch die Gärten, den Hafen, den Hauptweg entlang, kläfften und heulten entsetzlich.

Als der Sturm, der nach Najas Worten losgebrochen war, sich etwas gelegt hatte, fragte das zierliche Persönchen, unerschrocken den bärtigen Männern in die Gesichter starrend: "Und ihr – wollt ihr alle für den Touwan kämpfen? Oder seid auch ihr feige geworden?"

"Herrin!", schrie empört der Sergeant, "Herrin? Unser Leben gehört dem Kommandanten! Wir kämpfen bis zum letzten Atemzuge!" Wild schlugen die Soldaten an ihre Waffen, ihren gleichen Willen bestätigend.

Die Japanerin nickte befriedigt, sie wollte weitersprechen, aber ihre Aufmerksamkeit wandte sich einem Kuli zu, der jetzt in fliegender Eile den Hauptweg von der Pflanzung angerast kam. Mit springenden Sätzen, schweißtriefend, stürzte er auf die Soldaten zu.

"Eine Botschaft des Touwan besar!", keuchte er im schlechten Malaiisch. "Te-Hock, der Chinesenführer, rückt mit 100 Javanen und 250 Kulis unter dem Befehl des Touwan besar, der Touwans, des Tändel besar, der Tändel und Mandoren zum Schutze des Touwanhauses, der Station und des Hafens heran!"

"A – rrri – aati!", erwiderten begeistert die Soldaten und schlugen an ihre Waffen.

Der Kuli warf sich erschöpft zu Boden, die Soldaten umringten ihn, gaben ihm eine Erfrischung und legten den ermatteten Mann fürsorglich auf eine Pritsche. Dort übermannte ihn die Müdigkeit, und er schlief ein. – Bald tobte ein wildes Leben. – Befehle wurden erteilt, die Soldaten riefen durcheinander, das Personal kam ängstlich angelaufen, ein Schreien, Rufen und ein Wirrwarr herrschte, in dem man zeitweise kein einziges Wort verstehen konnte. Doch schnell verschaffte sich Doto, der Sergeant, Gehör. Er jagte den schier verrückt gewordenen Koch und den Dobi mit seinen Leuten zurück in die Wirtschaftsgebäude, und auch verschiedene Hunde, die allen im Wege waren, bekamen Hiebe und Tritte, die sie veranlassten, schleunigst das Weite zu suchen.

Nur einer ließ sich nicht mehr aus der Ruhe bringen – und das war Bobili, der Elefant. Gemächlich kam er mit seinem Wassereimer aus dem Stall, schaukelte ihn hin und her und trottete so ganz langsam und gemütlich nach dem Flusse, um ihn zu füllen. Wer ihm in den Weg kam, bekam einen Stoß oder ein Sturzbad, je nachdem, wie Bobili es für richtig hielt – aber seine Laufbahn wollte er frei haben.

Naja war in das Haus zurückgeflüchtet und atmete auf, im Bewusstsein der Sicherheit. Aber sie freute sich auch, dass ich mit starkem Schutz angerückt kam. Ihre Verteidigungsmaßregeln, die sie getroffen hatte, kamen ihr nun lächerlich vor, und sie wollte mit Meina schon die Gewehre wieder zusammentragen und fortstellen, als sie plötzlich die ersten Chinesenhaufen mit Speeren, Messern und Keulen anrücken sah. Tam und Sing waren an der Spitze, sie hatten den schwarzen Pakraß im Stich gelassen und schwuren jetzt, allein nur für den Touwan besar kämpfen zu wollen. Das schien ihnen sicherer. Die blanken Silberdollars hatten Früchte gebracht, und in der einen Nacht der Schutzhaft waren sie zur Besinnung gekommen. So marschierten sie an der Spitze der Vorhut, gebärdeten sich wie Feldherren und redeten ohne Unterbrechung.

Doto und die Posten gingen ihnen entgegen und führten die Kolonne, die etwa 50 Mann stark war, in die hinter den Ställen beginnende Buschgrenze, wo die Leute einen kühlen Lagerplatz fanden.

Bald daran rückte ich mit meinen Assistenten, dem Tändel besar, den Aufsehern und einigen Polizeisoldaten ein. Mir folgte der Kuli Te-Hock mit 250 Mann Kulis und etwa 100 Javanen und Malaien, ferner einige Tändels und Mandoren. Es war eine stattliche Zahl, die, bald versammelt, meiner Befehle harrte.

Schon am frühen Vormittag, als ich die Pflanzung erreicht hatte, wurde mir von Te-Hock und seinen Spähern die Warnung und Mitteilung des beabsichtigten Überfalles überbracht. Darauf ließ ich schleunigst heimlich die Truppen zusammenziehen, und auch die anderen Assistenten, die mit ihren Abteilungen weit im Busch auf Neupflanzungen lagen, wurden benachrichtigt und gewarnt. Bei den Entfernungen verging viel Zeit. Te-Hock aber, der sich nun immer in meiner Begleitung befand, wusste stets Rat und half in schätzenswerter Aufopferung.

So gelang es denn, die Leute alle zusammenzubringen und glücklich bis an mein Haus zu führen, wo sie nun verteilt werden sollten. Für die Pflanzung selbst war weniger zu fürchten; denn es war unwahrscheinlich, dass die aufständigen Kulis ihre eigenen Wohnungen oder die leeren Holzhäuser anzünden würden. Immerhin ließ ich zum Schutze etwa 50 Javanen, 20 Soldaten und 15 treu gebliebene Kulis unter dem Befehl des Leutnant van Trassen dort zurück.

Sodikromo war mir entgegengeritten und brachte mir die Nachricht von Najas Ankunft. Im Grunde genommen fand ich Najas Sorge für mich rührend, besonders, dass sie die Zeit der Gefahr mit mir teilen wollte, und deshalb nahm ich mir auch vor, mich freundlich und dankbar zu zeigen.

Ich stieg mit meinen Soldaten und Assistenten von den Pferden und meine engere Begleitung folgte mir in mein Haus. Während nun Sanné, der Buchhalter und der chinesische Oberaufseher es sich auf der Wohnveranda bequem machten, schritt ich nach den anderen Räumen, um Naja zu treffen. Ich fand sie schon in der Speiseveranda meiner harrend vor. Bei meinem Eintritt schritt sie mir entgegen und beugte tief ihren stolzen Nacken.

„Naja? – Du hier?"

„Saya, Touwan besar!", sagte sie demütig.

„Warum bist du gekommen?"

„Um Euch zu warnen, Herr. Und wenn möglich, um Euch zu schützen."

„So trieb dich die Sorge zu mir?"

„Saya, – nur die Sorge!"

„Sodikromo sagte mir alles, Naja. Ich danke dir, Naja." Ich reichte ihr die Hand, über die sie sich wie zum Kusse beugte. „Und wann willst du wieder zurück, nach Negri-Lama?", prüfte ich sie.

„Wann Ihr befehlt, Herr!"

„Willst du mich um etwas bitten, Naja?"

„Ja!", nickte sie. „Um – Eure Verzeihung, Herr!"
Ich reichte ihr stumm die Hand.
Sie schrie auf vor Freude und warf sich weinend mir zu Füßen. „Herr!"
„Keine Szene, Naja, ich bitte dich, steh' auf!"
Sofort gehorchte sie und stand nun vor mir demütig und dankbar. Ich drückte ihr nochmals die Hand, dann ging ich wieder von ihr zu den anderen.

Mittlerweile hatten die Assistenten die Gewehre entdeckt, nahmen sie auf, probierten das Gewicht und staunten, dass die Dinger geladen waren. Auch ich sah nun die Gewehre und konnte mir nicht erklären, wie sie auf die Veranda kamen. Ich rief die Diener.

Sakir und Bakar erschienen und blieben furchtsam an der Tür stehen.

„Wer hat die Gewehre dort hingestellt?", fragte ich.

„Wir, Touwan besar!"

„Wie kommt ihr dazu?"

„Die Herrin befahl es, Touwan besar!"

„Die Nonja?"

„Saya, Touwan besar. Wir mussten die Gewehre laden."

Sanné mischte sich in das Gespräch. „Naja?", tief er lachend. „Ist der Teufelsbraten wieder hier?"

„Lass das, Sanné, sie hat es gut gemeint. Sie ist gekommen, um uns zu warnen."

Sanné sprang auf. „Donnerwetter! Das war die Ursache?"

„Frag' sie selbst. Sie ist im Nebenzimmer."

„Das will ich tun. Donnerwetter!", rief der Franzose entzückt. „Gert! Wenn das die Wahrheit ist, dann – – dann –"

„Was – dann?" Ich sah ihn lachend an.

„Dann – heirate ich das Frauenzimmer!", platzte er heraus. „Vorausgesetzt, dass – du mir nicht – in den Weg läufst?"

Ich war natürlich zuerst stark erstaunt, aber dann reichte ich ihm die Hand: „Tu', was du für richtig hältst, ich werde im Gegenteil dir helfen, dass du dein Ziel erreichst!"

„Gut!", erwiderte er ernst. „Wir werden sehen!" Damit begab er sich in das Nebenzimmer.

Es war stockfinster geworden, viele Fackeln flammten auf, und die Leute gruppierten sich draußen und schoben sich in Abteilungen vor, wie ich es vorher angeordnet hatte. Auch der chinesische Oberaufseher erhob sich jetzt, um draußen mit seinen Aufsehern zu sprechen. Er ging, und ich blieb mit meinem Buchhalter Hoffmann allein.

Der junge Europäer war in einer begreiflichen Aufregung. Er war kreidebleich, trank hastig, um sich Mut zu machen, aber die innere Unruhe konnte er damit doch nicht unterdrücken. Immer fasste er verlegen nach seinen Waffen im Gürtel, sah mich an, blickte fast ängstlich hinaus, horchte auf außergewöhnliche Rufe und Töne, die von draußen kamen, kurz, er benahm sich wie ein ängstliches Küken. Ich wusste nicht recht, wie ich ihn im Kampfe beschäftigen sollte, eine Führerrolle traute ich ihm nicht zu, und ihn als Bleigewicht mir an den Rücken binden – das mochte ich auch nicht. Hoffmann war erst 21 Jahre alt und der Sohn eines Professors und Sprachenforschers, von dem er wohl den Trieb, in der Welt herumzugondeln, geerbt hatte. So war er denn nach Sumatra gekommen, in der Hoffnung, hier ein interessantes, aber auch ein beschauliches Dasein, ohne große Gefahren zu führen. Kaum sechs Monate war er auf meiner Pflanzung und sah sich nun gleich, fast allein auf sich angewiesen, in die schwersten Unruhen verstrickt.

„Nun, Herr Hoffmann?", fragte ich ihn schließlich, um überhaupt etwas zu sagen, „haben Sie mir irgendein Geheimnis Ihrer Seele mitzuteilen? Sie scheinen mir Kanonenfieber zu haben?"

Er sprang auf. „Nein, Herr Kapitän, ich fürchte mich nicht vor der Schlacht. Nur bedauere ich, dass ich Ihnen nicht mehr von Nutzen sein kann. Ich habe das Gefühl, als ob ich im Wege bin."

„Im Wege sind Sie mir nicht, aber natürlich hätte ich Sie auch lieber auf einen bestimmten Posten gesetzt, wo Sie selbständiger sind. – Ich kann wirklich nicht auch noch sonderlich auf Ihren Schutz mein Augenmerk richten. In solcher Zeit müssen wir lernen, selbständig zu werden!"

„Ich wäre gerne bei Leutnant van Trassen auf der Pflanzung geblieben. Dort hätte ich mich vielleicht nützlicher machen können!"

„Vielleicht", erwiderte ich nachdenklich. „Aber vielleicht kann Ihr Wunsch noch erfüllt werden. Ich kann allerdings Ihnen niemanden mitgeben, und Sie allein jetzt zurückreiten zu lassen, ist doch sehr gefährlich."

„Ich bitte dennoch darum, Herr Kapitän! Ich fürchte mich nicht!"

Gerade im Begriff, meine Einwilligung zu geben, stürzte Leutnant van Trassen in die Veranda. „Trassen?", rief ich erstaunt. „Wo kommst du her?"

„Direkt von der Pflanzung, Hartenau! Ich konnte es dort vor Ungeduld nicht aushalten, ich wollte dabei sein, wenn es hier losgeht. Deshalb habe ich den Oberbefehl dem Unteroffizier Sokario übertragen. Er ist der beste, ein verschlagener, schwarzer Hund, der die Chinesen wie die Pest hasst! Du kannst ohne Sorge sein, die Fermentierscheune, Magazine, die Kedehs, sowie mein und Sannés Haus habe ich von Malaien, Javanen und einigen treu gebliebenen Chinesen besetzen lassen, während die Soldaten die Wege patrouillieren. Es ist alles in bester Ordnung und dort nicht viel zu befürchten."

„Nein, das glaube auch ich! Allerdings darf man nicht damit rechnen. – Herr Hoffmann möchte hin. Glaubst du, dass er allein reiten kann, bei diesen so unsicheren Verhältnissen?"

„Sicher!", erwiderte van Trassen, „ich bin gefahrlos geritten. Es war überall eine Totenstille! Nicht einmal die Bäume und Sträucher bewegten sich." Er reckte sich, öffnete etwas den Säbelgurt und warf sich ermattet auf den Faulenzer.

„Übrigens", fuhr van Trassen fort, „setzen Sie sich auf meinen Gaul, er steht draußen und trägt Sie sicher zurück, weil er dann den Stall wittert – und – ja, suchen Sie sofort den Unteroffizier Sokario auf. Lassen Sie ihn nur alles allein anordnen, der versteht den Kram besser wie Sie! Es ist der beste Rat, den ich Ihnen geben kann."

„So darf ich reiten, Herr Kapitän?" Ich nickte. „Ja", sagte ich und reichte ihm die Hand.

Der Buchhalter reichte auch van Trassen die Hand und eilte dann hinaus. Draußen stand Sanné im eifrigen Gespräch mit dem Oberaufseher und Te-Hock, als plötzlich ein tobender Lärm losbrach. Schüsse trachten, Waffen klirrten, ein wüstes Geschrei und ein Kläffen der Hunde.

Wir sprangen auf, rissen den Säbel aus der Scheide, die Revolver aus dem Gürtel und sprangen die Treppe hinab, durch den Garten zu den Leuten. „A–rrri––ati! A–rrri–ati!" Der wilde Kriegsruf erscholl, entsetzlich, Furcht und Grauen erregend. „A–rrri–ati!" Ein furchtbares Ringen begann. Ein Ächzen, ein Stöhnen, Schmerzensschreie – Worte in Chinesisch, Malaiisch, Javanisch, Deutsch, Französisch, Holländisch, kurz, plötzlich im Todeskampf. in der Schlacht, da schrien sie alle nur die Sprache der Kindheit.

Ich kämpfte mit den Soldaten in den vorderen Reihen. Rechts, links sanken sie zu Boden, immer weiter und immer vorwärts stürmend rang ich mit den Bestien, die wie vom Teufel angefeuert schienen. „A–rrri–ati! Vorwärts!", schrie ich siegestrunken, „Vorwärts! Arrri–ati! – A–rrri––ati!" Vor mir stürzten sie zu Boden und ich mit den Soldaten darüber hinweg, den Nächsten entgegen. „A–rrri–– ati!" – Scheußliche Chinesenköpfe grinsten mich an, den Dolch in den Zähnen und das schwere Hackmesser in den Fäusten. Aber „Vorwärts! – A–rrri–ati!" Ich schrie ihn selbst, den schrecklichen Ruf, die Meinen anfeuernd. Da – plötzlich – ein riesiger Kuli hatte meinen Hieb abgefangen, mich selbst gepackt – und schon sauste das Tabakmesser durch die Luft. Ein Soldat schob sich, mich deckend, dazwischen, und der furchtbare Hieb saß ihm im Schädel. Ich stieß dem Chinesen den Säbel in die Rippen, er brach zusammen. „A–rrri––ati! – Vorwärts! – Sie weichen! – A––rrri–ati! – Vorwärts!", keuchte ich. Da – mitten im Gefecht – im Toben, in dem fürchterlichen Würgen und Ringen erblickte ich ihn, nach dem ich zitterte – Pakraß! Die riesige Gestalt, in zerlumpten Kleidern und dem schmutzig roten Turban, überragte die braunen, nackten Kerle seiner Gefolgschaft. Ich bohrte mich durch die Leiber der Kämpfenden hindurch, versuchte ihn zu erreichen, er aber wich mit den Seinen, wandte sich ab, brach aus ihren Reihen, sein scheußlicher Blick flog auf die Veranda meines Hauses, wo Naja stand und wie betend die Arme hochhielt. Dann stürzte er vorwärts, durch den Garten, gefolgt von drei, vier Kulis. „Verräterin!", brüllte der Menschentiger.

Ich war in einen Knäuel von Leibern verwickelt. Nur mühsam, mit Anspannung aller Kräfte, schaffte ich mir Luft und einen Weg, um Pakraß verfolgen zu können. – Schließlich war ich frei und ich stürzte dem Satan nach, welcher der Fluch der Pflanzung war. – Naja hatte ihn erkannt und war geflohen, verschwunden. Aber er sprang die

Treppe hinauf, während unten der schreckliche Kampf weitertobte. Angelangt, blickte er um sich, Naja suchend, der er alles anvertraut hatte und die seine Verräterin geworden war. Ein wilder Fluch kam von seinen Lippen. Da hatte auch ich die Veranda erreicht, und mit einem grässlichen „A–rrri–ati!" sprang ich ihm entgegen. Er stutzte, erkannte mich, und mit einem frohlockenden Siegesgeheul parierte er den furchtbaren Säbelhieb. – Der Säbel zersplitterte, ich zog den Dolch. Aber ehe ich davon Gebrauch machen konnte, hatte er mich gepackt und zu Boden gerungen. Weit fiel das Messer mir aus der Hand, ich war in seiner Gewalt. Er kniete auf meiner Brust, meine Arme wie in einem Schraubstock haltend. „Christenhund!", keuchte er, und sein Geifer traf mein Gesicht. Ich arbeitete, versuchte mich frei zu machen – aber – unmöglich. Meine Stunde schien gekommen. – Da stürzte die Japanerin mit einem Schreckensschrei auf die Veranda, mit seltenem Mut erfasste sie das mir entfallene Messer und schnitt damit dem schwarzen Teufel über die Hände. Er brüllte auf, ließ mich los und wurde von Sodikromo, der auf die Veranda gerast kam, zu Boden gerissen und niedergestochen! „A–rrri–ati!", schrie der Marschall siegestrunken. „Endlich – du Anjing – du Hund!" Er spie auf den mit dem Tode ringenden Räuber.

„Du schmutziger Knecht!", röchelte Pakraß, dann streckte er sich – wie der Königstiger.

Ich richtete mich auf, reichte Naja die Hand, „Naja – du hast mir das Leben gerettet. Ich danke dir!"

„Ich hatte es auch in Gefahr gebracht, Herr! – Wir – sind quitt!"

Auch dem Marschall reichte ich die Hand und dankte ihm. Doch der schüttelte den Kopf und sagte: „Touwan Kommandant, der dort gehörte mir! Ich hatte ihm Rache geschworen und musste den Schwur auch halten. Nicht Ihr, Touwan Kommandant, sondern nur ich durfte ihn töten!"

Sanné kam auf die Veranda. „Wir haben gesiegt!", keuchte er. „Die ganze Bande hat sich ergeben! Gegen 30 Kerle sind tot, verwundet fast alle! Te-Hock und die Aufseher haben wie Löwen gekämpft, und der Oberaufseher lässt die Haupträdelsführer in Ketten legen!"

Ich drückte Sanné die Hand.

„Aber Pakraß ist entkommen! Der Schuft!" Sanné war außer sich.

Ich zeigte auf den Toten. „Pakraß ist tot!"
„Ah! – Wer?", rief Sanné und beugte sich über den Toten.
„Sodikromo! – Und Naja rettete mich!"
Sanné reichte dem Marschall die Hand und trat dann auch auf Naja zu: „Naja!", sagte er bewundernd, „Ihr?"
„Die Kanaille hatte mich überwältigt. Mein Leben schien verloren, da kam mir Naja zu Hilfe, ich konnte mich befreien und Sodikromo ihn niederstoßen."
„Und wann darf ich die kleine Naja wieder fragen, ob – sie mein Weib werden will?" Sanné hielt ihre Hand fest.
„In acht Tagen, Touwan Sanné!", erwiderte sie stockend.

Flusslandschaft auf Sumatra

Phot. Otto Haeckel, Berlin

Nach dem Kampf

Die aufgehende Sonne des kommenden Tages sah nicht mehr die Toten und Verwundeten der verflossenen Nacht. Schon bei Anbruch des Tages waren sie fortgeschafft, und nur in der Ferne sah man noch die vielen Wagen, hörte das Wiehern der Pferde, die Unglückliche und Verblendete zur letzten Ruhe oder in das Krankenhaus brachten.

Die schönen Anlagen meines Gartens waren zerstört und zerstampft, aber schon ordneten die malaiischen Gärtner mit ihren Leuten die Wege und Pflanzen und verwischten die Spuren des unseligen Kampfes. Nach einem erfrischenden Bade, nach dem wohltuenden Anlegen frischer Wäsche und einem kräftigen Frühstück, das mir mein Koch persönlich auftrug, wurde ich wieder Mensch und fühlte die alte Kraft zurückfluten.

Ich hatte sowohl dem Kontrolleur in Laboe an batoe, als auch dem Leutnant der Chinesen telefonisch von dem Aufstand Mitteilung gemacht und erwartete die Herren noch am Vormittage. Es sollten amtliche Vernehmungen und Verhöre vorgenommen, und die Hauptübeltäter zur Verantwortung und Bestrafung überführt werden. Mir war dabei nicht ganz wohl, weil unter den Rädelsführern auch Leute waren, die als Arbeiter die Stützen der Pflanzung bildeten und die ich deshalb nicht gerne verlieren wollte. Und das musste geschehen, sobald die Leute in die Gewalt der Behörden übergingen. Aus diesem Grunde beschloss ich, mir die Gefangenen noch einmal zuvor anzusehen und einzeln mit ihnen zu sprechen. Vielleicht konnte ich doch einige für die Pflanzung retten.

Nach dem Frühstück schritt ich die Treppe hinab und begab mich nach der Polizeistation. Dort saßen die Kerle an die Bäume gefesselt. Und zwar so, dass sie die Gliederfreiheit hatten, aber vom Baum sich nicht entfernen konnten. Sie konnten sich also aufrichten oder hinlegen, aber stets hatten sie den Baum zwischen ihren Armen. Natürlich wurden hierfür nur kraftvolle, halbstarke Bäume ausgesucht. Es waren 38 Gefangene, große, muskulöse Männer, die mir angstvoll oder gleichgültig entgegensahen. Die Posten gingen mit geladenem Gewehr auf und nieder und bewachten scharf die Unglücklichen. Der Marschall und der chinesische Oberaufseher kamen mir entgegen, und letzterer berichtete mir, wieweit die Einzelnen der gefangenen Kulis sich vergangen hätten, und ich merkte aus seinen dabei eingeflochtenen Bitten, dass auch ihm darum zu tun war, möglichst viele für die Pflanzung zu erhalten. –

Ich trat an den ersten Mann heran. Der Oberaufseher nannte den Namen des Kulis. Der erhob sich kettenklirrend. „Nun", fragte ich ihn, „warum bist du in Gefangenschaft?"

„Wegen des Pakraß, Touwan besar!", erwiderte der Mann. „Er hat uns viel Geld und die Reise nach China versprochen!"

„Aber mich wolltest du dafür ermorden?"

„Tida, nein, Touwan besar! Ich hätte den Touwan nicht ermordet. Wir wussten nicht, wie Pakraß es machen wollte. Ich glaube, er wollte dem Touwan nur Furcht machen!"

„Sehe ich so aus, als ob ich mich in Furcht jagen ließe – Ting?"

„Tida, Touwan besar! Aber, Touwan besar, ich bin – unschuldig, ich bin nur mitgelaufen. Und –" – nun heulte der Mann auf – „und ich hatte Sehnsucht nach Hause!"

„Hattest du eine schlechte Ernte, Ting?"

„Saya, sehr schlechte Ernte!"

„Wie lange bist du hier auf der Pflanzung?"

„Das dritte Jahr, Touwan besar!"

„Hast du auch im vorigen Jahre eine schlechte Ernte gehabt?"

„Saya, Touwan besar! Und ich hoffte auf dieses Jahr und habe wieder Unglück gehabt! Und ich wollte nach Hause!"

„Ja, nun werden sie dich aufhängen, Ting!"
Der Mann warf sich in die Knie und rang die Hände. „Touwan besar! Erbarmen! Ich möchte meine Frau und meine Kinder wiedersehen!"
„Du bist verheiratet, Ting? Hast auch Kinder?"
„Saya", nickte der Mann gebrochen, „ich habe eine Frau und fünf Kinder. Und da bin ich hergekommen, um Geld zu verdienen. Wir wollten damit Handel beginnen."
Der Oberaufseher mischte sich hinein und bestätigte die Aussage des Mannes. Er bat selbst leise für ihn.
Mich erfasste ein grenzenloses Mitleid und ich wandte mich wieder dem Gefangenen zu. „Du hast aber gekämpft, Ting, und viele, die auch Frauen und Kinder in China haben, hast du getötet!"
„Tida, Touwan besar! Ich bin nur mitgelaufen und habe mich verteidigt, getötet habe ich niemand!"
„Wo bist du denn zu Hause – in China?"
„In Kiautschou, in Schantung, Touwan besar!"
Ich starrte den Mann an. „Du bist in der deutschen Kolonie zu Hause? Ist Kiautschou dein Geburtsort, Ting?"
„Saya, Touwan besar! Ich habe in Kiautschou gearbeitet."
„Und hier kämpfst du gegen einen deutschen Touwan?"
Ting sah mich fest an. „Tida, Touwan besar, ich werde niemals einen deutschen Touwan töten! Deutsche Touwan sind gut, viel besser wie franzos Touwan und englisch Touwan!"
„Tut es dir leid, Ting, gegen mich gekämpft zu haben?"
„Saya, Touwan besar!" Der Mann heulte wie ein Kind.
„Willst du mir versprechen, immer fleißig und mir treu zu sein, Ting?"
Der Kuli horchte auf. „Touwan, immer werde ich treu sein und für Touwan besar arbeiten bis zum Tode. Nur arbeiten und treu sein!" Wie ein Knabe sah mich Ting an und bettelte zitternd, die Hände ringend.
„Gut, Ting, ich werde es mit dir noch einmal versuchen. Bestraft musst du werden, doch nicht vom Touwan Kontrolleur, sondern von mir. Der Tändel besar wird dir die Strafe morgen mitteilen. Hast du verstanden, Ting?"
Vor Freude außer sich, warf sich der Mann zu Boden, versuchte mir den Schuh zu küssen und stammelte: „Dank – dank, Touwan besar!"

Ich winkte dem Posten und befahl, dem Mann die Ketten abzunehmen. – Und als das geschehen war und der Kuli sich frei fühlte, da konnten seine Dankesbezeugungen kein Ende finden. Erst des Oberaufsehers ernste Mahnung vermochte den Mann endlich zur Vernunft zu bringen.

So befreite ich noch weitere achtzehn Mann, die dann meine besten, treuesten und anhänglichsten Arbeiter wurden.

Der chinesische Oberaufseher sammelte die entlassenen Gefangenen, hielt ihnen in chinesischer Sprache eine derbe Strafpredigt, welche die Leute unterwürfig anhörten, und führte sie dann nach der Pflanzung zurück. Die noch verbliebenen 19 Mann waren wilde, trotzige Gesellen, die für jede Pflanzung eine Gefahr darstellten. Da sie zumal keinerlei Reue zeigten, sondern im Gegenteil unverschämt und frech blieben, übergab ich sie dem Kontrolleur, der sie zur Aburteilung nach Batavia transponieren ließ. Zwar gab sich der Leutnant der Chinesen die erdenklichste Mühe, auch sie freizubekommen, aber die Freveltaten der Verbrecher waren nach den Verhören zu furchtbar.

So endete der Kuliaufstand auf meiner Pflanzung.

Ausklang und Abschied

NACHDEM der Aufstand glücklich niedergeworfen, Ruhe und Ordnung wieder eingekehrt waren, hoffte ich, dass nun alles harmonisch seinen Gang gehen würde, und zum mindesten seelische Aufregungen mir erspart blieben. Aber das schien noch lange nicht der Fall zu sein, denn jetzt fingen die Europäer an, mir Sorge zu machen. –

Mein Buchhalter Hoffmann hatte mir wegen Heimweh und Malaria den Dienst gekündigt, und dann war es unter meinen Assistenten nicht mehr so, wie es sein sollte.

Der Franzose Sanné, mein Hauptassistent, war entschieden ein anderer geworden. Früher außerordentlich verlässlich, pflichteifrig und – selbständig, fing er an, müde und gleichgültig zu werden und schließlich in der Tat nur die Anordnungen zu erlassen, die ich selbst ihm ans Herz legte. Irgendwelche eigene Initiative schien er total verloren zu haben. Und das war für einen so gewaltigen Betrieb sehr gefährlich. Ich konnte natürlich nicht überall sein und nach dem Rechten sehen und musste mich deshalb auf meinen Hauptassistenten und Stellvertreter verlassen können. Aber wenn er nicht einmal seine eigene Abteilung in Ordnung hielt, den Aufsehern nicht die Arbeitseinteilungen gab, ja am Hari-gagi (Zahltage) sich um die Zahlungen der Leute nicht kümmerte, dann war es doch wohl an der Zeit, mit ihm ein ernstes Wort zu reden. Deshalb hatte ich ihn etwa acht Tage nach dem Aufstand eines Abends zu mir gebeten, um in aller Freundschaft ihm die Dinge vorzuhalten.

Sanné war denn auch pünktlich erschienen, und nachdem wir ein opulentes Mahl vertilgt hatten, saßen wir auf der Wohnveranda meines Hauses, bequem ausgestreckt auf Faulenzern, tauchten behaglich und ließen uns den Kaffee gut schmecken. Mir war es schon während der Mahlzeit aufgefallen, dass er, ganz gegen seine Gewohnheit, unglaublich wortkarg war und eigentlich nur antwortete, wenn ich eine Frage stellte. Auch jetzt starrte er vor sich hin, tauchte oder trank mechanisch und zeigte absolut keine Lust Volksreden zu halten. Schließlich musste ich der Sache näher rücken, so unangenehm mir persönlich auch jede Strafpredigt war, doch ein Anfang musste gemacht werden.

Sanné war kein echter Franzose, sondern ein französischer Schweizer aus dem Kanton Waadt. Stark abenteuerlich veranlagt, hatte er früh die Heimat verlassen, lebte als Landwirt einige Jahre irgendwo in Frankreich und war dann in die französische Fremdenlegion in Algier eingetreten. Dort hatte er es bis zum Offizier gebracht. Aber schließlich nahm er den Abschied und reiste mit den Resten seiner Ersparnisse und einer kleinen Militärpension nach Sumatra, um Tabakpflanzer zu werden. Zur Zeit der geschilderten Begebenheiten lebte er schon acht Jahre in Sumatra, war auf verschiedenen Pflanzungen Assistent gewesen, um endlich bei mir als Hauptassistent angestellt zu werden. Ich schätzte sowohl seine Tüchtigkeit als auch seine aufrichtige Freundschaft für mich sehr, und unser Verkehr war daher auch ein überaus herzlicher geworden. Es gab wohl kaum etwas, was wir nicht miteinander besprachen und berieten, und seine klugen, wohldurchdachten Ratschläge waren mir oft von großem Nutzen.

Er sprang auf und ging unruhig auf der Veranda auf und nieder.

„Henri?", fing ich vorsichtig an; „hast du mir nichts zu sagen? Du bist nicht mehr der alte liebe Kerl, irgendetwas quält dich?"

Er nickte. „Ja, irgendwas! – Wo ist Naja?"

„Seit vier Tagen auf der Pflanzung Soeka-Radja zum Besuch", erwiderte ich und ärgerte mich, dass er versuchen wollte auszubrechen.

„Auf Soeka-Radja, so? – Wann kommt sie zurück?"

„Warum fragst du?"

„Weil sie die Ursache ist, dass ich bin, wie ich bin!", erwiderte er mürrisch.

„Willst du nicht die Güte haben, mir zu definieren, was du mit diesem Orakelspruch andeuten willst?"

Sanné seufzte auf und warf sich wieder auf den Streckstuh. – Nach einer kleinen Weile entgegnete er: „Gerne, wenn du wieder die Güte haben möchtest, mich mit Geduld anzuhören! – Ich weiß, du wirst außer dir geraten, deshalb betone ich nochmals, mit Geduld! Vielleicht mit derselben Geduld, wie man die Fieberphantasien eines Kranken anhört."

Ich richtete mich auf und sah ihn an: „Du bist krank, Henri! Und –" – fügte ich vorwurfsvoll hinzu – „du hast es mir verschwiegen?"

„Ja, ich bin krank! Doch nicht in körperlicher, sondern in seelischer Beziehung!"

„Du weißt, dass ich dein Freund bin!", erwiderte ich schlicht. „Sprich und erzähle mir, was du auf dem Herzen hast!"

Wieder stand er auf und ging unruhig umher. Endlich blieb er stehen und blickte mich entschlossen an: „Gut, die Sache ist nämlich die, dass ich sehr wohl weiß, warum du mich heute eingeladen hast! Ich weiß, dass ich mich, in den letzten Tagen zumal, ganz scheußlich benommen habe. Aber tu' einer was dagegen, wenn man den Kopf voller Sorgen hat. Kurz, lieber Freund, ich habe es satt, einspännig durch das verdammte Leben zu kutschieren, ich will heiraten!"

Ich lachte. „Das brauchst du doch nicht so tragisch zu nehmen, Henri? So heirate, wenn du musst und willst!"

„Ja, ich will Naja heitaten!", platzte er heraus.

„Das sagst du mir nicht zum ersten Male, schon am Tage des Aufstandes hattest du die Güte, mich um meinen Segen zu bitten."

„Nur deine Antwort habe ich darauf nicht erfahren."

„Was soll ich dir darauf antworten?"

„Ob ich dir ins Gehege komme, ob du vielleicht selbst diese Teufelsfrau zur Maharana machen willst? Ich habe mit Naja gesprochen – du weißt das, aber du weißt nicht, dass sie mir antwortete, sie wolle erst mit dir reden, bevor sie mir ihr Jawort gäbe."

„Sie hat darüber mit mir nicht gesprochen. Vielleicht auch deshalb, weil sie nach dem Aufstand gleich verreisen wollte. Nun ist sie fünf

Tage schon zum Besuch in Soeka-Radja. Morgen oder übermorgen erwarte ich sie zurück, vielleicht spricht sie dann?"

„Sie wird dich fragen, ob du sie heiraten willst", erwiderte er finster. „Und nur wenn du eine ablehnende Antwort gibst, wird Naja geneigt sein, mich zu heiraten."

„Naja hat mir das Leben gerettet. Trotzdem bin ich so undankbar ihr zu antworten, dass ich nicht geneigt bin, ihr Gatte zu werden. Bist du jetzt befriedigt?"

„Zum Teil! Also dann werde ich das Teufelsweib heiraten. Sie ist die einzige Frau, die ich heiraten will und muss! Aber noch eine andere Those hängt damit zusammen."

„Was denn noch?", fragte ich unsicher.

„Ich will nach Europa zurück!"

Erschreckt sprang ich jetzt auf: „Nach Europa? Du willst mich verlassen?"

Wie ein geprügelter Knabe stand er nun da und sah mich mir ängstlichen Augen an. „Ja, das ist es ja, wovor ich Angst hatte. Ich wusste nicht, wie ich es dir sagen sollte."

„Aber warum willst du zurück?" fragte ich tonlos.

„Ach, das ist 'ne ganze, große Geschichte. Ein Onkel von mir ist gestorben und hat mich zum Erben eingesetzt. Ein großes Gut habe ich geerbt, bei Lausanne in der Schweiz. Und nun soll ich und muss ich zurück und dort nach dem Rechten sehen und natürlich das Gut selbst bewirtschaften. Ach, es ist ein Kreuz! Ich hänge hier mit meiner Seele und kann nicht verstehen, wie man von hier fort mag; und nun sind die Verhältnisse stärker als mein Wille." –

„Das war wohl der dicke Brief, den du neulich erhalten hast? Der brachte dir sicher die Mitteilung?"

Er nickte. „Ja, das war der Unglücksbrief! Andere würden vor Wonne verrückt werden, mich aber hat er ganz trübsinnig gemacht. Es ist eine Millionenerbschaft, ja – und meine Mutter drängt auf sofortige Rückkehr!" Nach einer Weile fuhr er fort: „Ja, siehst du – und ich konnte zuerst zu keinem Entschluss kommen, ich habe fast geweint, als ich mir endlich die Notwendigkeit klarmachte. Ja, und da – habe ich einen Ausweg gefunden."

Ich hoffte und starrte ihn atemlos an.

„Ja, ich habe einen Ausweg gefunden. Ich nehme Naja als meine Frau mit, dann habe ich doch etwas von hier. Auch kann ich mit Naja von hier immer sprechen, und die Sehnsucht, das Heimweh nach Sumatra ist leichter zu ertragen. Ich sterbe sonst in Europa vor Verlangen, nach Sumatra zurückzukehren! Ich halte es nicht aus!"

Alles, was ich noch für mich hoffte, war wie mit Keulen zu Boden geschlagen. Ganz apathisch schwieg ich und ließ ihn reden.

„Ach – du – hm! – Jetzt wirst du mir die Freundschaft kündigen!" Mit todtraurigem Gesicht sagte er das und legte seine Hand schwer auf meine Schulter.

Ich schüttelte den Kopf, wandte mich aber ab, um meine Bewegung zu verbergen. Endlich reichte ich ihm die Hand und drückte sie heftig. „Nein, Henri! Allerdings, ich werde mich jetzt sehr – einsam fühlen. Deine tatkräftige Mitarbeit wird mir fehlen, kurz, ich weiß nicht, wie ich mir helfen soll."

Er kämpfte einen schweren Kampf, wandte sich und starrte hinaus, in das Dunkel der Nacht. „Vielleicht", flüsterte er leise. „vielleicht kann ich auf die Erbschaft verzichten?" Und nun kam es wie ein Sturm aus seinem Herzen: „Ich kann ja nicht die Erde verlassen, die ich so lieb gewann, ich kann die Sonne nicht aus dem Herzen schütteln – ich lerne nicht vergessen!"

„Henri!", rief ich bestürzt, „du hast Pflichten deiner Familie, deiner Mutter gegenüber! Du musst dich fügen! Denke nicht an mich, denke nicht an die Erde, nicht an die Sonne Indiens, behalte alles nur als liebe Erinnerung. Die Heimat ruft dich, und du musst dem Rufe folgen, selbst wenn du im Paradiese wohntest!"

Tief seufzte er auf und senkte den Kopf. „Ja – ich muss!" – Und wieder lehnte er sich an den Pfeiler meines Hauses – und stierte hinaus. Schluchzend und röchelnd hob und senkte sich seine Brust.

AM VORMITTAG des nächsten Tages kam Naja zurück. Sie war einige Tage bei der Frau des Assistenten von Trütschler in Soeka-Radja zum Besuch gewesen. Frau von Trütschler war wohl die einzige Europäerin in Bila, und Naja die einzige Frau, mit der eine Europäerin verkehren durfte; es war daher ganz natürlich, dass die Frauen sich befreundeten und viel zusammenkamen. Wahrscheinlich hatte Naja auch ihre Herzensangelegenheiten mit Frau von Trütschler beraten, denn sie trat mir ziemlich selbstbewusst entgegen und erklärte, dass sie entschlossen sei, den Touwan Sanné zu heiraten, wenn ich damit einverstanden wäre. Natürlich redete ich ihr zu, bemerkte aber auch, wie sehr sie selbst ihre Lebensgewohnheiten werde ändern müssen, denn Sanné wolle nicht mehr hier bleiben, sondern habe vor, nach Europa zurückzukehren.

Sannés Plan erschreckte Naja. Dann aber, als ich ihr klarmachte, welche große Rolle sie als Japanerin in der Schweiz spielen würde, gewann der Plan mehr Reiz für sie. Sie sah sich in schillernder Seide, mit goldener Krone auf einem Thron sitzen und alle Touwans und Maharanas in Europa ihr zu Füßen liegen. Das reizte ihre Eitelkeit, und sie war nun Feuer und Flamme dafür.

Sanné war natürlich sehr erfreut, dass Naja bereit war, ihn nach Europa zu begleiten und sein Weib zu werden. Er kam auf meine diesbezügliche Nachricht in Karriere angeritten, und es wurde eine fröhliche Verlobung gefeiert.

WIEDER erhielt ich Schreckensnachrichten, dass der Tiger in der Nähe des Bonardischen Hauses aufgetaucht sei und malaiische Holzfäller angefallen habe. Ich beschloss deshalb, mit seiner Verfolgung nicht länger zu zögern. Ich benachrichtigte, meinem Versprechen gemäß, Sanné und die Assistenten van Trassen und Hoffmann. Außerdem wählte ich von meinen Polizeisoldaten acht und von den Javanenarbeitern zwanzig Mann, die zweckentsprechend bewaffnet wurden.

Treffpunkt war das Haus des Hauptassistenten Sanné in der Pflanzung. Und als ich dann am folgenden Morgen mit meinen Polizeisoldaten dort angeritten kam, fand ich die Jagdgesellschaft fröhlich und guten Mutes bereits anwesend und meiner harrend vor. Nachdem ich noch einige geschäftliche Anordnungen mit dem chinesischen Oberaufseher und den Aufsehern besprochen hatte, gab ich den Jagdteilnehmern Verhaltungsmaßregeln. Das Fußvolk sandte ich unter Führung eines Polizeisoldaten voraus, um etwaige Tigerspuren bis zum Bonardischen Hause schon vorher festzustellen und zu verfolgen, während wir Herren mit den übrigen Polizeisoldaten bis zu dem Hause des Italieners zu reiten beschlossen.

Dorthin führte eine breite, gute Straße; dann aber war das Gelände sumpfig, morastig und für Reiter unpassierbar. Jeder, der durch den furchtbaren Urbusch wollte, musste zu Fuß den Weg suchen, ein guter Turner sein, zielbewusst und energisch gefahrvolle Hindernisse zu überwinden wissen und beileibe kein Angsthase sein. In Sümpfen, an Bäumen oder Sträuchern lagern oft unzählige kleinere und größere Giftschlangen, die bei Unachtsamkeit dem Menschen ungeheuer gefährlich werden können. Gewöhnlich schläft die Bande am Tage und geht nur nachts auf Raub aus, aber es gibt unter ihnen auch Arten, die am Tage den Kampf aufnehmen, besonders wenn sie gereizt werden. Wodurch diese Tiere gereizt werden, kann eigentlich niemand erklären, und oft ist ein unachtsames Streifen an ihren Körpern die Ursache eines entsetzlichen Todes. Aus diesem Grunde habe ich auch nie meine Hunde auf Jagd mitgenommen, sie sind in dem sumpfigen Gelände schlecht verwendbar und Anlass zu Störungen und Verdrießlichkeiten.

Die vorausgesandten Javanen hatten wir bald eingeholt, und der Polizeisoldat berichtete mir, dass er wohl andere Wildspuren entdeckt habe, aber Tigerspuren nicht wahrnehmen könnte. So ritten und marschierten wir dann gemeinschaftlich dem Bonardischen Hause zu.

Ich ließ von den Javanen und den Polizeisoldaten die weiteste Umgebung des Hauses nach Tigerspuren absuchen, um die Richtung unserer Verfolgung feststellen zu können; währenddessen nahmen wir auf der Veranda des Hauses einige Erfrischungen zu uns, für die Loebi in umsichtigster Weise Sorge getragen hatte.

Nach einigen Stunden, als schon die Sonne hoch im Zenit stand, erhielt ich die Meldung, dass in der Richtung Südost nicht nur Spuren des gefährlichen Raubtieres, sondern auch Knochenreste eines vom Tiger geschlagenen Rindes entdeckt seien. Wir begaben uns daher sofort auf den Weg.

Das Terrain zu beschreiben, erspare ich mir, weil ich es in früheren Kapiteln schon reichlich getan habe, doch will ich nur flüchtig erwähnen, dass wir ohne gegenseitige Unterstützung wohl oft im Morast und in den Sümpfen hilflos zugrunde gegangen wären. Das grüne, stinkende Wasser der Sümpfe, durch die wir waten mussten, reichte uns oft bis an die Brust, und wenn wir uns nicht an Baumwurzeln festgehalten und wieder hochgezogen hätten, wobei der eine dem anderen beistehen musste, wären wir in unbekannte Tiefen versunken. Endlich aber, nach einer Stunde mühseligen Marsches, erreichten wir festen Boden, auf dem wir nun in Abständen von 10–15 Metern die Richtung verfolgen konnten. Auch den Polizeisoldaten mit den Javanen trafen wir ohne weitere Schwierigkeiten, unserer harrend, an, und ich konnte nun von ihm selbst weitere Berichte entgegennehmen.

Der Polizeisoldat führte uns an die verlassene Lagerstelle des Tigers, und wir konnten die Reste des königlichen Mahles persönlich begutachten. Jedenfalls waren wir einstimmig der Meinung, dass der Räuber, vollgefressen, noch nicht lange den Ort verlassen haben konnte und vielleicht in nächster Nähe ein Ruheplätzchen ausgesucht habe. Ich befahl deshalb, doppelt vorsichtig zu sein und immer nur truppweise vorwärts zu schleichen. Wir hielten unsere Gewehre möglichst schussbereit und krochen und schritten jetzt auf festem Boden über hohe Baumwurzeln, durch seilstarke Schlinggewächse, durch Bananenbüsche, durch Dornen und verfaultes Holz. Feuchtwarme Gewächshausluft, unzählige Schwärme Insekten und sogar vereinzelte riesige Nachtfalter und Schmetterlinge begleiteten und umlagerten uns, und wir hatten auch Mühe und kleine immerwährende Kämpfe, um uns der ekelhaften Moskitos zu erwehren.

Schließlich erreichten wir eine kleine Lichtung, die so lieblich und idyllisch vor uns lag, dass wir beschlossen, uns hier nach den bestandenen Strapazen zu erholen und neue Kräfte zu sammeln. Hoffmann war total fertig und warf sich todmüde gleich zu Boden. Er hatte sich die Jagd doch leichter und interessanter vorgestellt, und nur mit Anspannung aller Kräfte war es ihm möglich gewesen, so lange auszuhalten. „Und wenn er mich hier – auf dieser Stelle – anfällt, ich lass mich auffressen und wehre mich nicht!", ächzte der junge Deutsche. „Mir ist jetzt alles gleich – ich kann nicht weiter!"

Auch wir anderen waren reichlich müde, streckten uns und schlossen für Augenblicke die Augen. – Die Polizeisoldaten und Javanen hatten sich im weiten Kreise um uns gelagert und behielten das Buschwerk unter fortwährender Bewachung.

Plötzlich wurde ich geweckt. „Touwan besar!", flüsterte eine erregte Stimme.

Ich richtete mich erschrocken auf. Ein Polizeisoldat stand vor mir und zeigte jetzt in halbgebückter Stellung nach dem tieferen Busch, in dem für Sekunden ein gelblich-braunes Farbenspiel sichtbar war. Auch kam von dort ein feines Fauchen und Knurren und ein Knacken und Rascheln von Ästen und Blättern.

„Der Tiger!", durchfuhr es mich kalt. Wecken konnte ich die anderen Europäer nicht, ohne Geräusch zu verursachen, deshalb winkte ich vorsichtig einigen Soldaten und Javanen, und wir krochen der Stelle zu. Wir schienen uns nicht in der Witterung zu bewegen, denn das farbenprächtige, herrliche Tier hatte sich in die entgegengesetzte Richtung gedreht und äugte einem Affen nach, der blitzschnell in den Baumkronen verschwand; dann duckte es sich sorglos, legte den gewaltigen Kopf auf die Pranken und ließ die kurzen Gehöre spielen. Plötzlich erhob sich der Tiger, stutzte, drehte sich nach meiner Richtung, hob Witterung suchend den Kopf, fauchte und stieß ein knurrendes, grässliches Röhren aus.

Ich lag im Anschlag, flach am Boden, die Büchse aufgestützt, hinter mir die Polizeisoldaten. Seelenruhig nahm ich Korn und Ziel auf den gewaltigen Schädel des Tieres. Wir bewegten uns nicht, riskierten auch nicht, noch näher heranzuschleichen. Der Abstand war vielleicht gegen 30 Meter. Jetzt drehte er den Kopf, mein Ziel ging verloren, ich hatte zu lange gezögert. Weich zuckend war sein Schritt, die Rute peitschte Äste und Blätter. Er entfernte sich weiter – weiter, ich wurde unruhig und schalt mich, fluchte und biss vor Wut die Zähne zusammen. Da – er kehrte um, schlich knurrend, den Schädel hebend, Witterung suchend auf mich zu. Ich fand das Ziel – mein Schuss krachte!

Hoch auf bäumte sich die gewaltige Katze, ein grässliches Fauchen, Röhren, und ein Blutstrom schoss aus dem Rachen. Da krachte mein zweiter Schuss!! Er überschlug sich, rollte am Boden, erhob sich entsetzlich jaulend, die Pranken parierten nicht, und wieder sank der zerschossene Schädel zu Boden. Die Pranken arbeiteten, wollten den Boden fassen, bewegten sich zuckend zum Lauf, der Schädel schleifte auf dem Waldboden, und immer wieder bemühte sich der Tiger, den Kopf zu heben, schüttelte sich, versuchte das quellende Blut von sich zu schleudern, ein jammerndes, schauriges, ersticktes Röhren ausstoßend.

Ich sprang auf, lief ihm entgegen. Er schüttelte sich – ein Blutregen fiel auf mich nieder – er hob die Pranke, ließ die gewaltigen Klauen spielen, und wieder erscholl schaurig sein glucksendes, todmattes Röhren. Da gab ich dem zuckenden Tiere den Fangschuss! Jetzt streckte es sich – der gewaltige Körper zitterte sterbend.

Schon mein erster Schuss hatte die Schläfer geweckt, und sie kamen angelaufen, die Büchsen im Anschlag – verschlafen, verwundert, bedauernd, denn nur von dem Schlussakt des Dramas waren sie Zeugen.

Jetzt kam die Reaktion, ein Frösteln, Zittern befiel mich, klappernd schlugen die Zähne zusammen, und wie betäubt starrte ich auf das königliche Tier zu meinen Füßen. Lautlos schritten die Assistenten auf mich zu, und wortlos schüttelten sie mir glückwünschend die Hand.

Nicht so die Javanen. Als die ihren grimmigsten Feind am Boden sahen, als sie merkten, dass kein Leben mehr in ihm sein konnte, da stürzten sie herbei, ohne Ordnung, disziplinlos, schreiend, Ruten und Stöcke schwingend, und überschütteten den Körper des Besiegten mit einem Hagel von Schlägen. – Vergeblich warnte ich die Wütenden, vergeblich schrie ich ihnen ein „Zurück!" zu, sie waren wie besessen, tauchten die Hände in das fließende warme Blut, beschmierten sich damit die nackte Brust und stießen grässliche Racheschreie aus. Doch plötzlich noch eine letzte Todeszuckung, die breite, große Pranke mit den scharfen Klauen hob sich und erfasste den Arm eines Vorwitzigen. Fleischstriemen fielen wie Schnüre von dem nackten Arm und rissen den Rächer zu Boden. Heulend vor Entsetzen stoben die anderen weit fort, aller Mut war von ihnen gewichen.

Schnell glätteten wir den zerrissenen Arm des Javanen, der wie ohnmächtig, torkelnd sich vom Boden erhob, und legten einen Verband an. Das Blut floss reichlich, aber endlich brachten wir es durch die festgeschnürten Bandagen zum Stillstand.

Natürlich untersuchten wir sofort den Tiger, ob vielleicht doch noch ein Lebensfunke in ihm war, aber er war nun tot, und der Prankenhieb schien – wie ich vorher schon erwähnt hatte – die letzte Todeszuckung gewesen zu sein. Und um die verängstigten Javanen sicher zu machen, setzte ich meinen Fuß auf den Kopf des Tieres, für die Leute ein Zeichen, dass eine Gefahr ihnen nicht mehr drohe. Sie kamen dann auch wieder langsam und zögernd näher und banden aus starken Baumästen eine Tragbahre, auf die der Tiger für den Transport gelegt wurde.

So zogen wir denn langsam und mühevoll durch den Busch. Diesmal wählten wir aber für den Rückweg einen festeren Weg, den ein Soldat ausfindig gemacht hatte. Daher kam es, dass wir in verhältnismäßig kurzer Zeit das Bonardische Haus wieder erreichen konnten.

Bei unserer Ankunft auf der Polizeistation trat die Wache ins Gewehr, die Trommel wirbelte. Ein Zeichen für Naja und die Dienerschaft, dass ich zurückgekehrt sei. Naja erschien denn auch strahlend wie eine Märchenprinzessin an der Balustrade meines Hauses und winkte mir lachend Willkommensgrüße zu. Ich sprang vom Pferde und stieg die Treppe hinauf. Naja begrüßte mich stürmischer und herzlicher als sie es sonst tat. Natürlich war auch sie aufgeregt und hatte den Kopf voller Packsorgen. Viele Koffer mit den herrlichen Kleidern waren gepackt, und dennoch fürchtete sie, nichts anzuziehen zu haben. Frauen aller Länder bleiben sich darin gleich. Auch Naja musste ich raten und bedenken helfen. Aber schließlich wurde auch hier ein Ausweg gefunden.

ZWEI Tage später wollten Naja, Sanné und Hoffmann abreisen. Das Brautpaar sollte in Singapore vom japanischen Generalkonsul standesamtlich getraut und von irgendeinem buddhistischen Priester eingesegnet werden – Sanné war damit einverstanden, wenn es nur ein Priester war, der die Ehe weihte. Welcher Religion der Priester angehörte, war ihm gleichgültig.

So wehte auch in meinem Hause Abschiedsluft.

Loebi hantierte und bereitete in seiner Küche ein königliches Mahl für den Abschied vor. Und ich hatte alle geladen, um die Scheidenden zum letzten Male zu feiern.

Die Stunden flogen, bald kam der Abend und mit ihm die Gäste. Trassen hatte Galauniform angelegt, und auch ich brillierte im goldgestickten Waffenrock.

Das Brautpaar sah famos aus. Er, der starke stattliche Mann, sie, die niedliche zarte Frau. Die Gegensätze waren groß, aber warum sollten die Leutchen, indem sie sich über die Rassenunterschiede hinwegsetzten, nicht verhältnismäßig glücklich werden? Nur eins wollte dem Bräutigam nicht gefallen. Er küsste gerne, Naja aber kannte den Kuss nicht; in ihrem Lande ist der Kuss nicht üblich. Deshalb gestattete sie dem guten Sanné nur, dass er seine dicke Nase an ihrer Wange rieb. Für die Dauer wurde ihm das langweilig, er packte daher seine Braut ganz energisch und küsste auf gut europäische Art ihren kleinen, kirschroten Mund.

Natürlich wurden auch Abschiedsreden gehalten, ernste und heitere, wie sie in aller Herren Länder üblich sind. Nur eine weinte den ganzen Abend und das war Meina, Najas Zofe. Sie sollte und musste ihrer Herrin nach Europa folgen und fürchtete sich davor. Loebi hatte ihr erzählt, dass dort nur Touwans und Ranas, sogar Maharanas herumlaufen, und sie stellte sich nun vor, dass sie dann immer nur mit gebeugtem Rücken und gekreuzten Armen ehrerbietig gehen dürfe. Das würde sie aber für die Dauer nicht aushalten können, sie würde einen krummen Rücken bekommen und vor Sehnsucht sterben müssen. Auch andere dumme Dinge hatte ihr der Küchenkobold erzählt und sie ängstlich gemacht. Naja musste ihre ganze Überredungskunst aufbieten, um Meina zuversichtlicher zu machen.

Zu später Stunde überraschte die Kuliabteilung Sannés den Hauptassistenten mit einem wundervollen Feuerwerk. Seiner Vermählung mit Naja und seiner Abreise wegen hatten die Kerle unter sich Geldsammlungen veranstaltet und das Raketenfest in den Anlagen meines Gartens unternommen. Hunderte von Raketen, Scheinwerfer, bengalische Flammen, Sonnen, sprühende Feuerregen und Kanonenschläge ratterten durch die Luft, und der Jubel der Leute draußen wollte kein Ende nehmen. Die ganze Hafenanlage war in tausend Farben in immerwährende strahlende Beleuchtung getaucht, und an der Veranstaltung hätte sich mancher europäische Pyrotechniker ein Beispiel nehmen können. – Die chinesischen Feuerwerke sind das großartigste, was ich je auf diesem Gebiete gesehen habe.

Wie alle schönen Dinge, so nahm schließlich auch das herrliche Fest ein Ende. Die Gäste rüsteten zum Aufbruch, denn morgen mit dem Frühesten sollte die Abreise vor sich gehen, und bis dahin war noch manches zu ordnen. – Ich selbst wollte das junge Paar und den Buchhalter Hoffmann mit meiner Regierungs-Steamlaunch nach

Djawi-Djawi begleiten, von wo aus sie sich auf dem großen Personendampfer „Siak" nach Singapore einschiffen sollten. So schied denn alles in bester Harmonie und suchte die Ruhe auf.

Am anderen Morgen war natürlich früh schon alles in Bewegung. Sanné hatte von seinen Kulis und Javanen, von dem Oberaufseher und den Tändels und Mandoren Abschied genommen, und man konnte dabei die Beobachtung machen, wie herzlich die Leute ihm zugetan waren. Mit tiefer Trauer sahen ihn alle scheiden.

Die Steamlaunch war schon früh geheizt, das Gepäck der Reisenden an Bord gebracht und die Regierungsflagge gehisst. Sanné zu Ehren hatte ich die rote Schweizer Fahne mit dem weißen Genfer Kreuz entfalten lassen, aber wie immer waren auch in kleiner Ausgabe die deutschen Farben sichtbar. Ein guter Deutscher darf im Auslande nie ohne seine Heimatsfarben reisen.

Nach einem kleinen Frühstück in meinem Hause reichte ich nach europäischer Art Naja den Arm und führte sie wie eine Dame der besten Gesellschaft hinaus zum Hafen. Die Assistenten und Sanné folgten. Draußen waren alle Aufseher versammelt, die ihrem Führer bis zum Schiff das Geleit geben wollten; die Wache stand unter präsentiertem Gewehr, die Trommel wirbelte den Präsentiermarsch. Alle Diener und das Hauspersonal bildeten Spalier, und sogar die beiden Arbeitselefanten wackelten zum Abschied mit den Köpfen und schaukelten die Rüssel. Auch Sannés Reitpferd folgte gesattelt bis zur Schiffstreppe. Die Hunde erschienen in Scharen und stimmten, sich gegenseitig überbietend, ein Klagegeheul an, kurz, alles war auf den Beinen, um dem geliebten Touwan den Abschied schwer zu machen. Mit Tränen im Auge drückte er allen die Hand, konnte aber vor Rührung kein Wort hervorbringen. „Ach, du!", flüsterte er mir ins Ohr, „es wird mir ja so unsagbar schwer!" –

Bald waren wir alle an Bord, ich gab das Zeichen und die juchzende Sirene stimmte ein mörderisches Geheul an. Langsam drehten sich die Räder, die Schaufeln, das Schiff setzte sich in Bewegung und die zurückbleibende Menge brach in ein jammerndes Abschiedsgeschrei aus. Immer weiter – weiter blieb alles zurück – nur kleine winzige Figuren bewegten sich ferne auf der Landungsbrücke, dann waren sie verschwunden.

Wie ein Pfeil schoss jetzt die Launch durch die Bila. Rechts, links die schlammigen Ufer, die wundervoll gefärbten Mangrovenwaldungen, Palmen und das Gewirr von riesigen Schlingpflanzen. Herrliche Sonnenbeleuchtung und in tausend Farben blitzende Tautropfen des frischen Morgens.

Nach wenigen Stunden hatten wir den malaiischen Hafen Djawi-Djawi erreicht. Weit draußen, fast eine halbe Stunde vom Hafen entfernt, lag der große Personendampfer „Siak". Ich steuerte deshalb mein Schiff, ohne vorher in Djawi-Djawi Station zu machen, direkt auf den Dampfer zu. Angelangt, kletterten wir sofort an Bord, während meine Polizeisoldaten für die Umladung des Gepäckes Sorge trugen.

Der Kapitän begrüßte mich mit stürmischer Freude. Wir kannten uns seit Jahren, hatten manche gemeinsame, gemütliche Fahrt gemacht. Ich stellte dem alten Seebären daher nur meine Freunde und Naja vor, verließ nach einem sehr herzlichen Abschied mit vielen Umarmungen und Küssen das Schiff und kletterte mit meinen Soldaten wieder auf meine Launch zurück.

Zum Abschied ließ ich meine Sirene schauderhaft heulen, worauf sich der Dampfer verpflichtet fühlte, mit einem dröhnenden und betäubenden Bass zu antworten. Noch ein Hinüber- und Herüberwinken, und wir setzten uns in Bewegung und entfernten uns voneinander. –

Lange stand ich auf meiner kleinen Kommandobrücke und verfolgte mit Blicken der Trauer den immer mehr und mehr verschwindenden Koloss, der mir treue Freunde davontrug. Noch ein juchzendes Sirenengeheul, noch eine dröhnende tiefe Antwort, dann war die „Siak" verschwunden.

Padang'sche Bovenlanden. Eine typische Dorflandschaft
Phot. Otto Haeckel, Berlin